KB236729

장편소설

구 름 잡 기

이광복

구름

잠   기

"잘 있어."

날씨가 따뜻하였다.

서늘한 바람이 불어오고 있었다.

날씨가 여간 쌀쌀하지 않았다.

햇볕이 내리쬐고 있었다.

"네, 변호사 사무실입니다."

무더운 날씨였다.

새벽이었다.

커튼을 젖히고 젖빛 창문을 열었다.

이른 아침이었다.

쾌청했다.

비가 내리고 있었다.

진눈개비가 내리고 있었다.

작가의 말

　개인이든 민족이든 정직하게, 그리고 역사 앞에 부끄러움 없이 살아야 한다는 것은 상식 중에서도 가장 초보적인 상식에 속한다. 역사 앞에 부끄러움 없는 정직한 삶이야말로 인간으로서 갖추어야 할 가장 원초적인 덕목이라 할 것이나.

　그러나 오늘날 우리의 현실은 어떠한가. 도덕과 양심이 날로 추락하는 가운데 치열한 생존경쟁이 숨통을 옥죄고 있다. 따라서 민족의식이며 역사의식 같은 문제는 어느 사이엔가 슬그머니 뒷전으로 밀려나게 되었다.

　그 대신 분별없는 물질 만능주의와 출세 지향주의가 도

처에서 활개를 치고 있다. 두말할 필요도 없이 물질 만능주의와 출세 지향주의는 그 뿌리가 같다고 보아야 할 것이다.

그렇다면 물질과 출세의 본질은 무엇인가. 그것은 잠깐 스쳐 지나가는 바람이요 구름일 뿐이다. 인간 본연의 삶이 진실이라고 한다면, 소위 물질과 출세는 하잘것없는 허상에 지나지 않는다 할 것이다.

그런데도 헤아릴 수 없이 많은 사람들이 인간 본연의 삶에 대해서는 별로 관심을 기울이지 않는 반면 하찮은 허상을 좇아 허우적대고 있다. 진실이 바로 서지 않고, 오히려 거짓이 기승을 부리고 있는 것이다.

이 같은 시각에서 필자는 각기 독립된 장편소설로 3부작을 구상하고 곧 집필에 들어가 지난 1990년 7월 『술래잡기』에 이어, 1994년 1월 『바람잡기』를 간행한 바 있었다.

다행히도 이들 두 작품은 뜻있는 독자들로부터 적지 않은 반향을 불러일으켰다. 특히 필자는 『술래잡기』로 동포문학상東圃文學賞을 수상하는 영예를 안기도 하였다.

이제 필자는 『구름잡기』를 탈고하였다. 이 작품의 주제는 기존 『구름잡기』와 『바람잡기』의 연장선상에 있다. 따라서 이 작품은 독립된 장편소설이면서 동시에 3부작의

완결편에 해당된다.

이 작품에서도 필자는 그릇된 역사를 해체하고 옳은 역사를 복원해야 한다는 명제를 일관되게 추구하였다. 이와 함께 물질과 출세에 탐닉하는 인간상과, 도리어 그것으로부터 초연하려는 인간상을 등장시킴으로써 과연 어떤 삶이 올바른 선택인가를 구체적으로 제시코자 노력하였다.

아무쪼록 독자 여러분의 변함없는 성원과 질정을 바라 마지 않는다. 기꺼이 출판을 맡아 주신 출판사와 실무 관계자 여러분에게 감사의 말씀을 전한다.

2012. 여름
이광복

1

　새벽이었다.
인학은 슬그머니
잠자리에서 빠져 나왔다.
어디에선가 개 짖는 소리가 들려오고 있었다.
컹컹, 컹컹컹, 컹컹……

　아내는 모로 드러누운 채 곤히 잠들어 있었다. 새근새근…… 숨 쉬는 소리가 건강하게 느껴졌으므로 다행이라는 생각이 들었다.

　그는 아이들 방을 들여다보았다. 뒷벽의 보안등 불빛이 창문의 젖빛 유리를 넘어와 방 안을 희미하게 비추고 있었다.

구름잡기

소희는 잔뜩 엎드린 채 베개에 얼굴을 묻고 있었으며, 재희는 개구리처럼 몸을 한껏 움츠리고 있었다. 착한 것들…… 아이들이 저렇게 자라도록 제대로 돌봐 주지 못한 자신의 무관심과 게으름에 대해, 인학은 큰 죄책감을 느끼지 않을 수 없었다.

돌이켜 보면 가정에서의 오붓한 시간이란 별로 없었다. 지난날 형사 시절에는 1주일에 한두 번 집에 들어오기도 바빴었다.

막말로 슬슬 농땡이나 치면 얼마든지 가정에 충실할 수도 있었다. 그러나 이런저런 복잡한 사건에 매달려 동분서주하다 보면, 사생활에는 거의 신경을 쓸 겨를이 없었다.

아내가 밥이라도 먹는지, 굶는지…… 아이들이 건강하게 공부를 잘하는지, 못하는지…… 사표를 내고 자유인이 된 다음, 인학은 이제야말로 가족들에게 좀 더 도타운 사랑을 베풀어야겠다고 수없이 다짐했다.

그러나 행동은 언제나 마음의 저 뒷전에 머물러 있었다. 별로 하는 일 없이 실업자로 무위도식하는 동안에도 그는 가족들과 화기애애한 시간을 거의 갖지 못했다.

시간 넉넉하겠다, 특별히 하는 일 없겠다…… 가족들과 정다운 시간을 보낼 만한 여건이 충분했으나, 인학은 주로 밖으로만 나돌았다.

꼭 만나야 할 사람, 반드시 하지 않으면 안 될 일이 있는 것도 아니면서 그는 바깥에 나가 세월을 보냈다. 그것은 어쩌면 몸에 밴 습관 탓인지도 몰랐다. 아니, 그것도 아니라면 팔자소관이라는 생각이 들기도 하였다.

안방이든 사무실이든 막힌 공간 안에 있을라치면 오금이 저리다 못해 오대 삭신 육천 마디가 전부 쑤셨다. 직장을 그만두면 가족들에게 그동안의 빚을 갚아야겠다던 애초 약속들은 한갓 물거품이 되고 말았다. 그는 하릴없이 밖으로 나돌며 빈둥빈둥 세월을 축내고 있었던 것이다.

그러던 차에 강재원 변호사로부터 전화가 걸려와 전혀 뜻하지 않은, 아주 이상맹랑한 일에 뛰어들었다. 이상맹랑한 일이란 사람을 찾는 힘든 작업이었다. 말하자면 사설탐정이라고나 할까, 무허가 흥신소라고나 할까, 인학은 강재원 변호사의 부탁을 받고 박선희라는 여성을 찾기 위해 전국 각지를 누벼 왔던 것이다.

인학은 문간에 떨어진 신문을 주워 대충 큰 제목들만 훑어본 뒤 다시 밖으로 나왔다. 하늘에는 희미한 별들이 촘촘히 빛나고 있었다. 이제 곧 먼동이 터지면 저 별빛도 소리 없이 사위어 갈 것이었다.

구름잡기

그는 심호흡을 하면서 산기슭을 올라갔다. 부지런한 사람들이 벌써 산에 올라와 운동을 하거나, 어떤 사람들은 마을을 향해 버럭버럭 고함을 질러대고 있었다.

늦잠 자는 사람들에겐 고함이 괴로울 것이었다. 그런데도 몇몇 사람들은 남의 사정이야 알 바 아니라는 듯 돼지 멱따는 소리처럼 악을 써대고 있었다.

인학은 가벼운 마음으로 발걸음을 옮겨 놓고 있었다. 이렇게 이른 시간, 산소로 가득한 숲 속을 걷고 있으려니 심신에 묻어난 일상의 찌꺼기들이 말끔히 씻겨 나가는 것만 같았다.

높은 곳으로 올라갈수록 공기는 더욱 신선했다. 아, 가슴까지 후련해지는 이 맑은 공기. 인학은 본래 공기 맑은 곳을 찾다가 이 동네로 이사 온 터였다. 선천적으로 약해 빠진 기관지를 조금이라도 보호하기 위해서는 우선 첫째 공기 좋은 동네를 선택할 수밖에 없었다.

어떤 사람들은 학군 운운하면서 호강에 지친 소리들을 늘어놓고 있지만, 인학은 그 따위 말에 대해서 단 한 번도 귀를 기울여 본 적이 없었다. 강남 어느 동네의 경우 학군 때문에 집값이 천정부지로 뛴다는 말을 들을 때마다 인학은 머리끝이 곤두서는 듯한 통분을 느끼곤 하였다.

　도대체 일류 학군이라는 게 뭐 말라 죽은 귀신인가. 그리고 언필칭 일류 학군이라는 게 나라 안에 몇이나 되는가. 과히 넓지도 않은 땅덩어리 위에 소위 일류 학군이란 코딱지만 한 영역에 불과한 것이다.

　모름지기 일류를 선호하는 것은 개인의 취향과 자유에 속한 문제였다. 그러나 일류가 아니면 안 된다는 그릇된 발상이 문제인 것이다.

　요컨대 일류 학군에서 공부한 아이들은 전부 장래가 보장되고, 그 여타 학군에서 교육받은 절대 다수의 학생들은 어영부영 무지렁이 건달로 살아갈 수밖에 없단 말인가. 천만에…… 오히려 진정으로 인간다운 인간은, 일류가 아닌, 상식을 가장 소중한 가치로 여기는 평범한 사람들의 틈바구니에서 태어나게 마련이었다.

　대저, 일류니 뭐니 따지려 드는 발상 자체가 등 따시고 배부른 자들의 가소로운 장난에 불과하였다. 그것도, 말하자면 고치기 힘든 고질병의 일종이었다.

　인학은 그동안 일류 좋아하다 신세 조진 작자들을 수없이 보아왔다. 개뿔이나 속에 든 것도 없으면서, 괜히 일류 학교 출신임을 내세워 우쭐대는 일류병 중환자들을 볼라치면, 한심하다 못해 과연 저따위 개뼈다귀도 인간의 반열

자름잡기

에 들 수 있는 종자인가를 의심하지 않을 수 없었다.

낱낱 그런 놈 치고 제 오지랖도 못 가리면서 중뿔난 고집만 세게 마련이었다. 또한, 그런 놈들일수록 제 자신이 최고라는 가당찮은 미망에서 허우적대다 신세를 조져 버리곤 하였다.

인학은, 애당초 그 따위 속물들과는 거리가 멀었다. 일류다 뭐다 해서 선민의식을 가지려는 꼴불견을 대할 때마다 그는 참으로 오장이 뒤집히는 듯한 구역질을 느끼곤 하였다.

일류? 아니지. 그건 아니야. 인학은 고개를 가로저었다.

인학은, 그동안 가족들 건강하고 밥술이라도 먹으면서 마음 편하게 사는 것을 최고의 행복이라고 느껴왔다. 큰 욕심 부리지 않고 성실히 살면 그게 곧 행복의 지름길이 아니고 무엇일까.

그러나 살다 보면 때때로 부질없는 욕망, 더러운 유혹이 손짓하게 마련이었다. 그럴 때마다 인학은 그 썩어빠진 수렁에 빠지지 않으려고 안간힘 쓰며 굳게 살아온 터였다.

힘들었다. 반목과 대립과 질시와 모함이 난무하는 고약한 세상. 너 죽고 나 잘 살자는 식의 피가 팍팍 튀는 세상에서 중심 잃지 않고 올곧게 산다는 게 참으로 힘겨웠다.

그러나 그의 내면에는 아직도 꺼지지 않는 등불이 있었다. 세월이 흘러도, 그 등불만큼은 언제나 마음 한복판에서 그가 가야 할 길을 처연히 밝혀 주었다.

고고한 학처럼 살자…… 최악의 경우 학의 경지에 이르지는 못할지라도 흉악한 까마귀로 전락해서는 안 된다……

인학은 학창 시절 이후 줄곧 그렇게 생각하며 살아왔다. 워낙 험악한 인간들을 상대하면서 모진 세파에 시달린 터라 순백의 영혼에 적지 않은 상처를 입은 것도 사실이지만, 인학은 최후의 그날까지 마음의 등불을 지키리라 거듭 맹세하며 살아왔다.

그는 약수터 쪽으로 올라갔다. 약수터 앞, 펀펀한 공터에는 물 길러 나온 사람들이 자기 순서를 기다리며 가벼운 운동을 하거나, 불룩불룩 튀어나온 돌부리에 앉아 휴식을 취하고 있었다.

인학은 약수터를 지나 더 높은 곳으로 올라갔다. 지난번 폭우에 쓰러진 나무들이 삐뚜름하게 드러누운 채 시들어 가는 것을 보자 가슴이 아려왔다.

저 나무들이 지각地殼을 뚫고 나와 저만큼 자라나는 동안에는 숱한 인고忍苦가 있었으련만, 지난번 비바람을 견디지 못하고 무참히 쓰러져 죽어가고 있다니, 삶과 죽음의 의미가 무엇인가를 생각하지 않을 수 없었다.

어느 사이엔가 콧잔등에 땀이 배어나오고 있었다. 아니, 콧잔등뿐만 아니라 목과 팔, 그리고 사타구니와 종아리에도 촉촉이 땀이 묻어나 옷가지에 닿는 살의 촉감이 끈적끈적하였다.

그는 이마에 묻어난 땀을 손등으로 훔쳐 내면서 오솔길을 따라 올라갔다. 옆으로 퍼진 키 작은 나무들과 닭볏[鷄冠] 같은 바위들이 나타나는 것으로 보아 정상이 가까워지고 있었다.

그는 단숨에 산의 정상에 올랐다. 이제 하늘의 별들은 모두 사라지고, 그 대신 동녘이 훤히 터지고 있었다. 실로 대자연의 섭리는 오묘하기 짝이 없었다.

그는 정상의 바위에 걸터앉았다. 주위에서 여남은 사람들이 숨을 헐떡거리며 운동을 하거나, 그렇지 않으면 제 흥에 겨워 소리를 질러대고 있었다.

야호, 야호…… 정상에 선 사람들이 고성을 질러대면, 저 건너편 능선에서도 또 다른 사람들이 화답이라도 하듯 흥겹게 소리를 질러댔다.

저 아래, 바로 동네 뒤편에서 고함을 질러대 마을 사람들의 안면을 방해하는 사람들이 주는 것 없이 얄밉게 느껴졌으나, 이곳 정상에 올라와 한껏 목청 틔우는 사람들은 그런대로 멋져 보였다. 역시 사람의 행동이란 때와 장소에 따라서 의미가 달라지게 마련이었다.

인학은 굿바위에 가부좌를 틀고 앉아 동쪽을 바라보았다. 이 굿바위는 굿하는 바위라는 뜻이었다. 오랜 옛날부터 근동의 무당들이 이 바위에 와서 치성을 드리고 굿을 했기 때문에 그런 이름이 붙여진 것이었다.

근래에도 이곳에 올라와 굿판을 벌이는 사람들이 더러 있었다. 그러나 그 빈도는 예전에 비해 훨씬 줄어든 편이었다.

인학은 한 달에 두어 번씩 이곳에 올라오곤 하였다. 마음 같아서는 하루에 한 차례씩 꼬박꼬박 오르내리고 싶었지만, 그게 뜻대로 되지 않았다.

맑은 공기를 만들어 내는 숲…… 아닌 게 아니라 그의 동네는 역시 공기가 맑았다. 모두가 이 산에서 만들어 내는 산소 덕택이었다. 그러나 이처럼 좋은 산을 지척에 두고도 자주 오르내리지 못한다는 것은 유감천만이 아닐 수 없었다.

그동안 저 아래 약수터까지 올라왔다가 되돌아간 적은 여러 차례 있었지만, 여기 굿바위까지 올라온 것은 무척 오랜만이었다. 역시 이곳은 산의 정상인만큼 공기가 한결 더 산뜻한 느낌이었다.

인학은 조용히 눈을 감고 깊은 명상에 잠겼다. 평온했다. 조금 전까지만 해도 잡다한 생각들 때문에 마음이 몹시 산란했었으나, 여기 산의 정상 굿바위에 가부좌를 틀고 앉아 명상에 잠기자 심신이 그렇게 맑아질 수가 없었다.

무상무념無常無念이 따로 없었다. 일체의 상념을 떠난 이 경지가 바로 무상무념의 세계였다.

스님들이 참선할 때처럼 고요한 마음으로 앉아 있는 동안 가슴을 울려오는 신비로운 목소리가 있었다. 그것은 어쩌면 불가佛家에서 말하는 화두와 같은 것인지도 몰랐다. 정체불명의 그 누군가가 인학에게 물었다.

그대는 누구인가.

나…… 김인학이오.

인학은 자신도 모르는 사이 무형의 대상에게 신뜻 대답했다. 그러자 그쪽에서 또 다시 물었다.

당신은 무엇 하는 사람인가.

실업자요…….

실업자?

그렇소.

마치 선문답하듯이, 인학은 형체조차 알 수 없는 이상야
릇한 환영幻影과 깊은 대화를 이어 나갔다. 문제의 그 환영
은 어쩌면 인학의 분신인지도 몰랐다. 환영이 물었다.

그렇다면 어떻게 먹고 사나.

그럭저럭…….

그럭저럭이라니, 도둑질이라도 한단 말인가.

예끼, 여보쇼. 그걸 말이라고 합니까. 설사 굶어 죽는 한
이 없어도 그럴 수는 없지…….

그런데도 사는 게 용하군. 하기야 산 목구멍에 거미줄
치란 법은 없으니까……. 그건 그렇구 무슨 고민이 그렇게
도 많은가.

고민이라…… 그걸 어떻게 아시오?

난, 다 알고 있다네. 김인학 그대는 지금 흔들리고 있어.
어때? 내 말이 빗나갔나?

아니오. 당신 말이 맞아요. 난 지금 몹시 흔들리고 있소
이다.

무엇 때문인가?

일 때문이오.

일?

그렇소. 일이 잘 안 풀려서…….

구름잡기

에잇, 바보 같은 사람…… 일이 잘 안 풀리면 풀어야 할 게 아닌가. 그대는 아주 엉뚱한 고민을 하고 있군 그래.

아니오. 절대로 엉뚱한 고민이 아니오. 난 지금 심각한 국면에 처해 있단 말이오.

아닌 게 아니라 인학은 지금 엄청난 번민의 늪에서 허우적거리고 있었다. 이리 갈까, 저리 갈까…… 선희를 계속 찾느냐, 아니면 이 정도에서 포기하느냐…… 곧이곧대로 말하자면 그는 요 며칠 동안 남몰래 피를 말리고 있었다. 또 다시 환영이 나타났다.

여보게, 김인학.

말씀하시오.

그대는 지금 무엇을 원하고 있나.

그, 글쎄요…….

돈인가.

아닙니다.

어느 사이엔가 인학은 비지땀을 흘리고 있었다. 그리고 그는 가슴이 벌렁벌렁 뛰고 있음을 느꼈다.

묘한 일이었다. 그전에는 전혀 느끼지 못했던 이상스런 신비로움이 온몸을 휘감고 있었다. 환영이 물었다.

여보게, 그대는 일이 잘 안 풀리는 이유가 어디 있다고 생각하나.

그, 글쎄…….

좋아. 그렇다면 그대는 지금까지 최선을 다했다고 생각하나.

최선?

인학은 그 '최선'이라는 말에 깜짝 놀라 눈을 번쩍 떴다. 어느덧 주위에는 눈부신 햇살이 무더기로 쏟아져 내리고 있었다.

아, 이 찬란한 새아침이여. 인학은 우람하게 떠오르는 태양을 향해 두 팔을 한껏 벌렸다.

그 순간 답답했던 가슴이 탁 트였고, 찌뿌드드했던 삭신들도 일제히 부드러워지는 느낌이었다. 그는 문득 몇 해 전 동해안의 어느 한촌寒村에서 보았던 일출 광경을 회상하였고, 그리고 우주만물의 섭리에 그저 숙연히 머리를 조아릴 따름이었다.

그는 굿바위에서 발길을 돌려 오솔길로 접어들었다. 그러나 그의 귓가에는 아직도 '최선'이라는 말이 계속 앵앵거렸다.

그동안 과연 최선을 다했는가. 그는 자기 자신을 향해 질문을 던졌다. 아니야, 아니고 말고…… 그는 최선과 멀리

구름잡기

떨어진 채 엉거주춤했던 자기 자신을 발견하고는 새삼 전율을 금할 길 없었다.

냉정히 말하자면 모든 게 엉터리 수작에 불과하였다. 산천경개 유람하듯 그런 식으로 어슬렁어슬렁 돌아다니면서 어떻게 사람을 찾겠다고 획책했는지 그저 한심스러울 따름이었다.

기를 쓰며 덤벼도 될까 말까 한 일을 너무 안이하게 생각한 것이 잘못이었다. 긴 말이 필요 없었다. 그동안 최선을 다하지 못한 게 사실일진대, 사람을 찾지 못한 채 허탕만 치고 돌아다닌 오늘의 결과 또한 당연한 귀결이 아닐 수 없었다.

부끄러웠다. 스스로 최선을 다하지도 않았으면서 실종된 사람을 찾겠다고 설쳐댄 자신을 돌아볼 때 부끄럽기 짝이 없었다.

그는 낯이 후끈거림을 느꼈다. 구태여 남들이 자신의 살못을 지적해 주지 않더라도 여태껏 최선을 다하지 못했다는 사실에 대해서는 변명의 여지가 있을 수 없었다.

그는 뼈아프게 반성하면서 하산하였고, 집에 도착하자마자 샤워부터 했다. 땀으로 흠씬 젖었던 살갗을 깨끗이 씻자 그렇게 개운할 수가 없었다. 그가 선풍기 앞에 고개

를 들이밀고 머리카락을 말리고 있을 때, 작은딸 재희가
곁에 다가와 말을 걸었다.

"아빠, 어디 갔다 왔어요?"

"산에……"

"산에 사람들 많아요?"

"응."

인학은 거의 건성으로 대답하면서 물기 말라가는 머리
카락을 연신 탈탈 털었다. 재희가 혼잣말 비슷이 말했다.

"아이 참, 아빠가 산에 가시는 줄 알았으면 나도 따라갈
걸 그랬네."

"이 녀석아, 아빠가 출발할 때 넌 깊이 잠들어 있었어."

"그럼 깨우지 그랬어요?"

재희는 암팡지게 따지고 들었다.

"곤히 자는 사람을 어떻게 깨워?"

인학은 그 아이의 뺨을 어루만져 주었다. 지금 인학의
마음속에는 그 무엇인가 이루 형언할 수 없는 고통과 번뇌
가 서로 뒤엉켜 부글거리고 있었다.

내가 왜 이럴까. 이러다가 정녕 회까닥 돌아 버리는 건
아닐까. 날씨 탓일까. 아니야. 난 지금 무엇엔가 홀려 있나
봐.

구름잡기

인학은 자신의 정서 불안 증상을 놓고 나름대로 갖가지 원인을 분석해 보았다. 그러나 이거다 하고 족집게처럼 꼭 집어낼 만한 원인을 찾기가 무척 힘들었다. 재희가 말했다.

"아빠, 흰머리 뽑아드릴까요?"

"흰머리?"

"네, 흰머리가 엄청 많아요."

"괜찮아. 아빠 나이쯤 되면 흰머리도 나게 마련이니까."

"그럼 염색하지 그러세요."

인학은 그 순간 몸을 움찔하였다. 어쩐지 '염색'이란 말이 징그럽게 느껴졌으므로 그는 자신도 모르게 가벼운 진저리를 쳤던 것이다.

물기를 다 털고, 그는 거울 앞에서 머리를 빗었다. 아니나 다를까, 흰 머리카락은 작년 이맘때보다 두 배 이상 늘어 있었다.

불현듯 가족들에게 미안한 마음이 들었다. 나이 40이 넘어, 이처럼 머리카락이 희끗희끗하건만, 하루하루 최선을 다하지 못한 채 엄벙덤벙 세월만 축내고 있는 자신이 밉기만 하였다.

이래서는 안 되지. 풀어진 나사를 조이고 느슨해진 고삐를 잡아채야지. 그는 몇 번이고 똑같은 다짐을 되풀이하면서 단정하게 머리를 빗었다.

　아침 식사를 마치고, 그는 곧 집을 나섰다. 가족들과 좀 더 정다운 시간을 갖지 못하는 것에 대해 아쉬움이 없는 것은 아니었지만, 지금은 그럴 계제가 아니었다.

　그는 곧 서소문으로 달려가 강재원 변호사를 만났다. 언제나 그랬던 것처럼 강재원 변호사는 반갑게 맞이해 주었다. 강 변호사가 물었다.

　"그래, 앞으로 어떻게 할 작정이오?"

　"이대로 눌러앉을 수야 없지 않습니까."

　인학은 당당히 말했다.

　"결말을 내겠다, 이런 뜻으로 해석해도 괜찮겠소?"

　"물론입니다."

　"역시 대단하군."

　"지난 사흘간 반성을 많이 했습니다."

　"반성?"

　"그렇습니다. 지금까지 제가 너무 소극적이었다는 생각입니다."

　"원, 천만에…… 그렇지 않아요. 난 김 반장을 믿고 있지. 모든 일 작파하고 열심히 뛰어다닌 김 반장에게 마음속으로 얼마나 고마워하고 있는지 아시오? 만에 하나라도 소극적이었다느니, 어쨌다느니 그런 말은 하지 마시오. 나 자신, 부담스러우니까……”

“변호사님께 부담을 드리기 위해서 이런 말씀을 드리는 게 아닙니다. 제 나름대로 느낀 바를 말씀드리는 것뿐입니다.”

인학은 단호히 말했다. 사실 그의 말은 결코 외교적 췌사가 아니라 진심의 일단을 털어 놓은 것으로 가식이라곤 티끌만큼도 묻어 있지 않았다.

“이봐요, 김 반장……”

“네……”

“내가 너무 무리한 부탁을 한 게 아닌지 모르겠소.”

“그렇지 않습니다. 앞뒤가 꼬이지만 않았다면 결코 어려운 일이 아닙니다.”

“그래요, 나도 사실은 단순하게 생각하고 있었소. 일이 이렇게까지 복잡하게 얽힐 줄은 몰랐다니까……”

그는 가벼운 한숨을 토해 내고 있었다.

“사실은 저도 그렇게 생각했습니다. 그러나 냉정히 분석해 본다면 처음부터 섣불리 덤빈 게 잘못인지도 모릅니다.”

“내가……?”

“아닙니다. 변호사님은 애당초 저를 불러 일을 맡기실 때 아주 진지하게 말씀하셨죠. 전, 변호사님께서 박선희의 인적 사항이 적힌 메모지와 사진을 넘겨주실 때의 상황을 자세히 기억하고 있습니다.”

사실이었다. 인학은, 그날 강재원 변호사의 얼굴에 나타나 있던 표정까지도 정확히 기억하고 있었다. 그것은 마치 한 장의 기념사진처럼 인학의 뇌리에 선명히 인화되어 있었다. 강재원 변호사가 말했다.

“그거야 별 의미가 없잖소?”

“그렇지 않습니다. 그때 제가 좀 더 신중하게 생각했어야 하는 건데 너무 경솔했다는 결론입니다.”

“허허…… 김 반장, 그렇게까지 생각할 필요는 없을 텐데…… 사람이 하는 일이란 때로는 실수라는 게 있잖소? 검찰이다, 경찰이다, 그 방대한 조직이 있으면서도 해결 못하는 사건들이 얼마나 많소? 영구 미제 사건도 부지기수란 말이오. 나 자신도 검찰에 몸담고 있는 동안 해결 못한 일이 얼마나 많다구……”

“네에?”

인학은 자신의 귀를 의심하지 않을 수 없었다. 현역 검사 시절 강재원이라면 모르는 사람이 없을 만큼 날리던 인

구름잡기

물이었는데, 그런 거물이 많은 미제 사건을 남기고 물러나 왔다니 도저히 믿어지지 않았다. 강재원 변호사가 물었다.

"왜 놀라서?"

"변호사님께서도 해결 못한 사건이 있다니 정말 이해가 안 갑니다."

"하하…… 부끄러운 얘기지만 일선에서 사건을 담당할 때 미제로 남긴 게 한둘이 아니오. 사람의 능력에는 한계가 있게 마련이니까. 지금은 이렇게 웃으면서 이야기할 수 있지만 사건이 풀리지 않고 원점에서 맴돌 때 얼마나 애를 태웠겠소? 다른 사람이라면 몰라도 김 반장이라면 당시의 내 심정을 십분 이해하고도 남을 거요."

"그는 담담하게 말했다. 하기야 어느 시대, 어느 사회라 하더라도 미제 사건은 발생하게 마련이었다. 그런데도 강재원 변호사가 지난날 미제 사건을 남겼다는 데 대해서는 선뜻 납득하기 어려웠다.

그만큼 강재원 변호사의 명성은 대단했다. 아마 현역 시절 그가 미제 사건을 남겼다면, 길을 막고 지나가는 사람에게 물어봐도 액면 그대로 믿으려는 사람이 많지 않을 것이었다.

인학은 그의 명성에 눌려 강재원 변호사야말로 완벽에

가까운 인물이려니 확신하고 있었다. 그러나 사실은 그것처럼 무서운 착각도 없었다. 인간이라면 누구에게나 결함이 있게 마련이었고, 털어서 먼지 안 나는 사람도 드물게 마련이었다.

그렇건만 인학은 강재원 변호사를 만날 때마다 거의 주눅이 들곤 하였다. 평소 자신의 심장이 강심장이라고 생각해 온 그였지만 어쩐지 강 변호사 앞에서는 최면이라도 걸린 듯 괜히 위축되는 것이었다. 용기를 내어 인학이 말했다.

"변호사님께 꼭 드릴 말씀이 있습니다."

"뭐요?"

"다름이 아니옵고 이번에는 방향을 바꿔봐야겠다는 생각입니다."

인학은 이번에야말로 새로운 돌파구를 열어야 한다고 굳게 다짐하고 있었다.

"방향을 바꿔……?"

"그렇습니다. 그동안 '꽃'을 찾는 데는 제약이 너무 많았습니다. 그렇다고 저 자신 경찰의 힘을 빌릴 생각은 추호도 없었습니다."

'꽃'이란 박선희를 지칭하는 일종의 암호였다. 인학은 누구보다도 경찰의 생리를 잘 알고 있었다. 만일 강재원

구름잡기

변호사가 직접 개입해서 고위층으로 하여금 강력한 명령을 내리도록 한다면 몰라도 경찰은 결코 이런 일에 적극적으로 매달릴 집단이 아니었다.

검찰도 마찬가지였다. 어느 날 갑자기 회사원 한 사람이 자취를 감췄다고 해서 그들 역시 기를 쓰고 덤빌 리 만무했다.

그렇다고 신문이나 방송에 광고를 내어 해결할 문제도 아니었다. 박선희가 제 발로 종적을 감춘 이상, 그리고 얼빠진 장난꾸러기가 아닌 이상 신문이나 방송에 광고를 낸다고 해서 되돌아올 까닭이 없었다.

그렇다면 누군가가 그녀를 추적해 찾아내는 것이 가장 바람직한 방법이 아닐 수 없었다. 강 변호사는 일찍이 그것을 간파하고 인학에게 이번 일을 부탁한 것이었다. 강 변호사가 말했다.

"문제는 대양건설이라는 내기입이 관련돼 있기 때문이오. 하찮다면 하찮은 일이건만 대기업의 여비서가 어느 날 갑자기 없어졌다면 세상 사람들이 예사로 보지 않거든. 만일 이 일을 언론이 알게 되면 어떻게 되겠소? 다행히 대양건설에서 보안 유지를 잘하고 있으니까 그렇지 그 사건 내용이 밖으로 새나가면 결코 조용하지 않을 거요. 특히 주간지나 여성지에서 알면 이게 웬 떡이냐 하고 덤벼들겠지.”

　인학은 ‘다행히’라는 말에 신경을 쓰면서 다른 한편으로는 대양건설이나 강재원 변호사가 혹시 모종의 피해망상에 사로잡혀 지레 겁을 먹는 게 아닌가 하고 의심했다. 그들은 왜 언론을, 아니 세상의 이목을 그렇게도 두려워하는 것일까. 언론에서 대서특필하면 도리어 문제의 박선희를 쉽게 찾을 수 있으련만 그들은 이번 사건이 세상에 알려지는 것을 선병질적으로 경계하고 있었던 것이다.

　이상도 하지. 도대체 그 나약한 아가씨가 얼마나 어마어마한 비밀을 쥐고 있기에 이러는지 도저히 이해할 수가 없었다. 인학이 말했다.

　“제가 드리고 싶은 말씀은 다른 게 아니구…… 앞으로는 정면 돌파를 해야겠다 이런 말씀입니다.”

　“정면 돌파?”

　“그렇습니다. 저는 지금까지 사건의 외곽만을 맴돌았다는 느낌입니다. 문제의 ‘꽃’이 있을 만한 곳, 다시 말씀드려서 연고지 중심으로 찾아다녔습니다. 그렇지만 지금까지 문제의 내용조차 파악 못한 실정입니다.”

　“그건 또 무슨 말이오?”

구름잡기

“솔직히 말씀드려서 대양건설이나 변호사님께서 ‘꽃’을 애타게 찾는 이유…… 그걸 잘 모르겠습니다.”

“허허허…… 그게 그렇게도 궁금했소? 그렇다면 속 시원히 말해 주지. 사람이 없어지면 찾는 게 당연하잖소? 내가 할 말은 그게 전부요. 나는 그 여비서와 직접적인 관련은 없지만 대양건설로부터 부탁을 받았을 뿐이구…… 나도 처음엔 이상하게 생각했었소. 여사원 한 사람의 문제를 가지고 왜 그렇게 호들갑을 떠나. 사람을 찾으려면 자기들이 직접 나서거나 차라리 흥신소에 부탁할 일이지 나에게 부탁할 건 또 뭔가……”

강재원 변호사는 조용히 말했고, 인학은 그의 말에 한껏 귀를 기울였다.

“저도 그 점을 이상하게 생각하고 있습니다.”

“그랬을 거요. 이것저것 복잡하게 따질 필요 없어요. 그저 순수하게 생각하면 되지. 대개 수사 업무에 오래 종사한 사람들은 의심이 많아…… 나 역시 그렇지만…… 그러나 단순히 생각하면 아주 단순하단 말이외다.”

“그래도 저에겐 석연치 않은 점 한두 가지가 아닙니다.”

“하하…… 김 반장은 역시 달라. 타고난 기질은 어쩔 수 없다니까.”

“최선을 다하면 언젠가는 모든 것이 밝혀지겠지요.”

“그야 물론……”

“조금 전 제가 말씀드린 정면 돌파에 대해서…… 사실은 변호사님의 도움이 꼭 필요합니다.”

“어떤 도움이 필요하겠소?”

“이제부터 전 대양건설 안으로 들어가 봐야 되겠습니다. 밖으로만 돌다 보니까 수수께끼가 너무 많아요. 그래서……”

“그래서……?”

“이제는 대양건설 내부에 있는 사람도 만나 봐야겠어요. 그게 가능할까요?”

“안 될 것도 없지. 하지만 이 사람 저 사람 전부 만날 수는 없을 거요. 그건 회장부터 원칠 않으니까.”

“알겠습니다. 가능한 범위 안에서 조심스럽게 행동하겠습니다.”

“알았소. 가급적이면 시끄럽지 않게 해 주시오.”

강재원 변호사는 의외로 선선히 허락하였다. 그전에 비한다면 훨씬 부드럽게 변모한 느낌이었다.

그는 본래 이번 사안과 관련해 좀 이상하다 싶을 정도로 몸을 사려 온 게 사실이었다. 오죽하면, 대양건설과의 사이에 일종의 흑막이 있는 게 아닐까 의심될 정도로 강 변호사는 지나치게 조심성을 보여 왔던 것이다.

그러나 오늘은 달랐다. 종래에는 대양건설 이야기만 나왔다 하면 몹시 긴장한 모습을 보였으나 오늘은 별 거리낌 없이 나오는 것이었다. 인학이 말했다.

"제가 대양건설 사람들을 만난다고 해서 변호사님께 누를 끼치거나, 밖으로 소문이 나는 일은 없을 겁니다."

"좋아요. 말하지 않아도 김 반장의 마음을 잘 알고 있다구."

인학은 오늘에야말로 강재원 변호사와 인간적인 교감을 나눌 수 있었다. 지금까지는 어딘지 모르게 어색하고 서먹서먹했던 게 사실이었지만, 오늘은 별로 그런 걸 느끼지 못했다.

인학은 잠시 후 강재원 변호사 사무실을 나왔다. 강 변호사가 함께 점심이나 하자고 제의하는 것이었으나 별로 내키지 않았다. 더욱이 점심시간까지 죽치고 앉아 기다려야 한다는 것이 큰 부담으로 느껴졌으므로 인학은 적당한 핑계를 둘러대고 그곳을 벗어났다.

빌딩의 현관을 나서는데, 이 도시의 거리가 매우 산뜻해 보였다. 그래. 이제부터는 뭔가 잘 풀릴 거야. 대양건설 안으로 직접 들어가서 박선희의 행적을 파헤친다면 옹친 매듭들이 좔좔 풀려나올 것이라는 확신이 섰다.

그는 가로수 밑에 서서 잠시 덕수궁 쪽으로 눈길을 돌렸다. 수십 마리의 비둘기들이 무리를 이루어 고궁 위를 선회하고 있었다.

그래. 이제부터야.

그는 주먹을 불끈 쥐면서 돌아섰다. 그때 한줄기 시원한 바람이 불어와 코끝으로 스쳐 지나갔다. 한껏 푸르른 나뭇가지들 사이로 뭉클뭉클 햇살이 쏟아지고 있었다.

구름잡기

2

커튼을 젖히고 젖빛 창문을 열었다.

맑고 산뜻한 공기와 함께 밝은 햇살이 넘쳐흐르고 있었다. 엊그제까지만 해도 살인적인 불볕더위가 계속되었으나, 이제는 햇살 속에서 가을의 냄새가 물씬 풍겨 나오고 있었다.

인학은 가슴을 활짝 펴고 연거푸 심호흡을 하였다. 상체를 전후좌우로 부드럽게 움직이면서 여러 차례 심호흡을 하자 몸뚱이가 한결 가벼운 느낌이었다.

　오늘은 일요일, 그에게도 얼마간의 여유가 있었다. 일정한 직장 없이 살아가는 처지이지만, 그러나 일요일만 되면 한결 마음이 편해지는 것이었다.

　그것은 어쩌면 오랜 세월 직장 생활을 통해 몸에 밴 습성 탓인지도 몰랐다. 과거 경찰관 시절에도 일요일에는 다소 한숨을 돌릴 만한 여유를 가질 수 있었다.

　현실적으로는 당직이다 뭐다 해서 일요일이나 공휴일을 찾아 먹을 형편이 못 되었다. 툭탁하면 특별 근무였고, 관내에 강력 사건이라도 발생했다 하면 며칠씩 밤을 지새우며 근무하지 않을 수 없었다.

　그런 형편에서 일요일이나 공휴일을 꼬박꼬박 챙겨 휴식을 즐긴다는 것은 낭만적 환상에 불과하였다. 하지만 일요일이나 공휴일은 다른 날에 비해 마음이 한결 가벼워지는 것이었다.

　그것은 어쩌면 책임의 해방감에서 오는 현상인지도 몰랐다. 평일에는 숨 돌릴 틈도 없이 팽팽하게 긴장을 했다가 일요일이나 공휴일에는 긴장의 끈이 얼마간 느슨해지는 것이었다.

　사실 일요일만 되면 모든 게 한가롭게 느껴졌다. 거리를 내왕하는 시민들도 다른 날보다는 여유가 있어 보였고, 언

구름잡기

제나 복작대던 시장 바닥도 일요일에는 웬만큼 넉넉함이 엿보이는 것이었다.

어디에선가 까치가 우짖고 있었다. 깍, 까악, 까아악, 깍, 깍…… 참으로 오랜만에 들어 보는 신선한 까치 울음 소리.

무슨 좋은 일이라도 있으려나? 까치가 울면 반가운 손님이 온다는 항설을 떠올리면서 인학은 일단 좋은 징조라고 점쳐 보는 것이었다.

그는 소파에 앉아서 즐거운 마음으로 까치 소리를 들었다. 시골도 아닌 서울에서 까치 소리를 들을 수 있다는 것이 그렇게 기쁠 수가 없었다.

아내는 조반을 준비하느라 부엌에서 열심히 딸그락거리고 있었다. 평소에는 항상 부지런하고 상냥하다가도 일단 심통이 났다 하면 걷잡을 수 없이 오기를 부리는 아내.

결혼우, 해도 후회하고 안 해두 후회한다는 어떤 사람의 알 듯 모를 듯한 말이 그처럼 실감날 수가 없었다. 요컨대 아내의 마음이 이랬다저랬다 수시로 변덕을 부리는 것은 어쩌면 여자이기 때문인지도 몰랐다.

오늘처럼 살림에 골몰하는 것을 볼라치면 아내가 한없이 귀엽고 갸륵하게 느껴졌다. 그야말로 후닥닥 달려가 냅다 껴안아 주고 싶은 심정이 간절했다.

그러나 지난번에 그랬던 것처럼 입술을 삐죽 내밀고 툴툴대며 오기를 부릴 때에는 당장 뒤집어엎고 싶은 심정뿐이었다. 그러고 보면 인내야말로 사랑과 미움의 가장 대표적인 묘약이 아닐까 느껴지기도 하였다.

그는 문득 어느 선배의 말을 떠올렸다. 선배가 말하기를, 아내가 미워질 때에는 소리 안 나는 총으로 쏴 죽여도 시원찮을 만큼 증오심이 끓어오른다는 것이었다. 그 선배는 후배들로부터 꽤 존경받는 인물이었고, 따라서 그가 그런 말을 할 때에는 전혀 뜻밖이라는 느낌이 들었다.

특히 그 선배는 평소 매우 온순하고 얌전한 편이었다. 그런 인물이 아내에 대한 혐오의 감정을 아무런 여과 없이 그처럼 노골적으로 표현하리라곤 사실 아무도 예측하지 못할 것이었다.

인학 역시 마찬가지였다. 선배의 입에서 아내를 경멸하다 못해 확 사살해 버리고 싶다는 말이 튀어 나왔을 때, 인학은 자신의 귀를 의심하지 않을 수 없었다.

한데 선배의 표정은 워낙 진지했고 장난기라고는 전혀 찾아볼 수 없었다. 그러면서 그 선배는 결론 삼아 그럴싸한 역사적 사실을 끌어다 붙이는 것이었다.

구름잡기

소크라테스도 마누라 때문에 신세를 조졌잖아?

그는 아주 결연히 말했으므로 그동안 아내 때문에 얼마나 속을 썩여 왔는지 짐작하고도 남을 만하였다. 그러면서 그는 아내에 관한 한 거의 체념해 버린 듯한 표정을 짓는 것이었다.

인학은 아내와의 관계가 불편해질 때마다 두고두고 그 선배의 경우를 곱씹었다. 정말이지 아내 때문에 고뇌를 하거나 신세를 조진 사람은 한둘이 아닌 듯했다.

그러나 내막적으로는 어떤지 몰라도 겉으로 보건대 아내를 잘 만나 행복하게 지내는 사람도 적지 않았다. 아니, 어쩌면 이 세상 대부분의 남자들이 아내를 잘 만남으로써 행복해지는지도 모를 일이었다.

그런 사람들과 비교해 볼 때 인학은 자신을 비승비속非僧非俗의 어중간한 입장이라고 치부했다. 아내 때문에 남들처럼 신나게 행복해진 것도 아니지만 그렇다고 외장창 망해 버린 것도 아니었다.

문제는 아내의 변덕에 있었다. 도저히 종잡을 수 없는 변화무쌍한 아내의 마음가짐. 어떤 때에는 희희낙락 웃음꽃을 피우다가도 일단 심통이 났다 하면 집안 전체의 분위기를 온통 회색으로 떡칠하는 것이었다.

　따라서 그의 가정 분위기는 화목과 불화가 무상으로 교차할 수밖에 없었다. 정말이지 아내의 비위를 맞추어 집안의 평화를 유지한다는 것은 이만저만 힘든 노릇이 아닐 수 없었다.

　심지어 인학은 언젠가 자살을 꿈꾼 적도 있었다. 아내를 저주하는 장문長文의 유서를 써 놓고 냅다 농약이라도 마셔버릴까 궁리했던 것이다.

　아내 때문에 신경을 쓰다 보면 만사가 귀찮아지게 마련이었다. 살아가는 것과는 전혀 무관한, 이를테면 계 모임이나 동창회 같은 곳에는 열불나게 찾아다니면서 가족들에게 등한한 경우를 상정할라치면 이만저만 분통이 터지는 게 아니었다.

　지난날 직장 생활을 할 때 인학은 이따금 집으로 전화를 걸곤 하였다. 갑자기 특명이 떨어져 야근을 하거나 지방 출장을 떠나게 되면 집으로 연락을 취하는 것이 상식이었다.

　한데 그 경우 집으로 전화를 걸면 십중팔구는 허탕을 치게 마련이었다. 아내가 집을 비움으로써 전화를 안 받는 것이었다.

　아이들 학교 보내 놓고 나면 아내는 그때부터 에라 모

르겠다, 이제부터는 내 세상이다 하고 동네방네 까질러 다니는 것이었다. 무슨 일이 그렇게도 바쁜지 아내는 한시반시 집에 붙어 있을 날이 없었다.

오후가 되어 아이들이 학교에서 돌아와도 아내는 밖으로만 나돌았다. 그녀는 자기의 행동을 자유롭게 하기 위해서 아파트 열쇠를 별도로 더 만들어 아예 아이들에게 하나씩 나눠 준 터였다.

아주 긴요한 연락을 취하려고 집으로 전화를 했다가 신호만 가고 받는 사람이 없을 때에는 한마디로 김이 팍 새게 마련이었다. 어쩌다 소희나 재희와 통화가 이루어질 때도 없지 않았지만, 아내가 온종일 집을 비운 채 똥 무더기 찾아 뻘뻘거리고 헤매는 똥개처럼 여기저기 휘젓고 돌아다닌다는 것은 결코 바람직한 현상이라고 말하기 힘들었다.

아내는 참으로 기상천외한 일면을 지니고 있었다. 겉으로 보기에는 그럴 것 같지 않은데 무슨 까닭인지 잊을 만하면 한 번씩 일을 저질렀다. 언젠가 한번은 아내가 이 아파트를 복덕방에 내놓은 적이 있었다. 인학과는 일언반구 상의도 없이 자기 마음대로 집을 복덕방에 내놓고 원매자願買者가 나타나 계약 단계에 이르렀을 때, 그제서야 비로소 저간의 진행 과정을 이야기하는 것이었다.

인학은 그때 거의 살맛을 잃을 수밖에 없었다. 가장으로서의 존재뿐만 아니라, 인격 그 자체를 완전히 무시당한 것만 같아 그는 거의 미치고 환장할 지경이었다.

그러나 인학은 그때에도 몇 마디 핀잔만으로 자신의 울분을 모두 삭였다. 원매자에게는 대단히 미안한 일이지만 인학은 복덕방 주인에게 양해 요청과 함께 집을 팔 뜻이 없음을 분명히 밝혔다.

본인은 정작 아무런 잘못도 없으면서 복덕방 주인과 원매자에게 머리 숙여 사과와 양해를 구해야 하다니…… 인학은 지금까지 쌓아 온 명예와 자존심을 일부 허물어 내면서 남들 앞에 고개를 숙이고 들어갈 때의 그 불편했던 심기를 지워 내기 위해서라면, 아내를 패 죽여도 시원찮을 판이었다.

그와 유사한 일은 1년에 서너 차례씩 발생하였다. 인학과는 한마디 상의도 없이 독단적으로 일을 저질러 문제가 표면화된 다음에야 너절한 변명과 함께 해결을 떠넘기는 것이었다.

한심했다. 몇 차례에 걸쳐 그런 일을 겪고 나자 인학은 아예 삶의 현장에서 퇴장하여 영원히 이 세상을 떠나고 싶었다.

구름잡기

　남들은 아내가 그렇게 마음에 안 들면 이혼을 해 버리지 그러느냐고 충고할지 모르지만 인학은 이혼이니 뭐니 구차한 방법을 생각하기에 앞서 자신의 전부를 던져 그녀의 버릇을 철저히 고쳐 주는 것은 물론 자신의 어리석음을 말끔히 청산하고 싶었다. 자신의 어리석음이란 오랜 연애 끝에 그녀와 결혼하기로 결심한 최종적인 판단 착오를 의미했다.

　그에 대한 책임은 남이 아닌 바로 자기 자신에게 있었다. 인학은 그런 자기 자신의 판단 착오까지를 한 다발로 묶어 스스로 목숨을 끊음으로써 이 세상에서의 괴로운 문제들을 모조리 정리하려 했던 것이다.

　그런 남의 속도 모르면서 아내는 심심하다 싶으면 한 번씩 남의 오장을 뒤집곤 하였다. 또 다시 선배의 목소리가 귓전에서 앵앵거렸다.

　소크라테스도 마누라 때문에 신세를 조졌잖아?

　그러나 인학은 참는 데까지 참아야 한다고 굳게 다짐하고 있었다. 그동안 아내가 저질러 온 사건들을 돌이켜 보면 분통 터질 일 한두 가지가 아니었지만, 그러나 이혼 서류 몇 장에 도장을 찍고 남남으로 돌아선다는 것 또한 쉬운 일이 아니었다. 그렇다면 최후의 한순간까지 참고 견디는 것이 최선의 도리가 아닐는지…….

사실 아내와의 만남은 차라리 운명이라고 말할 수밖에 없었다. 저 모래알처럼 많은 사람들 가운데 둘이 결합하여 부부의 인연을 맺고 살아왔다는 것부터가 예사롭지 않은 관계였던 것이다.

미우네 고우네 해도 이 어마어마한 인연을 함부로 파기할 수는 없었다. 이혼할 만한 용기가 없다거나 또는 이혼을 할 줄 몰라서가 아니라 인학은 마지막 한순간까지도 인연의 소중함을 실천으로 지키고 싶었던 것이다.

울화통이 터질 때 참고 견딘다는 것은 참으로 고통스러운 일이 아닐 수 없었다. 또, 미움의 감정을 전부 발산하지 못한 채 속으로 삭이다 보니 미상불 암이라도 걸리지 않을까 염려되었다.

어떤 책에서 읽은 기억이 확실하다면, 부글부글 끓어오르는 분노를 삭이며 고심참담하는 사람에게 암 발생률이 높다는 것이었다. 오래 전에 어디에선가 읽은 기억이 나지만 제법 그럴싸한 이론이라고 느껴졌던 것이다.

세상만사를 낙천적으로 생각하는 사람은 그만큼 속을 덜 썩게 마련이었다. 그러나 아주 세밀한 부분까지 잔신경을 쓰다 보면 자기도 모르는 사이 번민에 휘말리지 않을

구름잡기

수 없었다.

상식적으로 생각할 때 속을 많이 썩은 사람에게 불치의 속병이 생긴다는 것은 쉽게 이해할 수 있었다. 예컨대 암이라는 질병도 그러한 정신적 고뇌와 번민으로부터 출발하지 않을까 하는 어렴풋한 느낌이 들었던 것이다.

인학은 사실 그동안 온갖 험한 꼴, 아내와의 관계뿐만 아니라 모든 인간들과의 관계에서 오는 마찰과 피곤함을 오직 인내로 극복해 온 터였다. 그것은 누군가의 도움에 의해서가 아니라 순전히 극기를 통해서만 가능한 일이었다.

정말이지 더럽고 아니꼬운 짓거리들 앞에서 자존심을 침해받는 개 같은 경우에 있어서도 중심을 잃지 않고 버틸 수 있었던 그 비결은 바로 극기 그것이었다. 그러나 말로는 쉬워도 극기를 실천하는 길은 가시밭길을 걷는 것처럼 험난했다.

인학은 본래 불같이 급한 성격의 소유자였다. 그렇건만 모친의 가르침을 지키면서 모든 어려움을 극기의 정신으로 극복해 나왔던 것이다.

아내가 아무리 고집불통이라 해도 지금까지 큰 탈 없이 견딜 수 있었던 것도 사실은 그 덕택이었다. 화가 났을 때의 감정을 그대로 행동에 옮겼다면 아내는 벌써 송장이 되었거나 아니면 수년 전에 벌써 쫓겨났을 것이었다.

하지만 참아야 했다. 불쑥불쑥 패 죽이고 싶은 충동이 솟구쳐도 그걸 끝까지 잠재우는 인내가 필요했다. 그러다 보니 인학은 은연중 스스로 암에 대한 노이로제에 걸리고 말았던 것이다.

나는 필경 암으로 죽게 될 거야.

인학은 이따금 자신의 최후를 점치면서 결정적 사인死因은 암으로 귀착될 것이라고 믿었다. 오죽 속을 끓이며 살아 왔으면 이처럼 불길하고 기분 나쁜 예감에 사로잡혔을 것인가.

누가 뭐래도 자신의 내면세계는 자신이 가장 잘 알게 마련이었다. 인학은 그동안 어떻게나 속을 끓이며 살아 왔는지 오장육부가 푹신 썩어 문드러졌을 것이라고 추측해 보는 것이었다.

남들이 보기에는 원만한 사람, 별로 걱정이 없는 사람쯤으로 비칠지 모르지만 사실은 그게 아니었다. 그의 내면은 온갖 상처로 얼룩져 유혈이 낭자한 형국이었다.

피곤하고 괴로웠다. 산다는 것 그 자체는 곧 고해가 아닐 수 없었다.

구름잡기

차라리 마소나 바보 멍청이로 태어났더라면 덜 괴로우련만 어쩌다 사색하는 인간으로 태어나 이 고뇌의 굴레를 벗어날 수 없는 것일까. 인학은 이미 오래 전 아내와의 갈등을 견디지 못해 자살을 궁리했을 때 이 세상에 인간으로 태어난 것을 얼마나 비관했는지 몰랐다.

그러나 지금은 그때보다 훨씬 나아진 셈이었다. 살아간다는 것 그 자체가 어차피 고해라는 것을 깨달은 다음부터는 극복하기 힘든 어려움 앞에서도 극기할 수 있다는 또 다른 저력이 생기는 것이었다.

그리고 덧없이 죽어 간 사람들을 생각할 때마다 생명이라는 것이 얼마나 존귀한가도 깨닫게 되었다. 뒤늦게 철이 들었다고 할까, 어쨌든 그는 얼마 전부터 살아 있는 모든 것들을 경외하는 마음으로 대하곤 하였다. 풀 한 포기, 개미 한 마리도 함부로 할 수 없다는 것이 그의 마음가짐이었다.

그동안 원수네 악수네 하고 살아 왔지만 사실은 아내야말로 가장 사랑해 줘야 할 상대였다. 인학은 아내가 아무리 부족한 인간이라 할지라도, 아니 부족하면 부족할수록 그 부족한 부분을 메워 줘야 할 사람이 바로 남편인 자기 자신이라고 믿는 것이었다.

만일 아내 아닌 다른 여성과 결혼을 했더라면 어떻게 되었을까. 막말로 얘기해서 지금보다 훨씬 더 행복했을 것이라는 보장도 없었다. 그뿐이 아니었다. 아내와의 결혼은 남이 아닌 바로 자신이 결정한 문제였다. 그런 일을 놓고 이제 와서 어떻네 저떻네 따져 봐야 모든 잘못은 자기에게 귀착될 따름이었다.

인학은 그러므로 아내와 만나 연애를 하고, 결혼을 하고, 아이들을 낳아 기르는 이 모든 일이야말로 자신에게 주어진 운명이요 업보라고 생각했다. 그렇다면 주어진 운명을 거역할 것이 아니라 자기 것으로 만들어 옳은 방향으로 개척해 나갈 수밖에 없었다.

그전에도 그랬지만 그는 이 근래 들어와 부쩍 명상에 잠기는 시간을 많이 가졌다. 그것은 어쩌면 나이 탓인지도 몰랐는데 배부른 돼지보다 차라리 배고픈 소크라테스가 되어야 한다는 신념이 날이 갈수록 더욱 분명해지는 것이었다.

아침 식사를 마치고 그는 길 건너 시장 쪽으로 나갔다. 길거리에 오가는 사람들은 저마다 활기에 넘쳐 있었다. 그는 중앙통을 따라 천천히 걸었다. 평일보다는 한결 한산했으나 역시 시장에는 시장만이 자아내는 독특한 분위기가

구름잡기

있었다.

뭣뭣을 사라고 외치는 사람, 물건값이 싸다고 잡아끄는 사람, 수북이 쌓인 물건들을 정리하는 사람, 무엇이 그렇게도 좋은지 뱃살을 움켜쥐고 앙천대소를 하는 사람, 일전을 불사할 듯이 눈에 불을 켜고 욕지거리를 내뱉는 사람…… 시장 바닥에는 그야말로 천태만상의 인간들이 뒤엉켜 뜨끈뜨끈한 삶의 열기를 토해내고 있었다.

그는 자잘한 노점상들을 지나쳐 철공소 옆에 있는 이발관으로 들어섰다. 그러자 이발관 주인이 반갑게 맞이해 주었다.

"아니구, 어서 오십쇼. 이거 얼마 만인지 모르겠네요."

"오랜만이오. 별일 없었소?"

"그러믄요."

주인의 표정은 언제나 마찬가지로 매우 밝았다.

"일루 앉으세요."

"예, 고맙습니다."

인학은 의자에 앉아 차례를 기다리기로 했다. 거울 앞 의자에는 각각 두 사람이 앉아 있었다. 한 사람은 마악 이발하는 중이었고, 다른 한 사람은 면도하고 있었다.

이 이발관에 올 때마다 느끼는 일이지만 주인네 부부는

무척 정다워 보였다. 남편은 이발사, 부인은 면도사…… 이들 부부는 외모에 나타난 것처럼 마음씨가 착할 뿐만 아니라 매우 부지런하였다.

이발사의 나이는 잘해야 30대 초반쯤으로 보이는데 매우 성실하였다. 부인과 함께 이발관을 꾸려 나가면서 열심히 사는 것을 보면 상당히 대견스러워 보였다.

이발요금도 실비만 받고 있는데 고객의 대부분이 검소하게 사는 동네 주민들이었다. 인학은 동네의 다른 주민들과 마찬가지로 이 이발관을 자주 이용하는 편이었다. 이발사가 먼저 온 손님의 이발을 마치고 나서 인학에게 말했다.

"일루 올라앉으시죠."

인학은 심심풀이로 들춰 보던 주간지를 간이 의자에 던져 놓고 거울 앞 의자로 올라앉았다. 거울 속에 40대의 한 남자가 떠억 버티고 앉아 있었다. 인학은 거기 나타난 자신의 용모를 바라보면서 그동안 머리카락이 너무 자랐다고 느꼈다. 그는 혼잣말 비슷이 말했다.

"너무 길었군."

"별로 안 긴데요 뭐."

이발사는 벌쭉이 웃으면서 인학의 앞가슴에 보자기를 둘렀다. 그가 물었다.

구름잡기

“피서는 다녀오셨어요?”

“피서? 거 말도 꺼내지 마쇼.”

“왜요?”

“그것도 돈 많고 한가한 사람에게나 해당되는 말이지 나한테는 별로 관계없는 일이니까……”

그는 단호히 말했다. 몇 해 전에는 동해안의 등명이라는 곳으로 피서를 다녀온 적이 있었는데, 최근에는 피서니 뭐니 그런 것을 생각할 만한 마음의 여유가 없었다.

직장을 그만두면 내 마음대로 한가하게 지낼 줄 알았었는데 사실은 그게 아니었다. 특히 강재원 변호사의 부름을 받고 박선희를 찾아다니게 된 다음부터는 사생활을 거의 포기하다시피 하였다. 그런데도 일은 여간해서 풀릴 기미를 보이지 않고 있었다. 막막했다. 벌써 1년이 훨씬 지나 2년째로 접어들고 있건만 찾아내야 할 박선희는 오리무중五里霧中이니 이거 참 환장할 노릇이 아닐 수 없었다.

……선희가 살아 있지 않다는 것은 분명합니다.

어느 사이엔가 그의 귓가에는 김혜란의 목소리가 앵앵거리고 있었다.

뭐야? 선희가 죽어?

학창 시절 김혜란이 선희와 단짝이었던 것은 틀림없는

사실이지만, 그러나 그녀의 말을 액면 그대로 받아들이기에는 석연치 않은 구석이 너무 많았다.

막말로 선희가 자살을 했다면 뚜렷한 이유가 있어야 하고, 시신은 물론 하다못해 유서 쪼가리라도 남아 있어야 할 게 아닌가. 한데, 아무런 근거도 없으면서 선희가 죽었다고 속단하는 것은 위험한 발상이라고 느껴졌다.

……선희는 상식적으로 이해하기 힘든 애라구요. 선희는 다른 애들하고 다르다니까요.

또 다시 김혜란의 목소리가 들려왔다. 또랑또랑한 아주 인상적인 목소리. 그녀의 말에는 분명 일리가 있었다. 처음부터 눈치챈 일이지만 선희를 단순한 인물로 이해할 수는 없었다. 만일 선희를 평범한 여자라고 생각한다면 이번 일은 죽도 밥도 안 될 것이었다.

……죽었다는 사람을 찾아서 어쩌겠다는 겁니까?

인학의 귓가에는 성만이의 목소리도 들려왔다. 한 치 걸러 두 치라는 말이 있지만 성만이는 당초 이번 일에 애착을 느끼지 않는 듯했다. 그리고 그는 날이 갈수록 시들해져서 끝내는 진력을 내는 것이었다. 본래 뚝심 좋기로 유명한 그였지만, 워낙 오래 허탕만 치고 돌아다님으로써 제 풀에 지친 것이었다.

구름잡기

인학이 함께 일할 것을 제의했을 때 성만이는 별로 힘들이지 않고 선선히 응해 주었고, 그동안 전국을 돌아다니면서 고생을 할 만큼 한 터였다. 그러나 지난번 부여에 갔을 때 백마강과 낙화암의 경치에 반해서 어쩔 줄 몰랐던 성만이. 인학의 입장에서는 성만이와 동행하게 되면 그렇게 마음 든든할 수가 없었다. 그런 성만이가 이번 일에서 손을 떼겠다니 인학으로서는 섭섭하기 짝이 없었다.

그러나 인학은 그를 더 이상 붙잡고 늘어질 용기가 없었다. 이번 일이 성공적으로 끝난다 해도 그의 장래를 책임질 만한 능력이 없기 때문이었다. 한데, 인학은 성만이에 대하여 한 가지 의문을 떨칠 길이 없었다. 아우 홍만이와 함께 유도 도장을 발전시켜 종합체육관으로 만들겠다던 사람이, 그리고 체육관 경영만으로 충분히 생활을 지킬 수 있다던 사람이 왜 하필이면 술장사를 시작하려는지 잘 이해가 되지 않았다.

물론 직업에는 귀천이 없는지라 술장사를 하든 밥장사를 하든 나무랄 마음이 전혀 없었다. 그렇지만 다른 사람도 아닌 민철이와 동업을 한다는 데 대해서는 선뜻 납득하기 어려웠다.

길게 했든 짧게 했든 성만이가 경찰관 생활을 한 것은

요지부동의 사실이었다. 이렇게 볼 때, 전직 경찰관 출신이 민철이 같은 전과자와 동업을 하다니 그건 어딘지 이가 잘 안 맞는 계획이라고 느껴졌다.

민철이가 건달 세계의 왕초로서 의리파라고는 하지만, 명색 경찰관 출신의 성만이가 그런 인물과 동업을 한다면 구설에 오르기 안성맞춤이었다. 특히 술장사를 해서 꼭 성공한다면 모를까, 만일 실패라도 하는 날이면 뭇 사람들 사이에 웃음거리가 될 수도 있고, 또한 성만이의 장래에 좋지 않은 영향을 미칠 게 분명하였다. 이발사가 의자를 뒤로 제치면서 말했다.

"자, 면도하시죠."

인학은 느슨히 드러누워 뺨과 턱을 면도사에게 내맡겼다. 어깨와 허리가 푹신한 의자에 파묻혀 몸 전체가 매우 편안하였다. 면도사가 뺨과 턱에 비눗물을 듬뿍 바르고 수염을 밀어내는 데 여간 개운하지 않았다. 그동안 흐리터분했던 머릿속까지 모두 말끔해지는 것만 같았다.

면도를 마치고 인학은 시원한 물로 세수하였다. 그는 도로 거울 앞에 앉아 머리를 손질했는데 한결 단정해진 자신의 용모를 보면서 산뜻한 기분을 느꼈다.

그날 저녁 인학은 여의도에 있는 어느 병원의 영안실로

조문을 갔다. 문래동에서 가구점을 하는 친구가 모친상을 당했기 때문이었다.

선희를 찾는 일에 관여하기 전, 인학은 거의 매일이다시피 그 친구의 가구점에 들러 소일을 하곤 하였다. 그 친구는 고등학교 동기 동창으로 마음이 한량없이 넓을 뿐만 아니라 언제 만나도 웃는 얼굴로 반갑게 맞이해 주었다.

그런데 선희를 찾아 나선 뒤로 그 친구와는 다소 뜸하게 지낼 수밖에 없었다. 그동안 1주일에 한 번쯤 전화 통화를 했지만, 그전처럼 자주 만날 수 없어 미안하기 짝이 없었다.

영안실에는 부음을 듣고 달려온 사람들이 와글와글 들끓고 있었다. 학교 동창들은 말할 나위도 없고 친구가 사회생활을 통해 사귄 사람에 이르기까지 빈소에는 조문객들의 발길이 끊이지 않았다.

인학은 문득 처신이라는 것을 생각했다. 친구가 처신을 잘하고 사는 만큼 이런 슬픈 일을 당했을 때 주위 사람들이 벌떼처럼 모여드는 것이었다.

인학은 그날 고등학교 동창들을 만난 자리에서 마치 가시방석에 앉은 듯한 불편을 느껴야 했다. 이 친구 저 친구 가릴 것 없이 그동안 어떻게 지냈느냐고 묻는데 정말 딱

부러지게 대답할 수가 없었던 것이다.

　일정한 직업이 있으면 그런 질문이 나오지도 않았겠지만 친구들은 완전히 실업자 취급하며 먹고 사는 일과 자식들 가르치는 문제까지 들먹이면서 걱정해 주었으므로 민망스럽기 짝이 없었다. 역시 일정한 직업 없이 살아가기란 괴로운 것이었다. 친구들이 하릴없는 건달 취급을 하면서 이런 저런 말들을 할 때, 인학은 자존심이 상해 어쩔 줄 몰랐던 것이다.

　그래. 사나이에게는 역시 직업이 있어야 해.

　그날 인학은 그곳에서 밤을 지새우는 동안 직업과 직장의 의미에 대해 수없이 반추하였다. 육신 멀쩡한 사내가 이렇다 할 직장도 없이 빈둥빈둥 논다는 것은 남들로부터 손가락질이나 받기에 안성맞춤이었다.

　먼동이 터지고 날이 부옇게 밝아 올 무렵 인학은 집으로 돌아왔다. 저녁 늦게 또는 이튿날 발인식 때에 재차 들르는 한이 있더라도 잠시 눈을 붙여야 했기 때문이었다.

　문간으로 들어서려는데 두 다리가 휘청하면서 눈앞이 어질어질하였다. 하룻밤 밤샘을 했다고 이처럼 맥을 못 추다니 과연 나이라는 것을 무시할 수 없다는 생각이 들었다. 그는 2층에서 떨어지는 넝마처럼 소파에 풀썩 몸을 던졌다. 그러자 아내가 걱정스럽게 물었다.

"꼬박 새웠어요?"

"그럼."

"한쪽 구석에서라도 잠시 눈을 붙이시지 그랬어요?"

"눈을 붙이긴 어디서 붙여? 아, 피곤해. 나, 잠시 눈을 붙였다 일어날 테니까 들어가."

"아주 방에 들어가 주무시지 그래요."

"아, 아니야. 그냥 여기서 쓰러져야겠어."

인학은 거의 녹초가 되어 흐물거리고 있었다.

"세상에 얼마나 피곤하면 저러실까."

아내는 끌끌 혀를 찼다.

"괜찮다니까. 아이들 깨기 전에 어서 들어가래두."

인학은 계속 손을 휘휘 내저으며 안으로 들어가라는 시늉을 보냈다.

"그럼 얇은 담요라도 갖다 드릴까요?"

"다 소용없어. 만사가 귀찮으니까."

아닌 게 아니라 그의 눈동자는 갤갤 풀려 있었다. 아내가 말했다.

"당신도 이제 곯았나 봐요."

인학은 그러나 이미 잠 속으로 빠져들어 그 말을 거의

듣지 못했다. 어떻게나 잠이 쏟아지는지 귀신이 잡아간다 해도 모를 지경이었던 것이다.

정확히 한 시간 뒤 인학은 잠에서 깨어났다. 아내가 밥을 짓느라 부엌에서 딸그락거리는 소리에 눈을 떴는데, 그 직후 아이들 방에서 시계의 자명종이 요란하게 울려댔다.

"아하……"

인학은 한껏 기지개를 켜면서 일어났다. 비록 짧은 시간이었지만 꿀맛 같은 단잠을 자고 나자 온몸이 한결 가뿐해지는 것이었다.

"아빠, 안녕히 주무셨어요?"

소희가 거실로 나와 인사했다.

"그래. 너도 잘 잤니?"

"네."

뒤미처 재희도 나와 인사했다. 깜찍한 것들. 두 딸은 젖먹이 때부터 깜찍하게 자랐는데, 학교에 들어간 뒤에도 말썽 한 번 부리는 일이 없었다.

인학은 아이들이 속 썩이지 않고 건강하게 자라는 것을 큰 행복으로 여겼다. 애비로서 별로 해 준 것도 없고 특별히 보살펴 준 것도 없건만 저희들끼리 오순도순 뜻을 맞춰가며 자라는 것을 보면 그저 대견스러울 따름이었다.

두 아이는 앞서거니 뒤서거니 번갈아 세수하고 학교 갈 준비를 서둘렀다. 일일이 간섭하지 않아도 소희와 재희는 저희들 일은 저희들이 척척 알아서 해내는 것이었다.

옷이 이게 뭐람. 병원 영안실에서 이리저리 옮겨 앉으며 깔아뭉갠 탓으로 바지가 엉망진창으로 구겨졌을 뿐만 아니라 흰 와이셔츠는 땟국이 잘잘 흐를 만큼 검어 있었다.

그는 훌렁훌렁 옷을 벗어던진 다음 욕실로 들어서서 속옷까지 전부 벗어 버렸다. 그리고 그는 곧 샤워를 시작했다. 좌악좌악 쏟아지는 물줄기. 온몸에 물을 흠씬 뒤집어쓰자 밤새 누적되었던 피로가 말끔히 씻겨 내려가는 것만 같았다. 시원했다. 욕실 문을 열고, 아내가 속옷 한 벌을 넣어 주었다. 특별히 부탁하지 않았는데도 아내는 언제나 그랬던 것처럼 새 속옷을 넣어 주는 것이었다.

이런 때는 손발이 척척 맞아 들어가는 아내와의 관계. 그러나 한 번 뒤틀려 빗나가기 시작하면 걷잡을 수 없이 미워지는 관계. 인학은 그런 생각들을 하면서 몸에 묻어난 물기를 말끔하게 닦아냈다. 조금 전까지만 해도 꾸적꾸적했던 몸뚱이는 이내 보송보송해졌고, 겨드랑이 같은 곳은 고실고실한 게 여간 개운하지 않았다.

그는 새 옷을 걸친 다음 이번에는 안방으로 들어가 몸

을 눕혔다. 부엌 쪽 식탁에서는 아이들이 식사하면서 연신 무어라 쫑알대고 있었는데, 인학은 또 다시 잠을 청했다.

아까 집에 들어왔을 때보다는 피로가 훨씬 풀렸지만 그 래도 잠을 더 자 두는 것이 좋을 듯했다. 밤새도록 뜬눈으로 앉아 있다가 돌아와 겨우 한 시간 눈을 붙인 것만으로는 수면이 부족할 수밖에 없었던 것이다.

아내가 조반을 들지 않겠느냐고 했지만, 인학은 고개를 절레절레 내저었다. 밤샘을 하면서 술도 마시고 안주도 먹은 탓일까, 아니면 너무 피곤했던 탓이었을까, 하여간 밥 생각이라곤 눈곱만큼도 없었다.

아이들 학교에 보내 놓고 아내가 옆자리에 와서 나란히 누웠다. 아내는 부스럭거리는 소리를 내지 않으려고 제법 신경 썼으나, 인학은 이미 육감으로 아내가 곁에 와 누웠다는 것을 알고 있었다.

인학은 슬쩍 옆으로 돌아누우면서 아내의 앞가슴에 손을 얹었다. 그러자 아내는 인학의 손을 감싸 쥐면서 조용히 속삭였다.

"잠 깼어요?"

"응."

"미안해요. 나 때문에 잠 깼나 봐요."

구름잡기

"아, 아냐. 사실은 꿈 때문이었어. 묘한 꿈을 꾸다가 그만……"

인학은 적당히 둘러댔다. 그 어떤 악의를 가지고 아내를 기만하기 위해서가 아니라 인학은 몸에 밴 습성으로 그렇게 둘러댔던 것이다.

"소희 아빠."

아내는 아까보다 훨씬 더 가까이 파고들었다.

"왜……"

"저어……"

"할 말 있으면 속 시원히 해 봐."

"다름이 아니구요, 사실은……"

아내는 이상하다 싶을 만큼 뜸을 들이고 있었다. 남의 오장육부를 뒤집는 데 천부적인 소질을 가지고 있으면서 아내는 오늘따라 왜 이렇게 사근사근하고 나긋나긋하게 나오는지 알 수가 없었다. 인학이 말했다.

"뭔데?"

"이런 말 해서 소희 아빠가 어떻게 생각할지 모르겠는데요…… 사실은 내가 소희 아빠에게 너무 했나 봐요."

"뭘 너무 해?"

"그동안 소희 아빠를 너무 괴롭혔다는 생각이 들어요."

천만뜻밖이었다. 아내의 입에서 그런 말이 나오다니 정녕 해가 서쪽에서 뜰 모양이었다. 알긴 아는군…… 이 말이 목구멍에까지 차올랐으나, 인학은 차마 그 말을 입 밖으로 내지 못한 채 도로 꼴깍 집어 삼켰다. 인학이 물었다.

"갑자기 왜 그런 말을 하지?"

"그동안 반성을 많이 했어요. 이건 빈말이 아니라구요."

"반성?"

"네. 소희 아빠가 요즘 왜 가정에 등한한가를 궁리하면서 이것저것 생각을 많이 했어요."

그 말을 듣는 순간 인학은 가슴 한구석이 철렁함을 느끼지 않을 수 없었다. 요컨대 가정에 등한했다는 바로 그 대목 때문이었다.

고의적으로 그런 것은 아니라 해도 그동안 가정에 충실하지 못했던 것은 사실이었다. 발등에 떨어진 불, 다시 말해서 선희를 하루 빨리 찾아야 한다는 강박관념 때문에 한시반시 마음 편할 날이 없었지만, 그것만으로는 충분한 변명이 될 수 없었다. 인학의 마음은 실로 오랫동안 가정에서 떠나 있었던 게 사실이었다.

"당신한테 이런 말을 해서 어떨지 모르지만 나는 솔직하게 얘기해서 리듬을 잃고 있었어. 아무 대책 없이 직장

을 그만둔 이후 갈팡질팡 헤맸던 거야. 이제 웬만큼 정신
을 차렸으니까 하는 말이지만 한때는 미칠 뻔한 적도 있었
어. 앞길은 캄캄하구 가슴속에서는 부글부글 불덩이가 끓
어 오르구…… 아마 당신은 내 마음이 어땠는지 짐작도 못
했을 거야.”

“왜 몰라요. 내가 뭐 바보 천치인가요.”

“쳇, 당신이 내 마음을 알았단 말야?”

“그러믄요. 지금 내가 거짓말을 한다고 생각하세요?”

“흐흐……”

인학은 가볍게 웃음을 흘렸다.

“정말 왜 그러세요?”

“왜 그러다니……?”

“그 웃음이 하도 이상해서 그래요. 난 애써 힘들여 이야
기하는데 그렇게 힘없이 웃어넘길 수 있어요?”

“관둬.”

“소희 아빠, 너무 그러지 마세요.”

“뭘?”

“날 원수처럼 생각한다는 것도 잘 알고 있어요. 그렇지
만 소희 아빠도 반성해야 할 점이 많아요.”

“반성이라니…… 내가 뭘 반성하라는 거야?”

인학은 벌떡 일어나 앉았다.

"아니, 왜 그렇게 화를 내고 그러세요?"

"뭐야? 내가 지금 화를 안 내게 생겼어? 남의 감정을 건드려도 유분수지 과연 그럴 수 있어?"

"내가 뭘 어쨌다고 그러는 거예요?"

"어허…… 이 사람 보게. 날 보고 반성을 하라니 그게 말이나 돼?"

"그게 뭐 못할 말인가요?"

"닥쳐! 한 번만 더 앙졸거렸다간 가만있지 않을 테니까."

인학은 버럭버럭 고함을 질렀다. 만일 아내가 또 다시 앙졸거릴 때에는 주먹세례도 불사할 작정이었다.

그가 워낙 호되게 다루자 아내는 한풀 꺾인 나머지 더 이상 앙졸대지 않았다. 웬만큼 다뤘더라면 끝내 바가지를 긁어대며 덤볐을 텐데 초동 단계에서 박살을 냈으므로 그녀는 아예 질려 버린 모양이었다.

그 대신 아내는 슬그머니 일어나 무릎 사이에 얼굴을 묻은 채 서럽게 흐느꼈다. 작은 어깨가 파르르 떨리는 것을 볼 때 인학은 다소 마음이 약해지는 것을 느꼈으나 아내의 분별없는 말버릇에 대해서는 도저히 묵과할 수 없었던 것이다.

“흐흐흐……”

아내는 이내 소리 내어 흐느끼기 시작하였다.

“조용히 해. 아침부터 왜 이러는 거야. 정말 재수 없게스리……”

“흐흐흐……”

아내는 여전히 흐느껴 울고 있었다.

“시끄러워!”

“당신은 정말 너무 잔인해요. 나한테 무슨 잘못이 있다구……”

“어럽쇼. 아직도 그 따위 말이 나와? 어째서 멀쩡히 있는 사람을 건드리느냐 이 말이야, 내 말은……”

인학은 삿대질을 해대며 핏대를 올렸다. 잠이나 잘까 하고 누웠다가 이게 무슨 꼴인지 알 수가 없었다.

“흐흐…… 내가 뭐 못할 말을 했나요?”

아내는 고개를 들어 인학을 정면으로 바라보았다. 그녀의 두 눈에는 최악의 경우 일전을 불사하겠다는 그 어떤 결의까지 이글거리고 있었다. 그러나 인학 역시 쉽게 물러설 입장이 아니었다. 변덕이 죽 끓듯 하는 아내의 그 더러운 성격을 생각하면 모가지를 뽑아서 항문에 처박아도 시원찮을 판이었다.

더욱이 아내는 인학이 궁지에 몰렸을 때 더 앙탈을 부리곤 하였다. 가령 집에 생활비가 떨어져 곤란을 겪게 되었을 때 아내는 인학의 심사를 더 괴롭혔던 것이다.

지금까지 아내한테 긁혀 온 바가지를 생각하면 그야말로 신물이 날 지경이었다. 오로지 극기만으로 참고 또 참아 왔으니까 그렇지 그런 인내가 아니었더라면 헤어졌어도 수년 전에 헤어졌을 것이었다.

인학은 다시 한 번 선배의 말을 떠올렸다. 소리 안 나는 총이 있다면 냅다 쏘아 버리고 싶다던 선배의 말은 아내를 증오하다 못해 저주한다는 뜻이 담겨 있었던 것이다.

인학은 아내를 저주하고 또 저주했다. 용서하자고 골백번도 더 다짐했건만 시시각각 변하는 그녀의 마음을 도저히 이해할 수 없었던 것이다.

참자. 참아야 한다. 인학은 이번에도 참기로 하였다. 성질대로 할 수만 있다면 돌주먹으로 머리통을 몇 대 쥐어박고 싶었지만 학교에 가 있는 아이들을 생각해서라도 참을 수밖에 없었다.

아내의 얼굴은 눈물자국으로 번질번질하였다. 그런 아내의 얼굴을 보자 어떤 면에서는 측은한 마음이 들기도 하였으나, 인학은 더 이상 사태를 악화시키지 않으리라 마음 먹고 있었다. 인학이 말했다.

"이 사람아, 조용조용히 내 심정을 얘기하는데 날 보고 반성을 하라니…… 사실은 나도 반성을 하고 있는 중이야. 그런 사람에게 당신마저 그렇게 궁지로 몰아세우니 날 보고 어쩌라는 거야. 솔직히 그동안 내가 리듬을 잃었노라고 말했잖아. 그건 고백이나 다름없어. 오죽하면 그런 고백을 했겠어?"

"그래요. 당신이 한 일은 다 잘했어요."

아내는 비비 꼬면서 아직도 남의 감정을 건드리고 있었다. 빌어먹을. 오늘따라 아내가 왜 이렇게 앙탈을 부리는지 알 수가 없었다.

참자. 참아야 한다. 좀처럼 화가 가라앉지 않았지만 인학은 끝까지 참아야 한다고 다짐했다. 가정이고 나발이고 모든 걸 박살 내고 싶은 심성이었지만, 그러나 침을 수밖에 없었다.

그는 곧 담배를 피워 물었다. 한바탕 분통을 터뜨리고 나자 기분이 몹시 상했다. 모처럼 아내가 사근사근하고 나긋나긋하게 나왔으므로 이게 웬일인가 했더니, 아니나 다를까 아내는 여지없이 남의 오장육부를 발칵 뒤집어 놓고

마는 것이었다.

그는 곧 외출 준비를 서둘렀다. 밤샘을 했으므로 잠깐만이라도 잠을 청할까 했었지만 이제는 모든 게 글러 버린 터였다. 그렇다면 별로 대단치도 않은 일을 가지고 아내와 티격태격하느니 차라리 초상집에 가서 친구나 위로해 주는 것이 훨씬 나을 듯했다. 아내와의 설전舌戰으로 그는 더욱 피곤해져 있었다.

그는 문간으로 나와 구두 주걱을 찾아 들었다. 아내는 아직도 훌쩍거리고 있었지만 하도 속이 상해 달래고 싶은 마음이라곤 티끌만큼도 생겨나지 않았다.

신발을 신고, 그는 아파트를 나서서 밖으로 나왔다. 답답하면서도 불쾌하였다. 서로 짝을 이뤄 한 가족으로 살아가고 있으면서도 아내와는 왜 이렇게도 손발이 안 맞아 돌아가는지……

인학은 인과因果라는 것에 대해서도 생각했다. 참으로 오묘한 인과의 섭리. 아내와 나는 전생에 무슨 인연이 있었을까. 그리고 선희와는 전생에 또 무슨 인연이 있었던 것일까. 인학은 울적한 마음으로 목련나무 그늘 밑으로 해서 버스 정류장을 향해 걸어 나갔다. 처서處暑가 지난 뒤끝이라 날씨는 제법 선선하였다.

구름잡기

오늘은 버스를 타야지. 몸도 피곤한 데다 기분마저 울적
했으므로 그는 운전을 않기로 하였다.

그는 곧 버스에 몸을 실었고, 또 다시 병원 영안실로 향
했다. 도대체 삶과 죽음이란 무엇인지…… 친구 모친의 살
아생전 모습이 자꾸 눈앞에 어른거렸다. 어느 사이엔가 버
스가 여의도로 들어서고 있었다.

3

이른 아침이었다.

인학은 세면대 앞에서 양
치질을 하고 있었
다. 그때 거실로부터 전화벨 울리는 소리
가 시끌시끌하게 들려왔다.

이 아침에 어쩐 일일까. 인학은 몹시 궁금해하면서 좀
더 빠른 속도로 칫솔질을 해댔다. 이젠 나이 탓인지 아무
리 이를 닦아도 입안이 별로 개운하질 않았다.

전화는 아내가 받았다. 아내는 상대방과 몇 마디 대화를
나누고 나서 이쪽으로 다가왔다. 그녀가 인학에게 말했다.

"전화 받으세요."

"나?"

"네. 천안이래요."

"아, 그래. 알았어."

인학은 전화를 건 사람이 누구라는 걸 대뜸 알아차렸다. 그는 입안 가득 고인 치약 거품을 대충 뱉어 내고 허겁지겁 거실로 나왔다. 아내가 핀잔을 주듯이 말했다.

"왜 그렇게 서두르세요. 그렇게 서두르다 넘어지면 다치실려구……"

그러나 인학은 황망히 송수화기를 들었고 호탕하게 말했다.

"아, 나야. 그간 별고 없었어?"

"야. 저야 잘 지냈구믄유. 그래 형님은 워떠세유?"

"나야 늘 그래. 부인하고 종태도 다 잘 있지?"

"물론이지유. 그런데 형님 요즘 바쁘세유?"

"글쎄, 뭐라고 할까. 나야 늘 그 모양이지 뭐."

"다름이 아니구 형님을 꼭 뵈었으믄 해서유……"

"왜? 무슨 일 있어?"

"무슨 일이라는 것보다두 형님을 뵙구 싶구믄유. 지가 한 번 서울을 올라갈라구 해두 그게 잘 안 되지 뭐유. 시간

내서서 한 번 내려오실 수 없을까유? 특별히 드릴 말씀은 없어두 그냥 뵙구 싶어서 그려유."

"알았어. 오늘은 그렇구…… 가만 있자, 사흘쯤 있다가 내려갈게. 어때?"

"좋아유. 형님께서 오시기만 한다믄 저야 감지덕지 아니겄남유."

인학이 사흘쯤 있다가 내려가겠다고 말하자 용기의 목소리에는 대번 활기가 넘쳤다. 인학이 물었다.

"그동안 선희한테서는 무슨 연락 없었나."

"없었슈."

용기는 아주 힘없이 대답했다.

"그럴 거야."

"아마 어디 가서 죽었내뷰."

"죽어?"

"아, 그렇지 않구서야 소식이래두 있어야 할 거 아뉴? 지가 볼 적에는 분명히 죽은 거 같어유."

"그렇지 않아. 조금만 더 기다려 봐. 내가 기어이 그 아가씰 찾아내고야 말 테니까."

"그렇게만 됐으믄 원이 없겠구믄유. 그런디 형님은 무슨 소식이래두 들었남유?"

구름잡기

"아니."

"어쨌든 알었슈. 2, 3일 안으루 형님께서 내려오신다니께 자세한 말씀은 그때 가서 듣기루 하지유."

"그렇게 하지. 전화 줘서 고마워."

"아녀유. 그럼 일 보세유."

"알았어. 낼모레 우리 만나자구."

그들은 통화를 마쳤다. 용기와 통화를 마치자 인학은 기분이 새로워짐을 느꼈다. 세태에 때 묻지 않고 태곳적 인간처럼 깨끗하게 살아가는 용기. 비록 가진 것 배운 것은 없어도 그는 참으로 인간 중의 인간이었다.

세면을 마치고 인학은 얼굴의 물기를 지워 냈다. 비록 막연한 기대일지는 몰라도 이번 가을에는 뭔가 좋은 일이 있을 것만 같았다.

그래. 이번 가을에는 꼭 좋은 일이 있을 거야. 인학은 그런 기대 속에 집을 나왔고, 강재원 변호사를 만나기 위해 서소문으로 향했다.

도대체 선희는 어디에 있을까.

그의 머릿속에는 어느 사이엔가 선희의 모습이 떠오르고 있었다. 단 한 번도 그녀를 만난 일이 없었지만, 사진을 통해서 본 그녀의 얼굴은 그의 뇌리에 정확히 입력돼 있었던 것이다.

선희는 빼어난 미인이었다. 나이는 스물다섯. 그렇게 출중한, 그러면서도 한창 꽃다운 나이의 아가씨가 어디에서 무엇을 하느라 종적을 감췄는지 참으로 귀신이 곡할 노릇이었다.

더욱이 그녀의 인상은 묘한 마력으로 사람의 마음을 사로잡는 특유의 흡인력을 가지고 있었다. 시원스런 눈매, 오똑한 코라든가 어쨌든 전체적으로 균형 잡힌 용모야말로 한 점 흠잡을 데가 없었다.

그런 선희의 얼굴에 겹쳐져 떠오르는 또 하나의 얼굴이 있었다. 미스 고. 강재원 변호사 사무실에 근무하는 미스 고도 보기 드문 미인이었다.

터놓고 말해 인학은 미스 고를 처음 대하던 날 야, 하고 짤막한 탄성을 토하지 않을 수 없었다. 미스 고는 그만큼 아름다운 여성이었고, 몸가짐이며 마음씨 또한 나무랄 데가 없었다.

인학은 그동안 별의별 여자를 수없이 보아 온 터였다. 고향에서 초등학교에 다닐 때부터 예쁜 여학생을 보면 괜히 마음이 울렁거려 이상한 증세를 보였었고, 특히 사춘기 이후로는 그놈의 여자 때문에 단 하루도 마음 편할 날이 없었다.

이 세상에는 아름다운 여자들이 너무나 많았다. 그러나 마음속으로만 사랑할 수밖에 없는 그 답답함 때문에 그는 늘 울화증을 앓으며 살아온 것이다.

한때 부끄러움 무릅쓰고 여자들 꽁무니를 따라다니느라 엄청난 시간과 정열을 털어 넣은 적도 있었으나, 점차 철이 들고 가정을 이룬 뒤로는 그것조차 마음대로 되지 않았다. 더구나 공직에 있을 때에는 어여쁜 여자를 보고서도 허튼 농담 한마디 함부로 건넬 수가 없었다.

이루지 못할 사랑. 인학은 그것 때문에 지금껏 피를 말리고 뼈를 삭이며 살아왔다. 남몰래 마음에 둔 여자 때문에 일천간장 다 녹이며 아픈 세월을 살아온 것이다.

그는 최근에도 단 한 순간이나마 미스 고를 잊은 적이 없었다. 어쩌면 그렇게도 예쁘고 멋진 아가씨가 있을 수 있을까. 과연 미스 고는 외모뿐만 아니라 모든 행동거지에 이르기까지 남자의 마음을 사로잡고도 남을 만한 미인이었다.

나이 40이 넘어 20대의 아가씨를 그리워한다는 것은 어떻게 보면 주책 맞은 짓거리일 수도 있었다. 하지만 마음 속에서 일어나는 저 애틋한 감정을 놓고 주책이니 뭐니 따

진다는 것은 사랑을 알지 못하는 바보 천치들이나 할 말이
었다.

아직 아무에게도 말한 적이 없지만 인학은 미스 고를
끔찍이 생각하고 있었다. 그녀와는 단 둘이 차 한 잔, 식사
한 끼 나눌 기회가 전혀 없었다. 그저 강재원 변호사 사무
실을 들락거리며 서로 얼굴을 마주 대한 사이일 뿐이었다.
그런데도 인학의 가슴속에는 어느 사이엔가 그녀가 넓은
부분을 차지하고 있었다.

어느 모로 보나 미스 고와는 이성적으로 사랑을 이룰
수 없는 사이였다. 그것은 가위 절대적이라 해도 과언이
아니었다.

그렇건만 인학은 언제부턴가 미스 고를 애타게 사모하
고 있었다. 아, 이 말 못할 그리움…… 인학은 그녀를 사랑
할 때마다 거의 미칠 듯한, 그리하여 완전히 정신착란 증
세라도 일으킬 듯한 괴로움에 젖곤 하였다. 빌어먹을. 사
랑한다는 기쁨마저도 어느 단계에 이르면 고통의 가시밭
길로 발전돼 버리는 이 기막힌 이치를 뭐라고 표현해야 좋
을까.

인학은 순간적으로 마치 저능아가 돼 버린 듯한 착각을
일으켰다. 풀지 못할, 풀리지도 않는, 이 알쏭달쏭한 문제

구름잡기

를 놓고 장시간 고민을 되풀이하다 보니 나중에는 모든 신경들이 이내 작동을 멈추는 듯한 느낌이었다.

인학은 곧 강재원 변호사 사무실로 들어섰다. 아니나 다를까, 미스 고가 가장 먼저 반겨 주었고, 뒤미처 남자 직원이 일어나 정중히 인사했다. 사무장은 외출했는지 그의 자리는 비어 있었다. 인학이 미스 고에게 말을 걸었다.

"별일 없었어?"

"네. 반장님 덕택에……"

"내 덕택이라니…… 난 미스 고를 위해서 아무것도 한 일이 없는데……"

"별말씀을 다 하시네요. 저는요…… 반장님께서 얼마나 수고하시는지 너무 잘 알고 있어요. 저로서는 감히 엄두도 못 낼 일인데…… 반장님은 아주 대단하세요."

미스 고는 희고 고운 치열을 드러내 보이면서 생글생글 웃었다. 역시 탁월한 미인은 치열까지 고르고 목소리까지 타고나는 모양이었다. 그녀의 목소리는 아주 맑고 투명해서 마치 은쟁반에 옥구슬이 굴러가는 듯한 느낌을 자아냈다. 인학이 물었다.

"변호사님 계셔?"

"네. 근데 손님 오셔서 말씀 나누시는 중이거든요. 여기서 잠깐만 기다리시면 어떨까요? 곧 가실 손님이니까요.”

미스 고는 인학을 소파 쪽으로 안내했고, 인학이 자리에 앉자 테이블 위에 공손히 신문을 갖다 놓았다. 인학이 볼 때, 그녀는 미모뿐만 아니라 교양과 친절을 타고난 아가씨였다.

그녀의 말씨며 행동은 너무 자연스러웠으므로 나이에 걸맞지 않을 만큼 세련미가 물씬물씬 풍겨 나왔다. 얼마나 훌륭한 부모 밑에서 자랐으면 그토록 똑똑하고 참신한지 모를 일이었다.

미상불 그녀의 부모들은 양반 중에도 양반이겠지. 콩 심은 데 콩 나고 팥 심은 데 팥 난다는 말이 있지만, 자고로 혈통이란 속일 수 없게 마련이었다.

엉망진창인 부모 밑에서 미스 고 같은 재원이 나올 리 만무했다. 역시 왕대밭에서 왕대 나는 것이 만고불변의 진리일진대, 어진 부모 밑에서 그녀와 같은 아가씨가 자라났으리라는 것은 의심할 나위가 없었다.

인학은 이곳에서 잠깐 기다리게 된 것을 오히려 다행으로 생각했다. 강재원 변호사의 개인 집무실로 직접 들어가면 곧바로 사무적인 이야기, 즉 딱딱한 이야기를 나누어야 하지만 이 방의 분위기는 상당히 자유스럽고 부드럽기 때

구름잡기

문이었다.

특히 미스 고를 바라본다는 것은 내밀한 즐거움이었다. 그녀의 한없이 귀여운, 홀짝 마셔 버려도 시원찮을 일거수일투족을 슬쩍슬쩍 훔쳐보면서 인학은 남들로서는 감히 상상할 수도 없는 쾌감을 맛보고 있었다.

이윽고 미스 고는 엽차 한 잔을 가져와 테이블 위에 얌전히 놓아 주었다. 섬섬옥수 고운 그녀의 손길은 인학의 마음을 더욱 설레게 하였다. 미스 고가 말했다.

"드세요. 반장님 댁에도 별일 없으시죠?"

"그럼."

"바쁘실 텐데 변호사님께서 말씀을 길게 나누시나 봐요."

"괜찮아요. 크게 바쁜 일은 없으니까."

인학은 엽차로 목을 축이면서 미스 고의 해맑은 눈동자를 바라보았다. 서글서글하게 생긴 그녀의 두 눈동자는 마치 처녀림 속의 아름다운 호수를 연상케 하였다.

그때 전화벨이 요란하게 울렸고, 남자 직원이 송수화기를 들어 누군가와 통화했다. 남자 직원은 송수화기를 느슨히 들고 간당간당 흔들면서 미스 고에게 말했다.

"미스 고, 전화 받어."

"예, 알겠습니다."

미스 고는 곧 송수화기를 건네받아 누군가와 통화하고 있었다. 역시 그녀의 말솜씨는 웬만한 남자들을 뺨치고도 남을 만큼 능수능란하였고, 말 한마디씩 맺고 끊음이 분명하였다.

검찰에 몸담고 있을 때에도 강재원 변호사는 늘 교양과 미모를 겸비한 아가씨를 비서로 두고 있었다. 그것은 어쩌면 그의 취향이라고 할까, 인생관의 한 편린이라고 말할 수도 있었다.

모름지기 여비서라고 해서 다 예쁘고 교양미가 넘치는 것은 아니었다. 그동안 관공서를 비롯해 여러 기업체의 임원실을 들락거렸지만, 여비서들 중에는 별 볼 일 없는 무지렁이들도 적지 않았다.

좀 특수한 경우이기는 해도 어떤 사무실의 여비서는 몸매가 늘씬하게 빠진 반면 함량 미달의 언동이라든가 하여 간 밥맛없게 굴었다. 문제의 여비서는 자기가 모시는 상전을 정부情夫 쯤으로 생각하는지, 아니면 스스로 그 상전의 분신으로 착각하는지는 몰라도 어쨌든 오만무례하기 짝이 없었다.

한데, 강재원 변호사는 언제나 군계일학群鷄一鶴이라고

구름잡기

말할 수 있을 만큼 빼어난 아가씨만을 거느렸다. 역시 그에게는 여비서를 기용하는 특출한 안목이 있었던 것이다.

그리고 그것은 일종의 인복人福이라고 말할 수 있었다. 아무리 높은 안목과 식견을 가지고 있다 해도 마음에 쏙 드는 사람을 고른다는 것을 결코 쉬운 일이 아니었다. 그렇건만 그는 용케도 발군의 재원만을 기용했다.

인학은 사람과 사람의 관계를 생각하면서 모든 일은 사람을 잘 만나야 된다고 단정하였다. 가정도, 직장도, 사람을 잘 만나야 모든 일이 잘 풀리게 마련이었다. 말하자면 어떤 경우에라도 인사가 만사인 셈이었다.

그래. 어떤 경우에라도 사람을 잘 만나야 해. 그는 자기도 모르게 연신 고개를 주억거리고 있었다.

그때 강 변호사 사무실의 출입문이 절반쯤 열리면서 그 안으로부터 작별 인사 나누는 두런거림이 새어 나왔다. 이제 마악 강 변호사가 내방객들과 요담을 마친 모양이있다.

이윽고 문이 열렸다. 그러나 강 변호사는 보이지 않았고, 영양 좋게 생긴 중년 남자와 화려한 의상으로 치장한 여인이 나왔다. 두 사람의 거동으로 보아 그들 남녀는 부부 사이라는 것을 대번 알아차릴 수 있었다. 그들은 매우 자연스럽게 어울려 앞서거니 뒤서거니 밖으로 나왔는데,

얼핏 보기에도 돈깨나 주무르는 사람들 같았다.

그들은 미스 고에게도 가벼운 미소를 보내며 손을 흔들었다. 행동에 나타나는 여유를 보더라도 그들 부부는 궁합이 잘 맞는 한 쌍으로 보였다.

미스 고는 문간까지 따라 나가 그들을 배웅하고 돌아왔다. 무용을 하듯 경쾌한 발걸음으로 걷는 미스 고를 바라보는 순간, 어떻게나 요염한지 인학은 냅다 끌어안고 싶은 충동을 느꼈다. 그녀는 이내 강 변호사 집무실로 들어갔다가 곧바로 나왔고, 인학에게 나직이 말했다.

"안으로 들어가실까요."

"오케이."

인학은 옷매무시를 고치고 안으로 들어갔다. 그러자 강 변호사는 두 팔을 벌리며 반갑게 맞이해 주었다.

"요오, 김 반장 어서 오시오."

"안녕하셨습니까."

"물론이오. 그동안 별일 없었소?"

그들은 악수했다. 언제나 따뜻하고 부드러운 강 변호사의 손길이었지만, 인학은 오늘따라 그의 손이 더욱 온화하다고 느꼈다. 인학이 물었다.

"바쁘셨죠?"

구름잡기

"약간…… 앉읍시다."

그들은 소파에 앉았다. 테이블 위에는 화려한 꽃꽂이 작품이 놓여 있었다. 국화와 억새로 연출된 꽃꽂이 작품은 가을의 정취와 함께 고향의 정감을 물씬 풍겨 주고 있었다. 강 변호사는 곧 인터폰으로 미스 고를 호출했다. 그러자 미스 고가 들어와 두 손을 가지런히 모으고 단정하게 서서 강 변호사에게 물었다.

"부르셨습니까."

"응. 여기 맛있는 차 좀 가져 와."

"네, 알겠습니다."

강 변호사의 하명이 떨어지자 미스 고는 사뿐사뿐 뒷걸음질을 치며 밖으로 나갔다. 그녀의 행동은 조금도 어색하거나 천박하지 않았고, 어른을 섬기는 아가씨로서 모든 미덕을 두루 갖추고 있었다. 강 변호사가 말했다.

"심 반상, 우리 미스 고를 어떻게 생각하시오?"

"네?"

전혀 의외의 질문이었으므로 인학은 적잖이 당황하고 있었다.

"그동안 미스 고를 보아 온 소감이 어떠냐 이런 말이외다."

“무슨 뜻이신지……”

인학은 내심 미스 고에게 이성으로서의 연정을 품고 있으면서도 일부러 내숭을 떨었다. 괜히 남의 속도 모르면서 자신의 속마음을 솔직하게 털어 놓았다가는 망신살이 뻗칠 수도 있었으므로, 인학은 최대한 신중을 기하지 않을 수 없었다. 강 변호사가 말했다.

“내가 데리고 있는 직원이라고 해서 자랑하는 것이 아니라, 참 괜찮은 아가씨라고 생각해요. 그동안 숱한 여직원을 데리고 있었지만 미스 고가 단연 최고라니까.”

강 변호사는 엄지손가락을 치켜 올리면서 미스 고를 극구 칭찬했다.

“제가 볼 때에도 미스 고는 한 군데도 나무랄 데가 없는 것 같습니다.”

“잘 보았소. 아마 저만한 아가씨는 흔치 않을 거요.”

그때 출입문에 가벼운 노크가 있었고, 뒤미처 미스 고가 찻잔을 들고 들어왔다. 그녀는 언제나 그랬던 것처럼 만면에 은은한 미소를 머금은 채 두 사람 앞에 찻잔을 놓아 주었다.

인학은 미스 고를 바라보면서 고맙다는 손짓과 함께 가벼운 미소를 보냈다. 이심전심이라고나 할까, 미스 고도

구름잡기

가벼운 목례로 화답했다.

미스 고가 나간 다음 인학은 강 변호사로부터 그녀에 대한 여러 이야기들을 들었다. 평소 그녀에게 깊은 관심을 가져왔던 만큼 인학은 강 변호사의 말을 한마디도 빠뜨리지 않고 모두 귀담아 들었다. 인학이 말했다.

"미스 고는 처음 대할 때부터 매우 인상적이었습니다."

"그랬을 거요. 다른 아가씨들과는 판이하니까. 요즘 미스 고 또래의 아가씨들 중에는 제 분수도 모르면서 괜히 겉멋만 들어 가지고 날뛰는 아이들도 한둘이 아니거든."

"여부가 있습니까. 정신 나간 애들이 얼마나 많은데요."

"미스 고는 정신이 올바로 박혔어. 그렇기 때문에 생활 자세가 건실할 뿐만 아니라 늘 명랑하단 말이오. 예의 바르고, 부지런하고…… 그만한 외모에 몸가짐까지 단정하니 칭찬을 안 할 수가 없지."

"맡은 일에도 아주 열심인 것 같아요."

"물론이오. 미스 고는 내 비서 역할에다 사무까지 일인 이역一人二役을 하고 있지. 원래는 사무실 타자수로 채용을 했었는데 막상 데리고 있어 보니까 그게 아니야. 단순히 타자수만으로 머물러 있을 수가 없었던지 이 일 저 일 척척 해내는데 보통이 아니더라구. 그래서 서너 달 후에 비서로 발탁했지. 마침 먼저 데리고 있던 비서가 시집을 가게 됐단 말이오. 그래서 미스 고를 비서로 쓰게 됐는데 웬걸 이 아가씨는 내 개인 심부름은 물론이고 사무실 업무까지 능수능란하게 해내는 거야. 하…… 다른 변호사들이 우리 사무실에 들르면 미스 고를 어떻게나 탐내는지……”

“워낙 그렇겠습니다. 한데 미스 고는 어느 학교를 나왔습니까.”

“아, 그거…… 군산에서 여고를 졸업했는데 웬만한 대학 출신은 뺨 맞고 돌아설 정도로 똑똑해. 그것도 희한하지. 고졸 출신이면서도 대졸 출신보다 전혀 못할 게 없어. 본래 출생지는 진안인 모양이던데……”

“전라북도 진안 말씀인가요.”

“그렇소. 태어나기는 진안에서 태어났는데 어렸을 때 부모가 군산으로 이사를 했다는 거야. 그래서 미스 고는 주욱 군산에서 자란 모양이더군.”

“그렇게 똑똑한 아가씨가 왜 대학엘 안 갔을까요.”

“글쎄, 그게 좀 이상해요. 대학에 들어가서 공부를 더 했더라면 크게 될 재목임이 분명한데…… 아가씨가 워낙 착해서 내가 대학 공불 시켜 볼까 했었는데 본인이 마다하는 걸 어떡해. 본인은 고졸 학력만으로도 얼마든지 살아갈

구름잡기

수 있다는 거야. 말하자면 생활력도 그만큼 강하다고 할까, 어쨌든 미스 고는 괜찮은 아가씨임에 틀림없어요."

"대학을 보내 준다는데도 마다하다니 그것도 맹랑한 일이로군요."

"맹랑하지요. 내 딴에는 미스 고를 며느릿감으로 점찍어 놓고 있는데 미스 고가 어떻게 생각할지는 좀 더 지켜봐야 할 것 같군."

인학을 그 말에 귀가 번쩍 띄었고, 또한 가슴이 벌렁벌렁 뛰어 옴을 느꼈다.

"……그러시군요."

"둘째 녀석이 아직 장가갈 꿈도 안 꿔서 탈이란 말야. 그 녀석은 아주 묘해. 매사에 소극적이어서 여태 연애 한 번 못하고 지내 왔다지 뭐요. 하기야 너무 이성을 밝히는 것도 좋지 않지만 젊은 놈이 연애 한 번 못한대서야 말도 안 되지. 도대체 인생이라는 게 뭐겠소? 사람답게 살기 위해서는 삶에 향기가 있어야지. 그런데 우리 둘째 녀석을 너무 무미건조해서 탈이라니까. 그래서 내가 직접 미스 고와 연결시켜 볼까 하는데 글쎄 본인들이 어떻게 생각할지도 모르고…… 내 참, 그 녀석이 왜 그렇게 내성적인지 모르겠어."

　강 변호사는 둘째 아들에 대해서 실망을 감추지 못하고 있었다. 어딘지 모르게 짜증스럽고 불만에 찬 강 변호사의 표정을 읽으면서 인학은 그가 둘째 아들 때문에 속을 많이 썩고 있다는 것을 직감하였다. 인학이 말했다.

　"그것도 개성 아닐까요."

　"개성?"

　"활달한 사람이 있는가 하면 좀 조용한 사람도 있어야 지요. 제가 알기로는 너무 걱정하지 않으셔도 될 것 같은 데요."

　"그게 그렇지 않아요. 사나이 대장부로 태어나서 천하를 얻지는 못할망정 제 앞길도 제대로 꾸려 나가지 못한대서야 말이 되겠소?"

　아까 미스 고에 대해 극찬을 할 때에는 강 변호사의 표정이 한없이 밝았었지만, 그러나 둘째 아들 이야기가 나온 다음부터는 그의 안면 전체에 희미한 그림자가 점점 짙게 드리워져서 이제는 거의 어두운 회색으로 변해 있었다. 인학이 말했다.

　"글쎄요…… 저로서는 감히 뭐라고 말씀드리기 어렵군 요."

　"아, 나도 내막적으론 고민이 많은 사람이오."

구름잡기

강 변호사는 고개를 절레절레 내두르며 길게 한숨을 토해냈다. 그가 인격적으로나 사회적으로나 큰 인물임에는 틀림없지만, 그러나 그에게도 말 못할 고민이 많은 모양이었다.

"변호사님……"

"미안하오. 내 개인적인 일로 쓸데없이 신경을 건드려서……"

"아, 아닙니다. 그 일에 대해서는 전혀 괘념치 않으셔도 됩니다."

"누구나 그렇겠지만 사생활의 뒤안길에는 말 못할 사연들이 많아요. 김 반장, 세상 일이 왜 이렇게 복잡한지 모르겠소."

강 변호사는 한숨을 내쉬며 아예 탄식조로 말했다. 회색빛 표정에 떠도는 구름, 구름들……

인학은 평소 강 변호사에게는 아무런 고민도 없는 줄 알고 있었다. 아니, 그 어떤 고민이 있더라도 강 변호사만큼은 자신의 의지와 도량만으로 능히 삭이며 살아갈 인물로 믿어 의심치 않았다.

인학은 강 변호사가 검찰 지청장으로 재직하던 시절, 강 지청장이야말로 하늘이 낸 인물이라 여긴 적도 있었다. 저 옛날 성현 군자들이 신의 점지를 받고 태어난 위대한 인물이었다면 강재원 지청장 역시 그들에 버금갈 만한 인물이라고 느껴졌던 것이다.

거기에는 여러 가지 요인들이 있었다. 우선 강재원이라는 이름 석 자만 대면 법조계에서는 모르는 사람이 없었다. 그는 당초 사법시험에 수석으로 합격하여 일찍부터 세인의 주목을 받아 온 터였고, 검찰에 몸담고 있는 동안 굵직굵직한 역사적 사건들을 척척 해결함으로로써 신화적 존재로 명성을 떨쳤던 것이다.

그리고 그는 외모에서 풍기는 분위기 못지않게 인품과 덕망으로도 존경의 대상이 되어 왔다. 과거 현역 경찰관 시절 검찰에 나가 파견 근무를 하는 동안 인학은 그의 위치가 어떠한가를 피부로 실감할 수 있었다.

거의 모든 직원들이 우러러보는 인물. 그가 바로 강재원 지청장이었다. 당시 지청 직원들의 애기로는 역대 지청장 가운데 가장 실력 있고 훌륭한 인물이라는 것이었다.

더욱이 그는 청렴 강직한 인물로 정평이 나 있었다. 항상 요직에 있으면서도 재물과는 거의 담을 쌓다시피 하였고 언제나 공직자로서의 품위를 잃지 않았던 것이다. 주위 사람들뿐만 아니라 그를 아는 모든 사람들은 그가 장차 더 큰 요직에 앉으리라는 것을 믿어 의심치 않았다. 그런데 관운이란 따로 있는 모양이었다. 그는 지청장을 끝으로 공직에서 옷을 벗었고, 변호사의 길로 들어섰던 것이다.

물론 지청장 자리만 해도 어마어마한 위치가 아닐 수 없었다. 일개 형사 반장에 지나지 않았던 인학으로서는 감히 그 근처에도 얼씬거리기 어려울 만큼 그 자리는 대단했다. 또 그가 현역에서 옷을 벗었다고 해서 그의 인생이 끝난 것도 아니었다.

그런데 그가 검찰에서 옷을 벗을 때 항간에는 갖가지 소문이 구구하였다. 요컨대 자의에 의한 퇴직이냐, 타의에 의한 퇴직이냐를 비롯하여 그의 향후 진로에 대하여 여러 추측들이 난무했던 것이다.

그 가운데 다수의 중론은 장차 그가 더 큰 요직에 중용되리라는 데 이의가 없었다. 말하자면 언제라도 더 큰 감투를 쓸 수 있는 인물이라는 뜻이었다. 인학은 그 밀에 진적으로 동감했다.

어쨌든, 그처럼 대단한 인물이 한숨을 훌훌 토하는 것을 보면서 인학은 아하, 인간이란 누구나 고민을 안고 살아가는 모양이라고 생각했다. 세인이 전부 우러러보는 인물에게도 고민은 있게 마련이고, 특히 사생활의 뒤안길에는 말 못할 비밀과 약점이 있게 마련인 모양이었다.

아니, 어쩌면 큰일을 하는 사람에게 더욱 큰 고민이 따라다니는지도 모를 일이었다. 차라리 바보 천치로 태어나서 죽을 때까지 열심히 먹고, 열심히 배설이나 하면 그만이겠지만 사고思考가 깊은 사람은 온갖 고뇌에 시달리는 것이 당연한 귀결일 수도 있었다. 인학은 자리에서 일어날 뜻을 비치며 무겁게 입을 열었다.

"변호사님……"

"왜…… 내 말이 재미없었소?"

"그것보다도 전 이만 일어나야겠습니다."

"우리 모처럼 만났는데 내가 괜한 말을 했나 보군."

"아, 아닙니다."

"김 반장, 우리 언제 대포나 한잔 합시다. 요즘엔 내가 좀 바빠서 그렇고…… 하여간 서로 편한 날을 택해 좋은 자리를 만들어 봅시다."

"네, 알겠습니다."

"아, 참…… 이성만 씨 문제는 어떻게 됐소?"

"조금 더 두고 봐야 할 것 같습니다."

"알았소."

"그럼, 다시 뵙기로 하고 오늘은 이만 물러가겠습니다."

구름잡기

“이거 미안해서 어쩌나.”

“괜찮습니다. 안녕히 계십시오.”

인학은 허리를 숙여 정중히 인사한 다음 그 방을 물러나왔다. 그전에 비해서 어딘지 모르게 마음이 무거웠다. 강 변호사의 침통한 표정 때문이었을까, 하여간 인학의 가슴속으로도 찬바람이 지나가고 있었다.

미스 고가 힐끗 쳐다봤다. 그녀는 어쩌면 인학의 표정을 통해 강 변호사의 심기까지 읽어 내려는지도 몰랐다. 인학은 그러나 강 변호사와의 짧막한 면담 분위기를 내색하지 않은 채 일부러 명랑한 표정을 지었다. 미스 고가 물었다.

“말씀 다 마치셨어요?”

“물론.”

“오늘은 별로 나누실 말씀이 없었나 봐요.”

“응. 간단히 몇 가지 문제만 말씀드렸으니까. 그건 그렇구…… 나 이만 나가 봐야겠어.”

“바로 가시게요?”

“그럼, 가 봐야지. 이렇다 할 성과가 없으면서도 노상 바쁜 몸이니까.”

“반장님, 너무 고민하지 마세요. 언젠가는 일이 잘 풀릴 거예요.”

미스 고는 눈을 찡긋해 보이면서 귀여운 표정을 지었다. 아, 미치도록 생기발랄한 아가씨. 강 변호사가 일찌감치 며느릿감으로 점찍어 놓았을 정도라면 그녀의 됨됨이에 대해서는 더 이상 재론할 필요가 없다고 느꼈다.

"자, 그럼 또 만나."

가볍게 손을 흔든 뒤 인학은 사무실을 나왔고 복도를 지나 엘리베이터 앞에 멈춰 섰다. 노골적으로 드러내 놓고 말은 할 수 없어도 어쨌든 기분이 몹시 찜찜하였다.

사실 인학은 그동안의 경과를 보고하고 앞으로의 대책을 논의하기 위해서 이곳을 방문했다. 그러나 인학은 본론을 꺼내지도 못했다. 심기가 매우 불편한 강 변호사에게 이런저런 이야기를 한다는 것은 예의가 아닌 듯했다. 또, 골치 아픈 사람을 더 골치 아프게 하는 것도 상호 피곤한 노릇이 아닐 수 없었다. 그래서 인학은 자신의 문제, 아니 선희 문제에 대해 끝까지 입을 열지 않았던 것이다.

그런데 강 변호사가 미스 고를 극찬하는 대목에서는 한없이 기쁘기만 하였다. 그동안 그녀를 가슴 깊이 생각하며 나이에 걸맞지 않게 모종의 연정을 느껴 왔던 게 사실인데, 강 변호사가 그녀에 대해 입에 침이 마르도록 칭찬할 때에는 입이 다물어지지 않을 만큼 흐뭇하였다.

구름잡기

　그러다가 강 변호사가 며느릿감 운운할 때는 은근히 열이 치받치는 것이었다. 질투…… 그래. 그것은 바로 질투의 감정이었다.

　그렇게나 아끼고 사랑해 온, 그것이 비록 짝사랑이라 할지라도, 그토록 마음속으로 사랑해 온 미스 고를 누군가에게 빼앗긴다는 기분이 들어 여간 억울하지 않았다. 이루지 못할 사랑, 절대로 이루어질 수 없는 사랑…… 그걸 모를 리 없지만, 강 변호사가 이미 며느릿감으로 낙점을 해 놓고 있다는 사실에 대해서는 실로 김빠지는 노릇이 아닐 수 없었다.

　그는 곧 엘리베이터를 탔다. 임준길 비서실장과의 약속 시간은 아직도 두 시간이나 남아 있었다. 인학은 성기종 기자를 만나고 싶어 신문사로 전화를 걸었다. 뚜우, 뚜우…… 신호가 갔고 누군가 상대방이 나왔다.

“네에.”

　상대방은 아무런 감정도 없이 무뚝뚝하게 전화를 받았다.

“신문사죠?”

“네.”

　상대방은 만사가 귀찮다는 듯 실로 멋대가리 없게 전화를 받았다.

“성기종 기자 계십니까?”

“자리에 없는데요.”

“어디 멀리 가셨나요?”

“잘 모르겠습니다.”

상대방이 시종 불친절하고 건방졌으므로 불쾌하기 짝이 없었다. 명색 신문사 기자라고 한다면 최고의 지성인임에 틀림없을진대, 마침 전화를 받은 녀석은 미상불 엉망진창인 집구석에서 싸가지 없게 살아온 모양이었다.

전화를 끊은 다음에도 인학은 얼마 동안 불쾌한 감정을 지울 수가 없었다. 결코 길지 않은 인생을, 남의 감정에 상처 내지 않으면서 사는 것이 인간들 사이의 덕목이련만 오며 가며 인간쓰레기들을 만날 때에는 그저 벌레 씹은 기분에 사로잡히지 않을 수 없었다.

그는 잠시 망설이면서 이 어중간한 시간을 어떻게 보낼 것인가 궁리했다. 그러다가 그는 문득 남대문시장의 오형래를 생각했다. 지난번에도 인학은 자투리 시간을 이용해 오형래를 찾은 적이 있었다. 완전히 개과천선한 오형래를 만났을 때 인학은 실로 기쁜 마음을 감출 길 없었다.

한때 주먹 세계의 왕자로 군림하며 교도소를 제집 드나들듯 하던 사람이 마음을 고쳐먹고 떳떳이 사는 것을 보면

구름잡기

서 인학은 저절로 가슴이 뿌듯해짐을 느꼈다. 지난번 만났을 때 부인이 곧 해산한다고 했었는데 순산이라도 했는지 궁금하였다.

그는 지난번에 그랬던 것처럼 신세계 백화점 뒤편 주차장에 자동차를 세워 놓고 시장 안으로 들어섰다. 언제나 그렇지만 시장 안에는 여전히 활기에 넘치고 있었다. 더욱이 추석 명절이 며칠 앞으로 다가온 터라 시장 안은 평소보다 훨씬 붐비고 있었다. 인학은 조금이라도 빨리 오형래를 만나 봐야겠다는 생각에서 한눈팔지 않고 곧장 구석진 골목으로 들어섰다.

아니나 다를까, 오형래의 분식센터는 그대로 있었다. 한데, 오형래는 보이지 않고 그 대신 그의 부인이 입구에 앉아 있었다. 인학은 다소 난처했으므로 가게 입구에서 기웃거리고 서 있었다. 그때 오형래의 부인이 인학을 발견하고는 매우 반가워하였다.

"오머나, 김 반장님. 이게 웬일이세요?"

"하하…… 오랜만이군요. 별일 없으십니까."

"예, 저희는 그냥 이렇게 지내고 있어요."

"형래는 어디 갔습니까?"

"친구 만나러 간다고 조금 전에 나갔어요."

“그럼 언제 올지 모르겠네요?”

“예…… 말 않고 나갔는데……”

“아, 참…… 애기는 잘 큽니까?”

“그럼요. 저의 친정어머니가 와서 봐주고 있는데 많이 컸어요.”

그녀는 환하게 웃었다. 비록 전과자의 아내일지라도, 가난한 생활을 꾸리느라 고생할지라도 그녀는 진정한 행복의 의미를 아는 듯했다.

“지나던 길에 그냥 들렀는데 애기 아빠 오거든 다녀갔다고 전해 주세요.”

“그냥 가시게요?”

“예, 좀 바빠서……”

“그래도 그렇지 그냥 가시는 법이 어디 있어요. 아무리 바빠도 잠깐만 들어오세요. 애기 아빠가 바로 오실지도 모르는데……”

그녀는 두 손으로 앞치마를 감싸 쥔 채 간절히 말했다.

“이럴 줄 알았더라면 전화라도 하고 오는 건데……”

인학은 엉거주춤 망설이고 서 있었다. 시간도 애매모호한 데다 방향을 정하기가 매우 난감하였다.

기분으로는 오형래를 꼭 만나 보고 싶었지만, 임준길 비

구름잡기

서실장과의 약속 때문에 언제까지 그를 기다릴 수도 없는 입장이었다. 더욱이 남의 아내 앞에서 우두커니 쭈그리고 앉아 시간을 죽인다는 것은 써억 마음이 내키지 않았다.

인학은 잠깐 머뭇거리고 있다가 결단을 내렸다. 임준길 실장과의 약속 시간이 얼마간 남아 있다 하더라도 일단은 그냥 돌아가기로 마음을 정했다. 그러자 오형래의 아내가 거의 울상을 지었다.

"들어오셔서 음료수라도 한잔 드시고 가세요."

"하하…… 괜찮습니다. 그럼 다음에 또 뵙기로 하고 오늘은 이만……"

인학은 손을 들어 가볍게 흔들었다.

"반장님 오셨다가 그냥 가셨다고 하면 애기 아빠가 저한테 화내실 거예요."

아닌 게 아니라 그녀의 얼굴에는 겁먹은 듯한 표정이 서려 있었다. 그러나 인학은 오형래가 화를 낼 리 없다고 생각했다. 오형래가 아내를 얼마나 끔찍이 사랑하는지 잘 알기 때문이었다. 인학이 말했다.

"괜찮을 겁니다."

"그러나저러나 오늘따라 나갈 게 뭔지 모르겠네요. 가게에 있었더라면 좋았을 텐데……"

"할 수 없죠."

인학은 아쉬움을 머금은 채 그 골목을 벗어났다. 가던 날이 장날이라더니 오늘은 이상하게 일이 꼬이기만 하는 것이었다. 그는 곧 광화문으로 갔고, 임준길 비서실장과의 약속 장소인 그 호텔 커피숍으로 들어갔다. 언제나 그랬지만 그 호텔 커피숍에는 나이 지긋한 사람들이 띄엄띄엄 앉아 커피를 마시며 한담을 나누고 있었다.

실내에 가득한 커피 향기…… 인학은 그윽한 커피 향기를 맡으며 창 쪽 구석진 곳에 자리를 정하고 앉았다. 남대문시장에서 오형래를 만났더라면, 그리하여 이런저런 이야기들을 나누었더라면 이 시간을 유효적절히 메울 수 있었을 텐데 그를 만나지 못하고 헛걸음질을 친 것이 못내 아쉽기만 하였다.

그는 엽차로 입술을 축이면서 창밖을 응시했다. 도로에는 자동차들이 홍수를 이루며 물결쳤고, 거대한 빌딩들이 하늘 높이 치솟아 있었다.

그리고 유리창에는 한 장년의 얼굴이 얼비치고 있었다. 그것은 바로 인학의 얼굴이었다. 오늘은 왜 이렇게도 일이 잘 안 풀릴까. 강 변호사를 만났을 때부터 일이 샛길로 흐른다 했더니, 아니나 다를까 어느 것 하나 제대로 풀리는

구름잡기

것이 없었던 것이다.

일이 안 풀린다, 안 풀린다 해도 이렇게 안 풀릴 수가 있을까. 한때 이번 가을에는 일이 잘 풀릴 것만 같은 예감이 들어 즐거워한 적도 없지 않았었는데, 오늘은 참으로 일진이 불길한 날이었다.

인학은 그러나 사람의 길, 다시 말해 인생이라는 것에 대해 곰곰이 생각하고 있었다. 사람이 살아가는 길에는 반드시 즐거운 일만 있는 게 아니라 괴롭고 슬픈 일도 있게 마련이었다.

그는 그런 희로애락의 의미를 깊이 음미하다가 다시금 미스 고를 생각했다. 어차피 이룰 수 없는 사랑, 그리고 손목 한 번 잡아 볼 수 없는 상대이지만 미스 고에 대한 연정은 버릴 수가 없었다.

그는 하염없이 담배 연기를 뿜어내면서 그녀를 생각했다. 눈앞에 가물거리는 아리따운 아가씨. 내가 왜 이럴까. 나이 40을 넘긴 마당에, 그리고 엄연히 처자식까지 거느린 형편에 얼토당토않은 망상으로 속을 썩이다니 남들이 알면 뭐라고 비웃을지 모르는 일이었다.

그러나 사랑이라는 것은 남의 이목과 하등 관계가 없었다. 가슴 저 깊은 곳으로부터 애틋한 마음이 우러나와 미치도록 사랑을 한다는데 누가 뭐라고 할 것인가. 인학은 운명의 이치에 대해서도 나름대로 분명한 철학을 가지고 있었다. 미스 고에 대한 연정이 끝내는 일방적인 짝사랑으로 끝날 수밖에 없다고 한다면, 그것은 곧 운명일 수밖에 없었다.

세대 차이, 환경, 현실적인 여러 문제들을 다 함께 고려할 때 미스 고와는 어느 것 하나 합일合一을 이룰 수가 없었다. 그러면서도 날이 갈수록 그녀를 향한 연정이 불처럼 뜨겁게 활활 타오르는 것이었다.

한창 젊었던 시절 연애를 한답시고 아가씨들 꽁무니나 따라다니며 애태우던 시절을 생각할라치면 천 가지, 만 가지 추억들이 난마처럼 뒤엉켜 갈피를 잡을 길 없었다. 한데, 이제 또 다시 마음 한구석에 고질병이 되살아난 꼴이었다. 어느 누구에게도 털어놓을 수 없는 이 답답함 때문에 자칫하면 울화증이 생길 것만 같았다.

이 나이에 누군가를 연모할 수 있다는 것은 그만큼 영혼이 건강하다는 증거일 수도 있었다. 그러나 아무런 묘책도 없이 그것만으로 위안을 삼기에는 마음으로부터의 갈등과 번민이라든가 그 모든 고통들이 너무나 컸다.

인학은 미스 고를 그리워하면서 가슴이 삭아 내리는 듯

구름잡기

한 아픔을 느끼고 있었다. 빌어먹을. 내가 왜 이렇게 고통을 받아야 한단 말인가. 그는 당장이라도 미스 고에게 달려가 가슴속을 활짝 열어 보이고 싶은 충동을 느꼈지만 그러나 그것도 환상에 지나지 않을 뿐이었다.

그가 애꿎은 담배만 축내고 있을 때, 종업원이 안내판을 들고 종을 울리면서 다가왔다. 김인학 손님 전화 받으세요. 안내판에 쓰여 있는 자신의 이름을 발견하고 인학은 얼른 계산대 쪽으로 가서 송수화기를 들었다.

"아, 여보세요."

"김 반장님이시군요. 저 임준길입니다."

"아, 안녕하십니까. 그런데 어떻게 된 일입니까."

인학은 손목시계를 들여다보았다. 어느 사이엔가 그와의 약속 시간이 15분이나 지나 있었다.

"이거 대단히 죄송하게 됐습니다. 갑자기 회사에 급한 일이 생겼지 뭡니까. 오늘은 여러 가지로 좀 곤란하게 됐구요…… 다음에 뵈면 안 될까요."

"약속을 연기하자 이런 말씀이군요."

"그렇습니다. 사실은 아까 댁으로 전활 드렸었습니다. 사모님께서 말씀하시길 일찍 나가셨다고 그러시더군요. 저도 웬만하면 오늘 꼭 뵈올려고 했습니다만 별안간 회사에 급한 일이 생겼지 뭡니까."

"어쩔 수 없죠. 그럼 언제쯤 만나는 게 좋겠습니까."

"추석 때까지는 바쁠 것 같고 아예 명절이나 쇠고 뵙는 게 어떨까요."

"알았습니다. 그렇게 하죠."

"아주 죄송하게 됐습니다."

"괜찮습니다."

통화를 마쳤다. 그러나 역시 뒷맛이 영 개운치 않았다. 오늘 임 실장을 만나면 좀 더 야무지게 파고들어 뭔가 결정적인 단서를 잡아채려 했었는데 도리어 당초의 약속까지 깨져 버리는 것이었다.

역시 일이 잘 안 풀릴 때에는 뒤로 넘어져도 코가 깨지게 마련이었다. 정말 오늘은 염병하게도 재수 없는 날이었다. 그동안 재수 없는 날들을 수 없이 겪어 왔지만 오늘은 유난히도 재수가 없었다.

그는 곧 커피숍을 나왔다. 속이 출출했지만 꼭 먹고 싶은 것도 없었다. 한 번 기분을 잡치고 나면 그만큼 식욕마저 감퇴되었다.

그는 어디로 갈 것인가 궁리하다가 집으로 전화를 걸었다. 그런데 아내가 또 집을 비운 터라 신호만 갈 뿐 받을

구름잡기

사람이 없었다.

임 실장이 집으로 전화를 걸었을 때에는 아내가 집에 있었던 것이 분명하건만 아내는 그 뒤로 곧 외출해 버린 모양이었다. 시간상으로 볼 때 반찬거리를 사러 시장에 간 것 같지는 않고 누군가와 어울리기 위해 밖으로 나도는 것이 분명하였다.

역시 김새는 노릇이 아닐 수 없었다. 염병할…… 초장에 김새는 일이 생기면 온종일 잡치게 마련이었다. 이를테면 첫 단추를 잘못 끼운 셈이나 마찬가지였던 것이다.

그는 공중전화 부스 앞에서 서성였다. 집으로 돌아가자니 시간상 어중간하고, 누군가 다른 사람을 만나자니 좋은 일이 생길 것 같지도 않았다. 사실은 오늘 같은 날 다른 일을 도모하려 해도 잘 성사되기 어려울 것만 같았다.

그때였다. 누군가가 지나가면서 발등을 꽉 밟는 것이었다. 인학은 거의 반사적으로 발을 뺐으나 이미 정통으로 밟힌 뒤였다. 그런데 발등을 밟은 사람은 어떤 뚱뚱보 여자였다. 정말 재수 없게 생겨 먹은 뚱뚱보 여자는 일언반구 사과도 없이 뒤우뚱거리며 지하도 쪽으로 걸어가고 있었다. 인학은 그 여자를 향해 냅다 소리를 질렀다.

"여봐요."

그러자 뚱뚱보 여자는 마지못해 뒤를 돌아다보며 누런 이를 드러냈다.

"미안하구만이라."

인학은 사정없이 망신을 줄까 하다가 시골에서 올라온 사람이라는 것을 알고는 이내 참기로 하였다. 만일 촌티를 벗은 사람이 그런 무례한 짓을 했다면 가만있을 인학이 아니었다.

그녀가 지하도로 들어가는 것을 보면서 인학은 구두를 벗고 아픈 발등을 두어 번 문질렀다. 그러자 다소 통증이 가라앉는 것이었다.

그때 스산한 바람이 불어왔다. 그리고 고추잠자리 한 마리가 머리 위로 날아가고 있었다. 이제 바야흐로 완연한 가을이었다.

구름잡기

쾌청했다.

하늘은 가없이 높고 푸르렀다. 까마득히 높은 창공에 엷은 흰 구름 몇 점이 드문드문 흩어져 있었다.

미풍이 불고 있었다. 그 실낱같은 바람결에 나뭇잎들이 살랑살랑 흔들거리며 손짓하고 있었다.

산자락 흘러내린 언덕배기에는 억새꽃이 흐드러지게 피어 있었다. 그리고 소나무 숲 사이로 칡덩굴이 엉기정기 늘어져 있었다.

인학은 이내 논두렁으로 들어섰다. 황금물결…… 들녘

에는 누렇게 익어 가는 벼들이 황금물결을 이루며 출렁이고 있었다. 미풍이 불어올 때마다 고개 숙인 벼들은 더욱 아름답게 출렁이는 것이었다.

논두렁에는 콩이 여물어 가고 있었다. 아, 이 풍성한 가을……

그는 곧 용기네 집 마당으로 들어섰다. 두어 번 헛기침을 했으나 아무런 반응이 없었다.

헛간 지붕 위에는 호박이 군데군데 탐스런 알몸을 드러내고 있었다. 호박들은 어떻게나 크고 실팍한지 금방이라도 헛간 지붕이 내려앉을 것만 같았다.

마당에는 고추가 널려 있었다. 길쭉길쭉하면서도 소담스런 고추들을 보면서 인학은 용기네가 고추 농사를 잘 지었다고 생각했다.

그는 마루에 걸터앉아 담배 한 대를 피웠다. 울 너머 밭에 허수아비가 비뚜름하게 서 있었다. 누가 만들었는지는 몰라도 허수아비는 아주 재미있는 몸짓을 하고 있었다.

이 사람이 어디 갔을까. 이럴 줄 알았으면 미리 전화해 시간 약속을 하고 오는 건데……

참새들이 무리를 지어 날고 있었다. 새들은 들판 위에서 비잉비잉 선회하다가 저수지 쪽으로 날아갔다.

구름잡기

인학이 집 주변을 맴돌며 무료한 시간을 보내고 있을 때 용기가 돌아왔다. 그는 망태기를 짊어지고 있었는데, 그 안에는 수수 모가지가 가득 담겨 있었다. 그는 인학을 발견하고는 반색하였다.

"아이구, 형님…… 언제 오셨슈?"

"조금 전에……"

"이거 오래 기다린 거 아뉴?"

인학은 고개를 가로저으며 용기가 짊어지고 있는 망태기를 받아 들었다.

"조금 전에 왔다니까."

"아이구 형님, 저 아래 자동차가 세워져 있길래 그렇잖어두 서둘러서 오는 길이구먼유."

"어디 갔었는데……?"

"밭에 갔다 오는 길이구믄유."

"그간 별일 없었구?"

"야."

"제수씨는……?"

"저 아래 마실 갔내벼유. 요새는 약간 한가한 편이거든유. 인자 널모레부터는 정신없이 바빠질 것이구믄유. 명절도 쇠어야지, 고추도 따서 말려야지, 참깨도 털어야지."

용기는 마치 약장수처럼 이것저것 주워 섬겼다.

"지금도 바쁜 계절이잖아."

"그렇지만 아직까지는 본격적인 추수가 시작된 건 아니니까요."

"하긴 그렇군."

이제 며칠 있으면 본격적인 추수가 시작되겠지. 그렇게 되면 농촌은 눈코 뜰 새 없이 바빠지겠지. 용기가 말했다.

"우리는 농사채가 별루 없으니께 바뻐 봤자 그게 그거유."

인학은 용기의 얼굴을 유심히 살펴보았다. 역시 그의 얼굴에는 탐욕이나 거짓 같은 것이 전혀 얼씬거리지 않았다.

"그래도 이웃이 바쁠 때는 함께 바빠지는 거 아닐까."

"마음만 바뻐지는 거지유 뭐. 농사채 많은 사람에 비하믄 우리야 놀고먹는 거나 마찬가지유. 그건 그렇구, 인사가 늦었네유. 형님 댁에도 별고 없으시지유?"

"그럼."

"아, 참…… 오늘은 왜 혼자 오셨어유? 성만이는 어디다 두시구……"

"그렇게 됐어."

성만이가 오지 않은 까닭을 이야기하자면 말이 길어질

구름잡기

것만 같았으므로 인학은 간단히 넘겨 버렸다.

"성만이두 잘 지내지유?"

"물론이지."

"사실은 지가 서울루 올라가서 형님을 찾어 뵈어야 하는 건디 그게 잘 안 되는구믄유. 저두 가끔 서울을 가기는 하지만서두 서울 가믄 길두 잘 모르는 디다 하두 답답해서 머무르고 싶은 생각이 별루 없더라구유."

인학은 마음속으로 웃었다. 이처럼 맑고 깨끗한, 그러면서도 막힘없이 툭 터진 시골에 살다가 서울 땅을 밟으면 답답하고도 남을 것이었다.

"그 마음 알 만해."

"일루 좀 올라 앉으세유."

용기는 인학을 마루 쪽으로 잡아끌었다.

"서 있는 게 나을 것 같은데……"

"무슨 말씀을 그렇게 하세유. 서 있는 것보다는 앉는 게 편하지유."

용기가 계속 잡아끌었으므로 인학은 마루 난간에 걸터앉았다. 그러자 용기도 그 곁에 나란히 걸터앉았다. 인학이 말했다.

"꼭 고향에 온 기분이군."

"그러실 거예유. 형님두 결국은 충청도 출신이니께. 충청도는 어디를 가거나 비슷비슷하거든유. 인심두 그렇구, 산세두 그렇구……"

인학은 마당에 널어놓은 고추들을 다시 한 번 살펴보았다. 멍석 위에 가지런히 널어놓은 고추 위로 해맑은 가을 햇살이 눈부시게 부서지고 있었다.

"그래."

인학은 용기의 말이 끝나기를 기다렸다가 고개를 끄덕거렸다.

"형님은 어디서 추석을 쇠세유?"

"서울에서……"

"왜 서울에서 쇠세유? 고향에 가시지 않구……"

"내가 장남이니까. 모든 기제사忌祭祀도 서울에서 지내는 걸."

"그러믄 시골 아우들이 전부 서울루 올라가겠네유."

그러나 인학은 할 말을 잃고 있었다. 원칙대로 하자면 용기의 말처럼 기제사 때에나 명절 때에 모든 형제들이 인학의 집으로 모여야 했지만 그건 어림도 없는 말이었다.

그렇다고 용기 앞에서 아우들에 대한 험담을 늘어놓을 수도 없었다. 참으로 답답했다. 아우들한테 그 무엇을 기

구름잡기

대해서가 아니라 이럴 때 '그렇다'고 대답하지 못하는 심정이 안타깝기 짝이 없었다. 용기가 말했다.

"그래두 형님은 좋으시겠구믄유. 형제분이 많으시니께유. 저는유…… 명절 같은 때 정말루 눈물 날 때가 한두 번이 아녀유."

어느 사이엔가 그의 눈자위에는 그렁그렁 눈물이 맺히고 있었다. 반가울 때나 슬플 때, 그리고 한없이 외로울 때 제 시름에 겨워 눈물을 흘릴 수 있다는 것은 영혼이 건강하다는 증거인 것이다.

"여보게, 용기…… 너무 상심하지 말게. 자네한테는 사랑스런 부인과 아들 종태가 있지 않은가. 힘을 내. 아무리 외로워도 열심히 살다 보면 좋은 일이 있을 걸세."

"정말 그럴까유?"

"물론이지."

용기는 민 하늘을 응시하고 있있다. 그는 냅다 한바탕 신세 한탄이라도 하고 싶은 모양이었다.

"형님, 저 아래 주막에 가서 막걸리라두 한잔 하실까유?"

"그것도 좋지. 하지만 이 벌건 대낮에 취해 놓으면 다른 일을 못한단 말야. 그보다는……"

"아이구, 형님…… 간절한 소원인디 한 번만 들어 주세유."

"허허…… 내가 용기 소원을 못 들어줄 것도 없지. 그렇지만 나한테는 몹시 궁금한 게 있어."

"뭔디유?"

인학은 용기의 관심을 다른 곳으로 돌리기 위해 일부러 능청을 떨었다.

"저어…… 다름이 아니구……"

"답답하구믄유. 빨리 좀 말할 수 없나유."

"저 위 저수지에나 가 봤으면 해서……"

"거긴 왜유?"

"얼마나 변했나 궁금도 하고…… 또 성거 양반 산소도 한 번 둘러보고 싶어서……"

"가보나마나 멀쩡해유. 성거 양반 산소하구 갑식이 되련님네 산소는 지가 잘 보살피구 있으니께유. 그렇잖아두 엊그제 전부 벌초를 했구믄유."

"잘 했네. 정말 좋은 일을 했군."

"지가 이 동네에 사는 한 그런 일은 책임을 지구 해야지유."

"그거 참 복 받을 일이야."

구름잡기

"복이구 뭐구 애당초 그 집 식구들과 약속을 한 일이니께유. 그건 그렇다 치구 저 아래 내려가서 막걸리나 한잔 하자니께유."

"여봐, 용기…… 오늘만은 사양하겠네."

인학은 아주 위엄 있게 말했다.

"오늘은 정말 왜 이러신대유."

"그럴 일이 있어. 그 간청을 못 들어줘서 미안하네만 나한테도 말 못할 사정이 있거든."

인학은 용기의 그 외로운 마음을 충분히 이해할 수 있었다. 명절을 앞두고 그 쓸쓸하고 울적한 마음을 달래기 위해서는 한 모금의 막걸리가 약이 될 수도 있었다.

그러나 술을 마심으로써 쓸쓸하고 울적한 마음을 달랜다는 것은 근원적인 처방이라기보다 한순간을 넘길 수 있는 임시방편에 불과할 따름이었다. 그뿐 아니라 술을 마신다고 해서 일시적으로나미 울적한 심사가 가라앉는다는 보장도 없었다. 도리어 어떤 경우에는 그 울적함이 두 배, 세 배로 불어나 더 괴로워질 수도 있는 것이다.

인학은 술을 사랑하는, 남이 술을 마시자고 제의했을 때 결코 사양한 적이 없는 애주가 가운데 한 사람이었다. 하지만 이 시간에 술을 입에 댔다가는 모든 일을 그르치기 안성맞춤이었다. 용기가 말했다.

"저엉 그러시다면 어쩔 수 없구믄유."

"그래, 오늘은 참는 게 좋겠어. 그 대신 바람이나 쐴 겸 저 위 태호고개에나 가 보자구."

인학이 용기의 손목을 잡아끌었다.

"그래유, 그럼."

막걸리를 마시지 않기로 마음을 돌린 것이 못내 아쉬운 듯 용기는 힘없이 일어나며 작업복 궁둥이에 묻어난 흙먼지와 티끌들을 툴툴 털어냈다. 인학이 말했다.

"나도 막걸리 한잔 걸치고 싶은 생각이 간절해. 그렇지만 오늘처럼 좋은 날 주막거리에 틀어박혀 술타령하는 것보다는 깨끗한 공기 마시며 산보하는 것이 훨씬 나을 거야. 용기는 이 마을에만 줄곧 살아서 잘 느끼지 못하겠지만, 난 이 마을에 올 때마다 신선이 된 기분을 느끼곤 하지. 저 옛날 성거 양반이 왜 이 동네로 이사 와서 살았는지 알 수 있을 것 같아."

"우리 동네가 그렇게도 좋아유?"

"산 좋고 물 좋고 아주 좋아. 본래 내 고향도 나무랄 데 없이 좋았는데 이 근래 인심이 너무 변했어. 산천이 너무 오염되구…… 한데 이 마을은 아직 오염이 덜 됐단 말야."

구름잡기

인학의 뇌리에는 아직도 백마강이 유장히 흘러가고 있었다. 그러나 백마강은 지난날의 강, 비단처럼 맑고 깨끗한 강이 아니라 이제 오염이 아주 심각하여 사실상 죽은 강이나 다름없었다.

마치 강물을 풀어놓은 듯 불그죽죽한 강물. 지난번 부여에 갔을 때 성만이는 부소산 일대의 경관에 도취한 나머지 연신 감탄사를 연발하는 것이었지만, 인학은 벌겋게 변색된 물빛을 보면서 백제의 옛 서울이 또 한 번 멸망의 길로 곤두박질치는 것만 같아 말할 수 없는 비애를 느껴야 했다.

아득히 먼 옛날 백제가 멸망한 것은 국운이 기울었기 때문이었다. 그렇다면 이제 백마강이 오염으로 죽어 가고 있는 현실을 어떻게 설명해야 옳을까. 볼썽사납게 오염된 강물을 보면서 인학은 피가 역류하는 듯한 아픔을 느껴야 했디. 사실 강물이 죽어 가고 있다는 것은 우리늘 자신이 죽어 가고 있음을 의미했다.

그것은 당대의 죽음만이 아니라 후세의 죽음, 다시 말하자면 인간의 멸망을 의미하는 것이건만 사람들은 어째서 그런 일에 둔감한지 도저히 이해할 수가 없었다. 참으로 개탄을 금할 길 없었다. 더욱 가관인 것은, 그렇게 죽어 가는 강물 위에 유람선 띄워 놓고 아무런 반성도 없이 부어라, 마셔라, 지화자 좋구나 더덩실 춤을 추는 사람들의 작태였다.

얼씨구절씨구 춤을 추느니 한 번쯤은 강물을 들여다볼 일이었다. 그런 다음 죽어 가는 강물을 어떻게 살릴 것인가 궁리라도 해 보는 것이 도리일진대, 아직도 덜 떨어진 얼간이들은 이 산하가, 바로 내 조국이 송두리째 중병을 앓고 있는 데 대해서는 아랑곳하지 않은 채 오로지 희희낙락 놀기에만 정신이 팔려 있으니 참으로 미치고 환장할 노릇이 아닐 수 없었다.

고향에 갈 때마다 인학은 씁쓸한 감정만을 안고 돌아서야 했다. 이제 아우 병학이와 제수에 대한 증오의 감정은 많이 가라앉은 편이었다. 인학은 이미 오래전에 그들의 부족함을 아량으로 삭이고자 스스로 다짐한 터였다.

그러나 고향의 삭막해진 인심, 점점 더 오염돼 가는 산천을 대할 때마다 저절로 정나미가 떨어졌다. 인학은 용기보다 한 발 앞서 언덕으로 올라섰다.

언덕 위에는 코스모스가 흐드러지게 피어 바람에 일렁이고 있었다. 바람은 아까보다 약간 세어진 것 같았으나 그런대로 상쾌한 편이었다. 흰 꽃, 분홍꽃, 자주꽃…… 코스모스들은 제각기 아름다운 색깔들을 한껏 자랑하며 만개해 있었다. 용기가 말했다.

"형님, 천천히 가세유. 너무 빨러유."

인학은 뒤를 돌아다보았다. 아니나 다를까, 용기는 언덕을 오르느라 애를 먹고 있었다. 순간, 인학은 가슴이 철렁함을 느꼈다. 그 자신 만발한 코스모스 물결에 도취해 숨가쁜 줄도 모르고 언덕을 올랐으나, 용기는 장애자인지라 뒤로 처질 수밖에 없었던 것이다.

"미안하네."

"괜찮아유. 저두 웬만큼 빠른 편인디 형님은 원체 빠르시구믄유. 그게 다 건강하다는 증거 아니겠남유."

그는 안간힘을 쓰며 가파른 언덕에 올라섰다. 언덕 아래 길다란 논을 가리키며 인학이 말했다.

"이 논은 벼밭인지 피밭인지 모르겠네. 전혀 피사리도 않는 모양이지?"

"저 아래 텁석부리네 논인디 원래 그려유."

"뭐가 그렇다는 거야."

"텁석부리, 그 사람이 원래 게을러 터지거든유. 턱주가리에 털만 많이 났지 별수 없다니께유."

사실 인학이 볼 때에도 그 논배미는 한심하기 짝이 없었다. 농사를 지으려면 제대로 짓든지 아니면 말든지 할 것이런만 논배미 전체를 볼 때 피가 절반 이상 섞인 듯했다.

"저렇게 농사를 지으면 오는 사람 가는 사람 욕을 많이 할 텐데……"

"상관없슈. 그 사람은 천성적으루 게을러 터지기 때문에 욕을 먹어두 싸유. 더군다나 비위까지 좋아서 남들이 욕을 하거나 말거나 신경두 안 쓰구유. 오죽하믄 작년에는 면서기들이 달려와서 피사리를 했을라구유."

"면서기들이 피사리를 하다니 그게 무슨 말이야?"

"면서기들이 노상 와서 피사리를 하라구 성화를 댔는디 정작 논 임자는 들은 척두 않았단 말유. 그런디 높은 사람들 눈에 띄면 어떻게 되겠나 생각해 보세유. 높은 사람들이 보믄 애꿎은 면서기들만 날벼락을 맞을 판이었지유. 그러니께 목마른 사람이 샴(샘) 판다구 면서기들이 논으로 뛰어들어가 직접 피사리를 한 거지유 뭐."

"아, 무슨 말인지 이제야 알겠네."

용기의 보충 설명을 들어 본즉, 면서기들뿐만 아니라 농촌지도소 요원들은 아침저녁으로 텁석부리를 찾아다니며 피사리를 하라고 통사정을 하는 것이었다. 그런데도 텁석부리는 그들의 통사정을 들은 척도 하지 않았다.

구름잡기

본래 게으르기로 유명했지만 앞뒤가 콱 막힌, 그리하여 맹꽁이라는 별명을 얻고 있는 텁석부리에게 피사리를 하라고 사정해 본들 쇠귀에 경 읽기나 다름없었다. 텁석부리는 그들이 사정을 하든 말든 날 잡어잡수, 하는 식으로 허구한 날 빈둥빈둥 놀기만 하는 것이었다.

마을의 노인들까지도 농사를 그렇게 지으면 못쓴다고 알아듣기 좋게 타일렀지만, 텁석부리는 막무가내로 피투성이의 논배미를 방치해 두었다. 그러자 면서기들이 참다 못해 자기들 고유의 업무조차 뒷전으로 미뤄 놓은 채 옷을 벗어부치고 나서서 피사리를 해 주었다.

그런데 텁석부리는 남부끄러운 줄도 몰랐고, 자기 논을 말끔하게 피사리해 준 면서기들한테 고맙다는 말 한마디 하지 않았다. 말하자면 너희들이야 높은 사람들에게 잘 보여 모가지를 건사하기 위해서라도 피사리를 해야겠지만, 나는 알 비 아니라는 두였는데 그 일이 있고 나서 동네 사람들은 텁석부리만 보면 가차 없이 면박을 주곤 하였다.

"하지만 텁석부리는 으쓱두 하지 않어유. 워낙 지독한 놈이거든유. 글쎄 면서기들이 무슨 죄가 있겠슈. 그뿐이 아녀유. 그 사람들두 바쁜 사람 아닌가유. 쳇, 웬만한 사람 같으믄 그런 일을 당하구서 낯을 못 들구 다닐 것이구믄유. 그런디 텁석부리 그 자식은 지가 잘나서 면서기들이 피사리를 공짜루 해 준 줄 안다니께유. 말하자믄 지가 면서기들 상전이나 되는 줄 아는 거지유. 한마디로 병신이 지랄하는 꼴이지유."

용기는 열을 올리고 있었다. 용기처럼 착하고 순한 사람이 그처럼 열 올리는 것으로 미루어 텁석부리라는 작자가 어떤 위인인지 짐작할 만하였다. 인학이 말했다.

"오나가나 인간쓰레기들이 있게 마련이거든."

"맞어유. 꼭 맞는 말씀이구믄유. 텁석부리 그 자식이 바로 그런 놈이라구유."

인학은 문득 중학교 동기동창 석철이 녀석을 생각했다. 놈은 어떻게나 답답하고 융통성이 없는지 무슨 말을 해 봤자 귀담아들으려 하지도 않았고, 자리에 앉았다 하면 제 잘난 체만 하였다. 그러다가 결국에는 제 마누라와 자식들 자랑까지 늘어놓곤 하였다.

못된 송아지 엉덩이에 뿔난다는 말처럼 석철이 녀석은 제 잘난 줄만 알았지, 다른 사람들이 저보다 백 배, 천 배 더 잘났다는 것을 모르고 있었다. 이를테면 제 자신이 바보라는 사실조차도 모르는 진짜 바보였던 것이다.

놈은 동창들 모임에서도 걸핏하면 직장에서의 제 위치

를 주절주절 늘어놓으며 주접을 떨거나 나중에 화제가 바닥나면 사창가에 가서 오입한 이야기까지 서슴없이 내뱉는 것이었다. 그것도 마치 무슨 무용담이나 되는 것처럼 늘어놓으며 입에 게거품을 물고 떠들 때에는 참으로 가관이다 못해 딱하기 짝이 없었다. 따라서 석철이 녀석이야말로 팔불출八不出 중에도 팔불출이라고 말할 수 있었다.

동창들은 녀석을 대할 때마다 고개를 절레절레 내둘렀고, 가급적이면 그를 만나지 않으려고 하였다. 아니, 좀 더 정확하게 말하자면 동창들의 대부분은 녀석이 모임에 나와 주지 않기를 바랐다.

인학 역시 그를 좋아할 리 만무했다. 학창 시절 한 교실에서 공부하던 옛정을 생각한다면 좋고 나쁘고를 떠나서 무조건 정답게 지내는 것이 당연할진대 녀석의 노는 꼴이 워낙 아니꼽고 더러워서 어쩔 도리가 없었다.

그들은 저수지 위쪽으로 올라갔다. 저수지 곳곳에는 오늘도 강태공의 후예들이 낚시를 즐기고 있었다.

저수지 수면 위로 눈부신 가을 햇살이 쏟아지고 있었다. 반짝반짝 반짝이는 해맑은 햇살이 반사되어 저수지 수면 위에는 아름다운 무늬들이 아롱지고 있었다.

길가 풀숲에서는 메뚜기며 방아깨비 같은 풀벌레들이

날아오르곤 하였다. 그런가 하면 여기저기 고추잠자리들이 무리지어 날아다녔고, 알록달록한 나비들도 심심찮게 눈에 띄었다. 인학이 물었다.

"여기서는 농약을 안 쓰나."

"왜 안 써유."

"그런데도 메뚜기가 다 뛰어다니네 그려. 방아깨비도 있고……"

"농약을 쓰긴 쓰지만 다른 동네보다는 덜 쓰는 편일 거유."

어렸을 적 인학은 유리병을 들고 동네 조무래기들과 메뚜기를 잡으러 다니곤 하였다. 큰 병으로 가득 잡아 온 메뚜기를 가마솥에 넣고 볶아 먹으면 그렇게 고소하고 맛있을 수가 없었다.

워낙 먹을 것이 없었던 시절이었으므로 풀뿌리, 나무뿌리까지 다 맛있게 먹던 시절이었지만 잘 볶은 메뚜기의 맛은 독특한 데가 있었다. 고향을 떠난 뒤로 몇 번인가 술집에서 안줏감으로 메뚜기볶음을 맛본 적이 있지만 어쩐지 고향에서의 그 맛과는 상당한 차이가 있었다.

하기야 메뚜기볶음 맛뿐이 아니라 세상인심이며 제도와 문물이 날로 바뀌고 있었다. 그것은 어쩌면 흐르는 세월과

구름잡기

함께 당연한 현상인지도 몰랐다. 그러나 세상이 엉뚱한 방향으로 바뀌는 것이 문제일 따름이었다. 인학이 물었다.

"힘들지 않아?"

"괜찮아유."

인학은 용기와 함께 약수터에 이르러 악, 하고 소리를 지를 뻔하였다. 본래 한적하기 이를 데 없던 이곳 약수터는 이제 도시의 한 모퉁이를 연상케 할 정도로 완전히 변해 있었다.

그전에는 석불石佛 밑에 작은 옹달샘이 있었고, 그곳에서 가느다란 파이프를 타고 약수가 흘러 나왔는데, 이제 이 일대에는 큼직큼직한 건물들이 여러 동棟이나 들어서 있었다.

지난여름 인학은 성만이와 함께 용기네 집에 들렀다가 이곳까지 올라와 보지 않고 그냥 부여로 떠난 적이 있었다. 그런데 이들 건물이 들어선 것은 그보다 훨씬 이전인 것으로 보였다.

인학은 그 건물들을 보면서 아하, 이제는 이 골짜기에서도 본격적인 물장사가 시작되었다는 것을 직감했다. 누군지는 몰라도 재빠른 상혼商魂을 앞세워 이 후미진 골짜기까지 파고든 것이었다.

수돗물을 믿을 수 없는 세상, 전국의 산하가 온통 공해로 얼룩진 이 현실을 감안할 때, 수질 좋은 이곳 물을 상품으로 개발하겠다고 나선 것은 어쩌면 당연한 귀결인지도 몰랐다. 인학이 물어보기도 전에 용기가 먼저 말했다.

"인자 물도 판대유."

"그러게 말이야."

인학은 혀를 끌끌 찼다. 이곳 약수터에서 어느 누구라도 오며 가며 물을 긷던 시대는 이미 지나갔다.

아닌 게 아니라 드넓은 주차장에는 여러 대의 자동차들이 즐비하게 도열해 있었다. 자동차의 모양과 크기도 각양각색이었다. 사람들이 건물 안으로 들락날락하면서 플라스틱 물통으로 물을 길어 나르고 있었다. 용기가 말했다.

"옛날에 봉이 김선달이 대동강 물을 팔아먹었다는 말은 들었어두 우리 동네 약수터가 이렇게 될 줄은 꿈에두 몰랐구믄유."

"그러게 말일세."

언젠가 인학은 이 마을에 와서 신선이 살 만한 곳이라고 느낀 적이 있었다. 오죽하면 그는 대학 때 은사님의 명강의까지 연상하며 가위 신선이 살 만한 곳이라고 느꼈을 것인가.

구름잡기

은사님은 흙이 열여섯 가지 원소로 되어 있다고 전제한 다음, 우리들 인간의 육신 역시 열여섯 가지 원소로 되어 있음을 일깨워 주었다. 그러므로 사람이 죽어 세월이 흐르면 인간은 저절로 흙과 동화된다는 것이었다.

그러면서 그 은사님은 저 유명한 <풍류風流>에 대해 설명해 주는 것이었다. 『삼국사기』에 나오는 <풍류> 즉 <풍월도風月道> 이야기는 인학에게 진한 감동을 안겨 주었던 것이다.

인학은 사회에 나온 이후 괴로움에 부닥치고 시달림을 받을 때마다 옛 선인들의 가르침을 받으려고 부단히 노력해 온 터였다. 그뿐 아니라 언제나 넉넉했던 그 은사님의 가르침을 반추하며 속세의 번뇌를 덜어 보려고 무진 애를 썼던 것이다.

과거 성만이와 함께 이 골짜기에 와서 표주박으로 약수를 떠 마실 때만 하디라도 이곳은 필경 선경임에 틀림없었다. 인학은 이곳에 와서 마음의 티끌들을 털어 낸 이후 골치 아픈 일이 있을 때마다 이 골짜기를 연상하며 마음의 평안을 얻곤 하였다. 용기가 말했다.

"인자는 우리 동네두 이상하게 변했다니께유."

사실 이 고장이야말로 천안 땅에서도 가장 외진 곳이었

다. 목천, 병천으로는 옛날부터 국도가 지나가고 있었지만 이곳은 언제나 고요하고 조용하기만 하였다. 산이 높은 것도 아니었고, 야트막한 야산이 굽이치고 있었으나 이 일대에는 큰 고을이 없었다. 더욱이 이곳 태호고개는 낮에도 행인들의 발길이 뜨음한 곳이었다. 인학이 말했다.

"나도 그전에 왔을 때는 고향에 온 듯한 착각을 불러일으키곤 했었어. 그리고……"

그는 나이 들어 서울을 떠나야 할 때가 오면 이 근방쯤에 터전을 잡으리라 생각했었다. 그동안 전국 곳곳을 돌아다녀 보았지만 이곳처럼 마음에 드는 곳도 흔치 않았던 것이다.

용기가 말했듯 충청도는 어딜 가나 비슷비슷하게 마련이었다. 대학 시절 산악반의 일원으로 전국의 웬만한 산을 두루 오르내렸을 뿐만 아니라 지난날 형사 생활을 하면서 기소 중지자를 잡으러 여기저기 출장을 다녔지만, 이 골짜기처럼 마음을 확 잡아끄는 곳도 없었던 것이다.

우선 이 골짜기에는 인적이 뜨음한 데다 도시의 문명이 스며들지 않아 마음을 편히 다스릴 만한 여건이 되어 있었다. 더욱이 이 일대의 산세가 유순할 뿐만 아니라 물이 아주 좋았다. 산 밑에서 사시장철 흐르는 약수는 더 말할 나위가 없었고, 고만고만한 논다랑이들 밑에는 저수지가 있어서 운치를 더해 주고 있었다. 크지도 작지도 않은 저수지는 사람을 아늑하게 감싸 주는 형국을 하고 있었다.

골짜기와 골짜기, 산과 산, 논과 논, 그리고 졸졸졸 흐르는 시냇물을 보고 있노라면 한 폭의 수채화를 보는 듯했다. 그러나 약수터 일대는 이제 개발이라는 이름 아래 전체의 분위기가 너무 달라져 있었다.

이제 이 일대는 외진 골짜기가 아니라 사람들의 발길이 무척 잦아져 인간들 냄새가 등천하고 있었다. 그것도 이곳을 드나드는 사람은 이 고장 사람들이 아니라 온통 외지인 일색이었다. 하기야 인학이 자신도 이 골짜기에 탯줄을 묻은 처지는 아니었다. 그러나 사람들의 발길이 별로 미치지 않았을 때 이곳에 왔었던 한 사람으로서, 그리고 용기와 각별한 정을 나누고 살아가는 한 사람으로서 이 골짜기가 이렇게 변했다는 사실에 내해서는 실로 안타까움을 금할 길 없었다.

인학은 주차장에 줄지어 서 있는 자동차들의 번호판을 눈여겨보면서 이 좋은 산천, 이 고요하고 아늑했던 마을이 언제 어떤 모습으로 둔갑하게 될지 모른다고 점쳐 보는 것이었다.

이런 산하, 이런 마을은 원형대로 보존하는 것이 좋을 텐데…… 인학은 확연히 달라진 약수터 일대의 정경들을 보면서 무척 아쉬워하였다. 그것은 마치 부여에 가서 느끼는 소회와 별반 다를 바 없었다. 용기가 말했다.

"차암…… 외지 사람들이 우리 동네에다 땅을 얼마나 샀는지 아세유?"

"외지 사람들이 땅까지 산다구?"

"말두 마세유. 오죽하믄 저한테두 집을 팔으라구 찔벅거리는 사람이 있을까유. 허허, 그게 말이나 되나유. 멀쩡하게 잘 살구 있는 사람에게 집을 팔라구 하니 정말 기가 막힐 일이지유."

"어떤 사람들이 그래?"

"서울 사람들 아니믄 대전 사람들이지유 뭐."

"그래 용기는 어떻게 할 작정이야?"

"죽어두 안 팔어유. 그나마 재산이라구 오두막 하나 있는 거 그것마저 홀라당 날리믄 우리는 어떻게 살라구유."

인학은 담배를 피워 물었다. 언제부턴가 이 나라 전 국토가 투기꾼들의 투기장화했다는 것은 알 만한 일이로되, 용기 같은 사람에게까지 손을 뻗쳐 집을 팔라고 성화를 댄다면 그건 말도 안 되는 소리였다. 인학이 중얼거렸다.

구름잡기

"해도 너무들 하는군."

"저 아래 승칠이네는 벌써 집을 팔었구믄유."

"집을 팔어?"

"집뿐이 아니구 논밭까지 모조리 팔었지 뭐유."

"허허…… 그래서 어쩌겠다는 거지?"

"천안 시내루 이사 갔슈."

"농사꾼이 농사 안 짓구 천안 시내 나가서 뭘 하겠다는 거야."

"말루는 장사를 한다구 했는디 그게 쉽지 않은개벼유. 승칠이 아부지두 원래 좋은 사람이었는디…… 집하구 논밭을 판다구 했을 때 동네 사람들이 많이 말렸어유. 그렇건만 말을 들어 먹어야지유. 늙은이가 고집이 워낙 세어가지구서는…… 그 양반두 젊었을 때는 그런 줄 몰랐는디 늙으니께 고집만 세지더라구유."

"그것 참 내가 관여할 일은 아니지만 잘못 생각한 것 같군."

"잘못 생각하구 말구유. 여부가 있나유. 환갑, 진갑 다 지난 늙은이가 고향 떠나 시내 나가서 장사를 하기루 말하든 얼마나 하겠슈. 젊었을 때 객지로 나가 살다가도 나이 먹으믄 고향으루 돌아와야 하는 법인디 인자서 장사를 시작해서 어쩌겄다는 것인지 도무지 이해가 안 가느믄유. 여기서 천안 시내야 거리상으루 얼마 안 되지만 시내 사람들 하구 우리 동네 사람들 하구는 살아가는 방도가 근본적으루 다르거든유."

인학은 용기의 말이 백번 옳다고 생각했다.

"그렇겠지."

"더군다나 승칠이 아부지는 수판두 놓을 줄 몰라유. 승칠이 엄니 역시 그렇구…… 그런 사람들이 어떻게 장사를 한다는 건지 원……"

"무슨 장산데……?"

"슈퍼래유, 슈퍼."

"수퍼마켓 말인가."

"야, 말은 그렇게 해두 실지루는 구멍가게라구 해야 옳겄지유."

"용기는 앞으로 어쩔 셈이야?"

"얼마 되지는 않지만 내 땅을 지켜야지유. 그리구 저는 어차피 여길 떠날 입장이 못 돼유."

"왜?"

인학은 용기를 똑바로 쳐다보았다.

"저는 몸두 이렇겄다, 이 동네를 떠나 어디 가서 살겄

구름잡기

슈. 그뿐이 아니구유…… 저 한 사람만이라두 끝까장 이 동네를 지켜야겠다는 생각이구믄유. 지가 이 마을을 떠나믄 성거 양반 산소하며, 갑식이 되련님네 산소를 돌볼 사람이 없잖아유. 저라두 남아서 그분들 산소를 돌봐야지유."

그는 참으로 순수하고 성실한 사람임에 틀림없었다. 사실 직계 유족들조차 돌보지 않는, 말하자면 거의 방치해두다시피 한 분묘를 자신이 돌보겠다고 나선 것부터 범상치 않은 일이었다. 막말로 그 일은 이제 어느 모로 보나 용기의 몫인 셈이었다. 갑식이네 조상, 그리고 성거 양반의 묘소를 돌보는 일은 바로 그 후손들의 몫이었다. 그러나 용기는 그것이 자신의 일이라고 생각한 나머지 원래의 후손들이 성묘조차 오지 않아도 불평 한 마디 하지 않았다. 인학이 물었다.

"그 사람들 묘를 반드시 용기가 책임질 일은 아니잖아?"

"웬걸유. 지가 책임져야지유."

"왜? 어째서?"

"지가 돌보겠다고 한 번 약속을 했으니께유."

대답은 의외로 간단했다. 역시 용기다운 대답이었고, 남들은 감히 흉내도 낼 수 없는 용기만의 발상이었다. 요컨대 용기는 자기가 한 말에 책임질 줄 아는, 말하자면 신의를 실천하는 사람이었다.

"그렇다면 할 말 없군."

인학은 입을 다물었다. 그러나 인학의 마음 한구석에는 찝찝하면서도 껄끄럽기 짝이 없는 감정의 앙금이 자리 잡고 있었다.

그것은 갑식이네 가문과 연결된 감정이었다. 갑식이 아버지는 한의원을 경영해 탄탄한 알부자가 되었고, 갑식이 또한 재벌의 사위로서, 그리고 그 기업체의 중역으로서 소위 돈방석에 앉아 큰소리치는 존재들이었다.

그런데도 그들은 용기에 대해서 너무 소홀히 하고 있다는 느낌이었다. 왜냐하면 자신들의 묘소를 돌봐 주는 그 공로에 전혀 보답을 못하고 있기 때문이었다.

어떤 사람이 자신을 위해 덕을 베풀었을 때 거기에 반드시 보답하는 것이 인간의 도리라고 말할 수 있었다. 그렇건만 갑식이네 문중 사람들은 용기를 아예 자기들의 하인쯤으로 아는 모양이었다.

대관절 요즘이 어떤 세상인가. 만인이 두루 평등한 시대에 못 나고, 못 배우고, 가진 것 없다고 해서 상대방을 하인 부리듯 한다면 그런 부류들은 한 번쯤 혼뜨검을 당할

구름잡기

날이 있을 것이었다.

인학이 볼 때 용기는 언제 어디서라도 변치 않을 인물이었다. 즉, 자신이 변치 않으리라 결심을 해서가 아니라, 근본 바탕이 변할 수 없는 사람이었다.

갑식이네 문중 사람들은 일찍이 용기의 그런 심성을 알아차리고 마음껏 이용해 먹는 모양이었다. 부자父子가 외지에 나가 그만큼 치부를 했으면 자기들의 산소를 대신 돌보아 주는 용기에게 응분의 사례를 하는 것이 인지상정이건만 그들은 용기를 거의 무시하다시피 하였고, 소위 학식깨나 있다는 사람들이면서도 최소한의 인사마저도 닦을 줄 모르는 것이었다.

한편 인학은 성거 양반과 그 후손에 대해서도 생각하지 않을 수 없었다. 지하에 묻혀 백골이 되어 있을 성거 양반에 관해서는 더 말할 나위도 없고, 그분의 유일무이한 혈육인 선희조차 행방이 묘연한 이 마당에 무슨 말을 어떻게 해야 좋을지 몰랐다.

"말이 나왔으니께 얘긴디유, 지 형편이 웬만하믄 성거 양반 산소는 명년 한식에 꼭 사초라두 하고 싶은 심정인디…… 산소가 워낙 짜부러 들어서 남 보기에두 안 됐거든유."

그들은 태호고개로 오르는 길을 버리고 산으로 들어섰다. 산에는 온갖 나무들이 우거져서 앞으로 나아가기가 여간 힘들지 않았다.

인학은 문득 세상이 많이 변했다고 느꼈다. 옛날 같으면 도시나 농촌을 가릴 것 없이 장작과 낙엽을 땔감으로 썼기 때문에 전국의 모든 산들이 벌거숭이 신세를 면할 날이 없었으나, 이 근래에는 연료가 바뀜으로써 자연히 산림녹화가 이루어진 것이었다.

이와 관련하여 또 하나 생각할 수 있는 것은 웬만한 명산이 아니고서는 산을 찾는 사람들의 발길이 거의 끊겼다는 사실이었다. 전국의 예 간다 제 간다 하는 명산들의 경우 능선마다 등산로가 있게 마련이지만, 이런 야산에는 그저 소로小路만이 있을 뿐이었는데, 나무꾼들의 내왕이 없기 때문에 그 길마저 숲에 묻혀 버린 것이다.

저 옛날 나무꾼들이 나무하러 다닐 때에는 길도 제법 훤히 뚫려 있었다. 아니, 가파른 낭떠러지를 제외하고는 어느 산자락이든지 마음 놓고 다닐 수가 있었다. 그만큼 산이 헐벗었기 때문이었다.

그런데 이제는 앞을 내다볼 수 없을 만큼 숲이 우거져 있었다. 이 산이 비록 야산이라고는 하지만 잘못 들어섰다가는 산속에서 헤맬 수도 있겠다는 생각이 들었다. 가로세로로 얼기설기 얽힌 숲을 열심히 헤쳐 나가면서 용기가 중얼거렸다.

"어허, 인자 얼마 안 있으믄 호랭이 나오게 생겼네."

산에는 한 발 앞을 내다보기 어려울 정도로 숲이 우거져 있었는데, 나무들 역시 알맞게 단풍이 들어 가을의 정취를 물씬 풍겨 주고 있었다. 소나무, 참나무, 떡갈나무, 오리나무, 싸리나무, 아카시아나무, 개암나무, 자귀나무…… 할 것 없이 누런빛을 띠고 있었다. 숲을 헤치고 들어가다가 인학은 실로 오랜만에 아그배나무와 명감나무를 발견하고는 자기도 모르게 탄성을 질렀다.

"야, 아그배 열린 것 봐."

작달막한 나무에 아그배가 다닥다닥 열렸는데 금방이라도 나뭇가지가 휘어질 것만 같았다. 휘휘 늘어진 덩굴에 주렁주렁 매달린 명감 역시 능금 빛으로 붉게 물들어 있었다.

인학은 순간적으로 눈시울이 화끈해짐을 느꼈다. 어린 시절, 아버지를 따라 8월 한가위에 성묘를 갈라치면 산기슭 군데군데 아그배와 명감이 탐스럽게 익어 가는 것을 볼 수 있었다. 그는 아우들과 함께 잘 익은 아그배와 명감을 따서 맛있게 먹곤 하였다.

그러나 이제는 모두 옛 이야기에 불과하였다. 아그배와 명감을 따 먹으며 즐거워하던 그 시절은 이제 돌아오지 못할 추억의 한 장면으로 남아 있을 뿐인 것이다.

그래. 지금쯤 내 고향에도 아그배와 명감은 익어 가고 있겠지. 할아버지 산소, 할머니 산소, 그리고 부모님 산소로 오르는 그 산비탈에는 그런 열매들이 탐스럽게 익어 가고 있을 것이었다. 다음 주에는 만사를 제쳐 놓고 성묘를 다녀와야지.

인학은 그런 생각을 하며 숲을 헤쳤고, 곧 성거 양반 묘소 앞에 이르렀다. 그 묘소는 예나 지금이나 초라하기 짝이 없었다. 왕년에 여러 사람들로부터 숭앙을 받았던 인물도 한 번 세상을 뜨고 나면 이 꼴이 된다고 생각하니 그저 서글프다는 마음이 골수에 사무쳤다. 더욱이 친일 반역자들이 떵가떵가 하며 재벌로 군림하는 데 비하여 애국지사의 유족과 그의 묘역은 너무 보잘것없었다.

용기는 봉분 앞에 넙죽 엎드려 절했고, 인학은 경건한 마음으로 묵념을 올렸다. 인학은 아린 가슴으로 잠시 말을 잃고 서 있었다. 어쩌다 박선희를 찾아 나섰다가 여기 묻힌 분의 행적도 알게 되었지만, 한 시대를 올곧게 살았던 분의 무덤치고는 너무 초라하다는 생각에 마음이 마냥 어

구름잡기

두워 오는 것이었다.

　여전히 소슬한 바람이 불어왔고, 눈부신 가을 햇살이 산
지사방으로 흩어지고 있었다.

5

비가 내리고 있었다.
겨울을 재촉하는 비였
다. 아마도 이번 비가 그
치고 나면 기온이 곤두박질
치겠지.

인학은 물끄러미 창밖을 내다보
고 있었다. 앙상한 나무들이 비를 맞고 서 있
었다. 나뭇가지들은 비에 젖어 검게 번질거리고 있었다.

그러나 소나무만큼은 여전히 푸르렀다. 그가 창가에 바
짝 다가서서 하염없이 창밖을 내다보고 있을 때, 느닷없이

구름잡기

전화벨이 울렸다.

인학은 순간적으로 몸을 움찔하였다. 너무나 적막한 시간, 그리고 긴장을 풀고 있는 이 시간에 전화벨이 요란하게 울리자 저절로 몸이 움찔하였다. 그는 장식장 쪽으로 다가가 송수화기를 들었다.

"여보세요."

"반장님이시군요. 저예요. 성만이……"

"아, 성만이…… 이거 어쩐 일야? 그렇잖아도 요즘 어떻게 지내나 무척 궁금했었는데……"

"저야 잘 지냈죠? 근데 반장님은 어떻게 지내셨어요?"

"나도 잘 지냈지. 아, 정말 반가운데……"

"그 여자는 찾았어요?"

"웬걸. 골치 아파 죽겠어. 어디 가서 죽었는지 살았는지 생사라도 알았으면 좋겠는데 말야. 아직 아무것도 알아낸 게 없어."

"정말 답답하시겠군요."

"답답한 정도가 아니야. 미칠 지경이라구. 거 있잖아. 내가 한 번 마음을 먹었다 하면 어떻게 한다는 걸 성만이도 잘 알잖아. 한데 이건 너무 황당한 사건이라니까."

"강 변호사님은 뭐라고 그러세요?"

“계속 찾아보라는 거지 뭐.”

“그래, 찾을 자신은 있으세요?”

“해 봐야지. 사나이 대장부가 한 번 칼을 뽑았으면 끝장을 봐야잖아.”

“그런데 그 여자가 어디 있는지 알아야 찾든지 말든지 할 거 아닙니까.”

“그야 그렇지. 그 여자가 어디 있는지 알기만 한다면 찾고 자시고 할 일도 아니잖아. 그건 그렇구…… 요즘 뭐하고 지내?”

“저야 뻔하지요 뭐.”

“뻔하다니…… 아직도 민철이하고 그 사업 그대로 하고 있나?”

“그 뭐 사업이랄 것까지야 있나요. 그저 조그맣게 시작한 걸요. 그런데 별로 신통치 않아요. 처음에는 기대가 컸었는데 막상 시작을 해 보니까 마음대로 안 되더라구요.”

“민철이는 뭐래?”

“앞으로는 나아질 거라구 하는데 잘 모르겠어요. 저야 이 방면에 워낙 경험이 없잖아요. 민철이만 믿고 시작한 일인데 아직 뭐라고 말씀드리기는 곤란한 실정입니다.”

“하기야 이 세상에 어디 쉬운 일이 있나.”

구름잡기

"하지만 앞으로는 잘 될 거예요. 반장님도 저희 집에 한 번 놀러 오시지 그러세요. 제가 술값을 비싸게 받지는 않을 테니까요. 하하……"

성만이는 호탕하게 웃었다. 그러나 인학으로서는 내심 비위가 뒤틀림을 느끼지 않을 수 없었다. 아무리 술 마실 곳이 없다거나 술값이 없기로소니 후배가 경영하는 술집에 가서 신세를 질 수는 없는 일이었다.

다른 사람보다 술값을 더 내지는 못할망정 계산서에 적힌 술값을 깎아 달라고는 할 수 없지 않은가. 더욱이 인학은 성만이가 다른 사람도 아닌 민철이와 동업을 한다는 사실에 늘 마땅찮게 생각해 온 터였다.

명색 성만이는 경찰관 출신이었다. 그런 사람이 하필 전과자와 동업을 한다는 사실이 영 마음에 내키지 않았던 것이다.

물론 전과자가 새 길을 살 수 있도록 도와준다는 것은 어느 모로 보나 바람직한 일이었다. 인학이 자신도 그동안 복역하고 나온 전과자들에 대하여 마음으로부터 우러나오는 따뜻한 관심을 아끼지 않고 있었다. 하지만 성만이가 민철이와 동업한다는 사실에 대해서는 선뜻 납득하기 어려웠다. 전직 경찰관으로서의 자존심도 자존심이려니와 주위 사람들의 이목도 무시할 수 없기 때문이었다. 인학이 말했다.

"나 요즘 술 끊었어."

"네? 그게 정말이세요?"

"내가 언제 거짓말 하는 거 봤나."

"하하…… 반장님이 술을 끊으시다니 이건 보통 사건이 아닌데요. 반장님도 한때는 영등포 일대에서 알아주는 애주가이셨는데…… 반장님이 술을 끊으신대서야 말이나 됩니까. 그래도 경우에 따라서는 조금씩 드서야죠."

"술 이야기는 나중에 하고, 나 좀 도와줘. 하던 일을 마저 해야 되잖아. 우리가 이대로 물러앉을 수는 없잖은가. 술집은 민철이한테 맡기고 그 여잘 찾자구……"

"도대체 그 여자를 어디 가서 찾는단 말입니까."

"뜻이 있는 곳에 길이 있어. 우리 이렇게 전화상으로만 얘기할 게 아니라 직접 만나서 이야기할까."

"어디서 뵐까요?"

"영등포 어떨까."

"영등포 어디 말씀입니까."

"우리 잘 가는 데 있잖아. 거기 커피숍에서 만나지."

"그럼 시간은 언제가 좋겠어요?"

구름잡기

"어차피 말 나온 김에 당장 만나지 뭐. 난 한 시간이면 거기로 나갈 수 있어. 어때? 괜찮겠어?"

"누가 전화를 하기로 돼 있어서 잠깐 기다려 봐야 할 것 같은데요. 두 시간 후에 뵈면 어떨까요."

"그래. 그럼 그렇게 하지. 이따가 거기서 만나자구."

그들은 통화를 마쳤다. 그러나 인학은 어쩐지 찜찜한 기분을 지울 수 없었다. 그전에는 그렇지 않았는데, 어딘지 모르게 성만이의 태도가 많이 달라진 느낌이었다.

지난날 현역 형사 시절, 인학은 반장이었고 성만이는 말단에 불과했다. 따라서 인학의 말이 떨어지면 성만이는 고분고분 복종할 수밖에 없었다. 한데 이제는 사정이 달라져 있었던 것이다.

성만이는 곧잘 말끝에 토를 달고 나섰다. 그래도 전관 예우라는 게 있는 법인데, 성만이는 신분이 달라졌다 해서 사람마저 달라지려 하고 있었다.

설령 현역에서 물러났다 할지라도 그럴 수는 없는 일이었다. 인학은 내심 섭섭함을 느끼지 않을 수 없었다. 더욱이 성만이는 한때 인학을 도와 선희를 찾아 나선 적이 있었다. 한데 어느 날 갑자기 성만이가 선희를 찾는 일에서 손을 떼겠다고 말했을 때, 인학은 적이 당황하지 않을 수 없었다.

　당시 성만이가 내세운 명분은 민철이와 사업을 하겠다는 것이었다. 사업도 사업 나름이지만 하필이면 유흥업소를 차리겠다는 것이었다. 그때 인학은 겉으로 드러내 놓고 뭐라 말은 하지 않았어도 이만저만 실망한 것이 아니었다.

　인학은 천천히 외출 준비를 서둘렀다. 아직 시간은 충분히 남아 있었지만, 굳이 집에서 뭉그적거리고 있을 필요가 없었다. 인학이 머리를 빗은 뒤 옷을 갈아입고 있을 때 아내가 참견을 하고 나섰다.

　"또 나가시게요?"

　"약속이 있어서……"

　"약속, 약속…… 별로 볼일도 없으면서 무슨 약속이 그렇게도 많아요?"

　"왜 또 그러나."

　"좋아요. 당신 나가면 나도 나갈 거예요."

　"어딜 나간다는 거야?"

　"어디로 나가든 당신이 상관할 바 아니잖아요? 내 걱정은 마세요."

　"허허, 정말 왜 이러는지 모르겠군. 내가 볼일이 있어서 나간다는 데 왜 쌍지팡이를 짚고 나서는 거야? 당신이 도대체 뭐야?”

“나가 봤자 용돈만 쓰지 별수 있겠어요? 정말 당신은 어쩌자고 이러는지 알 수가 없어요.”

“당신이야말로 정말 어쩌자고 이러는 거야?”

인학은 냅다 고함을 질렀다.

“이젠 지겨워요. 박선희라나 뭐라나…… 그 인간인지 귀신인지 그걸 찾아서 뭘 어쩌겠다는 거예요? 벌써 몇 년째 허탕을 치고서도 여태 그 모양 그 꼴이나 답답해서 미치고 환장하겠어요.”

“이 사람이…… 당신은 당신 일이나 잘해. 걸핏하면 문 잠가 놓고 똥 찾는 개처럼 뻘뻘거리고 돌아다니면서 뭘 잘했다고 큰소리야, 큰소리가!”

“나는 뭐 돌아다닐 자유도 없나요?”

“이거 봐. 나는 일 때문에 돌이다니는 거야. 당신은 여편네들끼리 어울려 히히덕거리는 재미에 돌아다니는 거구……”

“힝, 일 좋아하시네. 멀쩡하게 형사 반장으로 있을 때가 좋더구만 괜히 옷 벗고 나와 가지고서는 할 일 없으니까 전국 유람이나 하고 돌아다니는 거 아녜요?”

“이런 미친년이 다 있나.”

인학은 으드득 이를 갈면서 야멸차게 욕설을 퍼부었다.

"뭐요?"

아내도 도끼눈을 뜨고 만만찮게 대들었다.

"내가 뭐 할 일이 없어서 산천경개 유람이나 하려고 여기저기 돌아다니는 줄 알아? 나도 죽자 살자 일을 하고 있어. 알기나 해?"

인학은 다시 고함을 질렀다. 그의 목에는 정맥이 굵다랗게 불거져 있었는데, 그는 울화통을 참지 못해 부르르 떨고 있었다. 정말이지 속이 콱 막힌 인간과는 어떻게 해 볼 도리가 없었다.

"아휴, 지겨워."

아내는 진저리를 쳐대면서 탁자 위에 놓인 물컵을 냅다 집어던졌다. 그러자 물컵은 벽에 부딪쳐 산산조각 났고, 그 파편들이 여기저기 산지사방으로 흩어졌다. 그녀의 얼굴은 어느 사이엔가 새파랗게 질려 서슬 퍼런 독기를 뿜어내고 있었다.

"야, 이 쌍년아."

인학은 아내의 멱살을 힘껏 거머쥐었다. 한 대 쥐어박았다가는 어느 뼈다귀가 부러질지 모르는 상황이었다.

"때려라, 때려. 힘 좋겠다 얼마든지 때려 봐라."

구름잡기

아내는 숫제 눈에 쌍심지를 박고 있었다. 인학은 손아귀에 힘을 주면서 아내의 목을 이리저리 사납게 내둘렀다.

"그래 너도 인간이냐, 엉?"

"그럼 너는 뭐냐?"

아내는 악을 쓰고 있었다. 덩치는 쥐 방울만 한 것이 어디서 그렇게 독기가 나오는지 알다가도 모를 일이었다.

인학은 순간적으로 와락 울고 싶은 충동을 느꼈다. 정말이지 살리지도 죽이지도 못할, 참으로 진퇴양난이 아닐 수 없었다. 그는 아내의 목을 더욱 힘주어 닭 모가지 비틀듯 비틀었다. 그러자 아내는 캑캑거리기 시작하였다. 아내가 연약한 여자라는 것을 모르는 바 아니었지만, 아내가 워낙 표독스럽게 나옴으로써 인학은 도저히 참을 수가 없었다. 인학이 말했다.

"요게 정말 뭘 잘했다고 큰소리치는 거야?"

인학은 아내를 냅다 밀쳤고, 그녀는 저만큼 나가떨어지면서 발랑 나동그라졌다.

"아이구, 엄마. 엄마, 엄마……"

아내는 자기의 울분을 이기지 못해 대성통곡하고 있었다. 이웃에서 알면 진정으로 초상난 줄 알겠지. 남편이야 무슨 일을 하든 상관할 필요 없이 제 일만 하면 될 것을 아내는 괜히 인학의 일에 사사건건 쌍지팡이를 짚고 나서서 발목을 잡고 늘어지는 것이었다.

인학은 아내의 정신 상태가 정상이 아니라고 판단했다. 사실 몇 해 전 장모가 세상을 떠났을 때 아내는 눈물 한 방울 흘리지 않았었다. 저를 낳고 길러 준 어머니가 숨을 거두었는데도 눈물 한 방울 흘리지 않던 인간이 부부 싸움 뒤에는 반드시 그런 식으로 대성통곡을 하는 것이었다. 인학은 그런 아내를 향해 혼잣말처럼 중얼거렸다.

"미쳤군. 정말 미쳤어."

그리고 나서 그는 곧장 집을 나섰다. 빗발은 더욱 거칠어지고 있었다. 모처럼 심기일전하여 새롭게 일을 시작하려는 마당에 아내는 초장부터 재를 뿌리고 나서는 것이었다. 실로 기분 잡치는 노릇이 아닐 수 없었다.

그는 이내 자동차의 시동을 걸었다. 후회, 후회…… 어쩌다 저 악독한 인간을 만나 결혼까지 하게 되었는지 모든 것이 후회되었다. 다른 집 아내들은 남편을 위해 내조에 열을 올리고, 그것도 모자라 남편만 보면 애교를 부린다는데, 인학은 실로 악마 같은 아내를 만나 거의 신세를 조진 꼴이었다.

무슨 일이든 의욕적으로 나섰다가도 그는 곧잘 실의에

구름잡기

젖곤 하였다. 아내가 앞을 가로막고 나서면 그야말로 김이 확 새는 것이었다. 아내는 남의 속도 모르고 시도 때도 없이 남편을 잡아먹지 못해 안달을 하는 것이었다.

인학은 영등포로 차를 몰았다. 굵은 빗방울이 유리창으로 달려와 푸르르푸르르 떨고 있었다. 윈도우 브러시가 부지런히 작동하고 있었지만, 앞이 잘 보이지 않을 정도로 빗발이 거세어지고 있었다.

성만이와의 약속은 아직도 충분히 남아 있었다. 하지만 아내가 발작적으로 기승을 부리는 바람에 그는 집에 더 머물 수가 없었다. 그는 잠시 신길동 강동석에게 전화를 걸까 하다가 내친 김에 영등포로 직행하였다.

그는 그 호텔 커피숍으로 들어섰다. 언제나 그랬듯이 호텔 커피숍은 조용했다. 군데군데 손님들이 앉아 있었지만, 그들은 조용히 대화를 나누거나 차를 마시고 있었다.

인학은 창가에 앉았다. 왕년에 형사 반장으로 근무할 때, 그는 숱한 강력범을 잡아들였다. 그중에는 살인범도 적지 않았다. 그런 살인범들의 죄상을 추궁하다 보면, 자신의 이익을 챙기기 위하여 다른 사람의 목숨을 해친 경우가 대부분이었다.

그런데 인학은 아내가 기를 쓰고 덤빌 때마다 자기도

모르게 살의를 느끼곤 하였다. 어느 선배가 말했던 것처럼 소리 안 나는 총이 있다면 냅다 쏘아 버리고 싶을 때가 한두 번이 아니었다.

아내는 뚜렷한 이유도 없이 막무가내로 덤비는 것이었다. 사실 어떻게 보면 아내처럼 행복한 여자도 없을 듯했다. 조용히 집에 들어앉아 알뜰하게 살림이나 하면 얼마나 행복할 것인가. 그러나 아내는 살림을 뒷전으로 미뤄 놓은 채 거의 매일이다시피 자기 친구들과 어울려 도처에서 놀자판이나 먹자판을 벌이곤 하였다.

그런데도 뭐가 모자라 그렇게도 덤벼대는지 답답하기 짝이 없었다. 인학이 아내에 대한 분노의 감정을 증폭시키고 있을 때, 출입문 쪽에서 성만이가 나타났다. 인학은 그를 향하여 손을 번쩍 들었고, 성만이는 비실비실 웃으면시 이쪽으로 다가오고 있었다.

"오랜만에 뵙겠습니다."

성만이가 앞에 다가와 인사했다.

"그렇군."

"별일 없으셨죠?"

"물론……"

인학은 태연하게 말했다.

구름잡기

“근데 안색이 별로 안 좋으신 것 같네요.”

“그래? 피곤해서 그렇겠지 뭐.”

인학은 차마 아내와 대판 싸웠다는 말을 할 수 없었으므로 우물쭈물 얼버무리고 말았다. 성만이가 물었다.

“사모님도 안녕하시죠?”

“그저 그래.”

“소희하고 재희도 학교 잘 다니죠?”

“그럼.”

“한 번 찾아뵙는다 하면서도 그게 잘 안 되더라구요. 죄송합니다. 그것도 사업이라고 한 번 벌여 놓으니까 시간 내기가 쉽지 않던데요.”

“그렇겠지. 그건 그렇구 우리 차 주문할까.”

“전 주스나 한 잔 했으면 하는데 반장님은 뭐 드시겠어요?”

“글쎄…… 커피나 한 잔 할까.”

그 말이 떨어지기가 바쁘게 성만이가 종업원을 불렀고, 커피와 주스를 주문했다. 성만이가 인학에게 물었다.

“그 일은 어떻게 돼 가고 있어요?”

“그렇잖아도 그 문제를 상의하려고 했었어. 잘하면 쉽게 해결될 수도 있을 것 같아. 강 변호사에게 말씀드려서 대양건설 내부를 조사하기로 했거든. 앞으로는 대양건설 쪽의 적극적인 협조가 있을 거야.”

“그게 잘될까요?”

“원점으로 돌아가서 다시 시작하면 안될 것도 없겠지.”

“하여간 반장님 집념은 대단하십니다. 저 같으면 진작 포기했을 텐데 말씀입니다.”

“물고 늘어져야지. 다른 도리가 없잖아.”

“하지만 사건 자체가 너무 막연해요. 무슨 단서라도 있어야 할 게 아닙니까. 게다가 제약도 많구요. 철저히 보안을 유지해야 한다는 거 아닙니까. 무슨 사연인지는 몰라도 알쏭달쏭한 게 너무 많다니까요.”

“바로 그거야. 내가 처음 관심을 갖게 된 것도 그것 때문이었어. 그야말로 강 변호사가 그 얘길 꺼냈을 때 괜히 호기심이 생기더라구. 원래 사건이라는 것이 단순하면 재미가 없거든. 마치 추리소설을 읽듯 알쏭달쏭한 구석이 있어야 호기심이 생기는 거 아니겠어?”

“하하…… 역시 반장님은 그 방면으로 타고난 모양이에요. 지금까지 그냥 남아 계셨으면 수사과장은 충분히 하실 텐데……”

“다 지나간 일이지. 이제 와서 그런 이야기 꺼내면 뭐하

나. 죽은 자식 나이 세기나 마찬가지 아니겠어?”

“강 변호사님은 왜 그렇게 박선희를 찾는 겁니까.”

“낸들 아나. 대양건설 회장으로부터 부탁을 받고 일을 시작한 건데 그 자세한 내막은 알 길이 없어.”

“그거 참 너무 막연하지 뭡니까. 더욱이 강 변호사님은 선희에게 ‘꽃’이라는 암호까지 부여하지 않았습니까.”

“그렇지. 그거야 보안 유지를 위한 한 방편이었겠지. 대양건설이나 박선희를 보호하겠다는 속뜻도 포함되어 있을 테구……”

“하지만 전 반장님이 더 걱정됩니다.”

“왜?”

“그 여자를 찾아 나선 이후 여태 한 일이 뭡니까. 결국 시간만 버린 꼴 아닙니까. 아무것도 얻은 것도 없으면서 세월만 축내고 있는 반장님이 그저 안타까울 뿐입니다.”

성만이는 아예 동정하는 투로 말했다. 하기야 성만이가 인학의 깊은 속마음을 알 까닭이 없었다. 아내가 인학의 마음을 모르듯, 성만이 역시 인학의 내면을 이해하지 못한 채 겉으로 드러난 현상만 가지고 그렇게 말하는 것이었다. 인학이 웃으면서 말했다.

“성만이 말도 일리는 있어. 하지만 나는 그렇게 생각하지 않아. 지난번에도 말했다시피 성만이가 볼 때는 내가 괜히 허송세월을 하고 있다고 생각할 수도 있겠지. 그러나 그게 그렇지 않아."

"뭐가 그렇지 않습니까. 지금 반장님이 흥신소 사람처럼 그런 일이나 하고 다닐 때가 아니잖습니까."

"허허…… 그렇게 단순히 생각할 일이 아니라니까."

인학은 자기도 모르게 목소리를 높이고 있었다.

"반장님. 이건 반장님을 위해서 드리는 말씀입니다. 이제 그 일에서 손을 떼고 다른 일을 하시는 게 어떻습니까. 반장님도 사모님을 생각하셔야죠. 그리고 소희나 재희를 생각해야 할 거 아닙니까."

"그건 또 무슨 말인가?"

"가족들을 위해 좀 더 확실한 일을 하시란 말씀입니다."

"이 사람…… 지금 나한테 충고하는 건가. 그만두게. 나는 나대로 다 생각이 있다네."

"반장님의 집념이 어떠한가에 대해서는 저도 잘 알고 있습니다. 하지만 반장님께서 하고 있는 일은 너무 무모하다는 생각입니다."

"뭐가 무모하다는 거야?"

"모래알처럼 많은 사람들 중에서 딱 한 사람을 찾아낸

다는 것이 얼마나 힘든 일입니까."

"걱정 마. 난 반드시 그 아가씰 찾아내고야 말겠어."

"좋습니다. 그렇다면 그 아가씰 찾아서 뭘 어쩌겠다는 겁니까."

"그건 내가 상관할 바 아니지. 그 아가씨를 찾아내기만 하면 그 다음부터는 강 변호사가 알아서 하겠지."

"참 이상해요. 그 아가씨가 뭘 어쨌길래 그러는지 강 변호사님에 대해서도 도무지 이해할 수가 없다니까요."

"그건 내가 관여할 일이 아니야. 나는 오직 선희를 찾기만 하면 되는 거야. 나도 처음에는 그 아가씨가 무슨 일을 저질렀길래 그러나 하고 무척 궁금하게 생각했었어. 하지만 그건 별개의 문제야. 내가 할 일은 오로지 그 아가씰 찾아내는 일일 뿐이야."

"그래도 그렇죠. 사건의 내막을 알아야 일이 순조롭게 풀릴 거 아닙니까."

"이 일은 애당초 쉽게 풀릴 일이 아니었어."

"그렇게 어려운 일을 왜 포기하지 않습니까. 전 도무지 이해할 수 없다니까요."

"그렇다고 섣불리 물러설 수도 없지 않은가. 이제 와서 물러서기엔 지난 시간들이 너무 아까워. 그뿐 아니라 강

변호사와의 약속을 일방적으로 파기할 수도 없잖아? 난
끝장을 내고야 말겠어. 끝장을……”

“하지만 미제 사건도 얼마든지 있잖습니까.”

“긴말하고 싶지 않아. 이봐, 성만이…… 날 도와주게나.
룸살롱을 경영해서 돈 버는 것도 중요하지만, 이번 일도
괜찮은 데가 있어.”

“하, 참…… 반장님도 답답하십니다. 아가씨 한 사람 찾
아내는 일이 뭐가 그리 대단하단 말씀입니까.”

“난 이번 일을 통해서 모르던 것을 많이 배웠어. 최소한
역사에 대해서 눈을 뜨게 됐단 말일세.”

“역사라구요?”

“그렇지. 나는 그동안 역사에 대해 까마득히 잊고 살아
왔어. 학교를 졸업하고 경찰에 투신한 이후 강력범들이나
잡아들이기에 바빴던 몸이니까. 그런데 선희는 결코 예사
로운 인물이 아니야. 내가 알기로 그 아가씨에게는 역사적
상징성이 있거든.”

“무슨 말씀이신지 전 도저히 이해할 수가 없군요.”

“그럴지도 모르지. 이번 일은 일반적인 사건과는 완전
히 다르니까.”

“이 애매모호한 일을 어떻게 처리하시겠다는 건지 저로

구름잡기

서는 잘 납득할 수가 없습니다."

"그러니까 날 좀 도와줘. 부탁이야. 어려운 일일수록 그걸 해결하고 나면 보람도 큰 거야. 이번 일은 절대로 흐지부지 그만둘 일이 아니라니까."

인학은 입에 침이 마를 정도로 성만이를 설득하였다. 그러나 성만이의 반응은 냉담하기만 했다. 지난번 민철이와의 사업을 핑계로 이 일에서 손을 뗀 이후 성만이는 그전보다 훨씬 때가 묻어 있었다.

유흥업소를 차리기 전만 해도 성만이는 나름대로 순수한 면을 간직하고 있었다. 운동을 많이 한 탓도 있겠지만, 어쨌든 성만이는 우직하고 단순했으며, 사나이다운 의리를 가지고 있었다.

그러나 이제 성만이는 그전과 판이한 면을 보여 주고 있었나. 민철이와 손을 잡은 이후 그는 상당히 변질된 것이었다. 전화상으로 대화를 나눌 때에도 어딘가 삐딱한 태도를 보이더니, 이젠 거의 노골적으로 인학에게 반론을 제기할 정도가 되어 있었던 것이다.

현역 경찰관 시절, 인학과 성만이는 엄격한 계급으로 맺어져 있었다. 인학은 간부였고, 성만이는 새내기 말단이었다. 당시 성만이는 까마득한 상관이었던 인학 앞에서 어떤 반론도 제기할 입장에 있지 않았다. 그는 오로지 인학 앞에서 부동자세를 취해야 했고, 인학의 명령에 고분고분 복종할 수밖에 없었다.

그러나 이제 두 사람의 관계는 달라져 있었다. 두 사람 모두 현역에서 물러난 지금, 성만이는 지난날의 상하 관계를 사그리 잊어버린 채 자기 자신의 의사를 기탄없이 꺼내 보이는 것이었다. 성만이가 말했다.

"반장님…… 반장님은 아직도 사회를 잘 모르시는 것 같 아요."

"뭐라구?"

"사회는 냉엄해요. 경찰들은 잘 모를 겁니다. 저도 경찰 에 몸담고 있을 때는 경찰이 최고인 줄 알았었죠. 하지만 막상 옷을 벗고 사회에 나와 보니 그게 아니더라구요."

"그게 무슨 뜻이지?"

인학은 성만이가 마치 훈계를 하는 것만 같아 불쾌한 감정을 지울 길이 없었다. 전직으로 보나, 나이로 보나 까 마득한 후배가 그런 태도를 보이는 데 대해 인학은 배알이 뒤틀려 옴을 느끼지 않을 수 없었던 것이다.

"제가 볼 때 대부분의 경찰들은 사회에 대해 잘 모르는 것 같습니다. 경찰들은 계급에 따라 명령과 복종으로 연결

돼 있을 따름이죠. 하지만 사회는 그보다 훨씬 더 복잡하거든요. 사회에서는 머리 좋고 돈 많은 놈이 왕 노릇을 하게 마련이니까요."

"이 사람아. 자네가 언제부터 그런 사고방식을 갖게 됐나."

"반장님. 제 생각이 잘못됐나요?"

"잘못되고 말고…… 난 우리 사회가 아무리 썩었다고 해도 그 말에는 동감할 수 없네. 머리 좋고 돈 많은 놈이 왕 노릇을 하기로소니 그게 뭐 왕다운 왕이어야 말이지. 문제는 어떻게 사느냐가 중요한 거야. 돈 가지고 왕 노릇을 하기 위해 남의 재물을 훔칠 수야 없지 않은가."

"그러나 사회는 그렇지 않습니다. 모두들 돈 벌기 위해 수단과 방법을 가리지 않고 있습니다."

"하하, 이 사람 보게. 정말 살수록 태산이군."

"반장님께서는 듣기 거북하실지 모르겠습니다만 현실이 그런 걸 어쩌란 말입니까. 사기꾼들이 뭐라고 하는지 아십니까."

성만이는 사기꾼들의 이야기를 인용했다. 사기꾼들의 이야기인즉, 고급 경찰관이나 교육자, 그리고 고급 장교일수록 사회에 어둡다는 것이었다. 따라서 그들의 퇴직금은 먼저 보는 자가 곧 임자라는 것이었다. 인학이 물었다.

"그게 말이 돼?"

"말이 안 돼도 할 수 없죠. 사기꾼들이 고급 경찰관이나 교육자, 그리고 고급 장교의 퇴직금을 노리는 데 어쩌란 말입니까. 사기꾼들의 말에도 일리가 있다구요. 앞에서 말씀드린 계통에 종사한 사람들은 사회 물정에 그만큼 어둡다는 거죠. 그렇기 때문에 사회에 나와서 마땅히 할 일을 못 찾고 갈팡질팡 헤맨다는 겁니다. 그때 슬쩍 접근해 가지고는 동업을 하자고 꼬드기는 겁니다. 그러면 십중팔구 넘어가게 마련이랍니다."

"그래서 성만이도 민철이 꾀임에 넘어가 동업하고 있나."

"예에? 무슨 말씀을 그렇게 하세요? 저야 경찰에 몸담고 있었던 기간이 얼마 돼야 말이죠. 엄격히 말해서 저는 경찰이 뭔지도 모르고 물러나온 셈입니다. 지금 생각해도 잘한 일이죠. 그까짓 월급 몇 푼에 목을 매고 허둥거렸더라면 평생 고생하는 건데……"

"이 사람아. 그걸 말이라고 해? 그건 전체 경찰관을 모독하는 말일 뿐만 아니라 바로 나를 모독하는 말일세. 그래도 나는 사명감을 가지고 경찰에 들어가 젊음을 불태웠던 사람이야."

"사명감이 밥 먹여 줍니까."

성만이는 당돌하게 응수했다.

"뭐? 뭐야? 자네 정말 언제부터 그런 사람이 됐나, 엉? 자네야말로 순수하고 의리 있는 사람이라고 믿고 있었는데 그동안 너무 때가 묻었군."

인학은 주먹을 불끈 쥐었다. 그는 과거 누구보다도 성만이를 아껴 온 터였는데, 그러나 성만이의 내면세계가 그처럼 뒤틀려 있을 줄이야 꿈에도 생각 못한 일이었다. 성만이가 말했다.

"문제는 돈입니다. 자본주의 사회에서 돈 없으면 어느 누구도 알아주지 않습니다. 반장님도 잘 생각해 보세요."

"이봐, 성만이. 자네가 언제부터 돈맛을 알았는지 모르지만 그건 썩어빠진 생각이야. 돈보다 더 중요한 건 인간이야. 돈이 왜 필요한가. 인간이 살기 위해서 돈이 필요한 거 아니겠나. 그렇다면 돈을 위하여 모든 인생을 맡길 수는 없지 않은가."

"원칙적으로는 그게 옳은 말씀이죠. 하지만 사회에 나와서 보니까 그게 아니더라구요."

"예끼, 이 사람…… 자네가 사회생활을 했다면 얼마나

했다고 그런 말을 하나. 말이야 바로 하지만 나도 자네보다는 인생을 훨씬 더 살았네. 차츰 세월이 흘러 자네도 나이가 더 들면 알게 될 걸세. 돈보다 더 중요한 것이 얼마든지 있다는 것을……"

인학은 성만이의 태도에 욕지기가 치밀어 오름을 느꼈다. 남들보다 운동도 많이 하고, 나이도 젊은 사람이 왜 그렇게도 돈에 집착하는 것일까. 성만이가 고집을 부렸다.

"그럴지도 모르죠. 그렇지만 돈 없이는 아무 일도 할 수 없잖습니까."

"이거 봐. 자네가 언제부터 그런 생각을 갖게 됐는지 모르겠군. 자네 말이야…… 얼마 전에 돌아가신 성철性徹 큰스님 아는가."

"해인사에서 돌아가신 스님 말씀인가요?"

"물론이지. 그 스님이 열반에 들면서 남긴 것이 무엇인가. 누더기 장삼에다 고무신 한 켤레, 그리고 돋보기 하나에 몽당해진 색연필 한 도막뿐이었네. 그런데도 그 어른이 열반에 드셨을 때, 전국에서 얼마나 많은 사람들이 모여들었나."

"그분이야 스님이니까 그렇죠. 모여든 사람들이야 당연히 불교 신자들이었을 거구요."

구름잡기

“반드시 그렇게 단정할 일이 아니야. 그 스님은 분명 우리 시대의 위인이었어. 모든 사람들이 물질과 하잘것없는 욕망에 눈이 어두워 허우적거릴 때, 그분은 인간 가치의 소중함을 몸소 실천해 보였던 거야.”

“반장님. 언제부터 불교에 심취하게 되셨죠?”

“흥. 난 불교 신자도 아니야. 하지만 성철 스님의 일생을 보면서 정말 많은 것을 느끼고 깨달았어. 아하, 인생이란 그런 거구나. 암, 우리나라에서 제일가는 재벌이 죽었다 한들 그렇게 많은 사람들이 자발적으로 몰려들지는 않았을 거야. 사람이란 더하기와 곱하기도 잘해야 하지만, 때로는 그 역설적으로 빼기와 나누기도 잘해야 한다는 생각이 들더군.”

“그 스님이야 평생 수도만 하신 분이잖아요. 우린 평범한 시민에 불과히구요. 우리 같은 평범한 시민이야 잘 믹고 잘 살면 그만 아닌가요.”

“그래? 잘 먹고 잘 사는 일이 뭔데?”

“가난에서 벗어나야죠. 그리고 아이들에게 더 많은 재산을 물려 줘야죠.”

“난 그렇게 생각하지 않아. 문제는 얼마나 인간답게 사느냐 하는 것이 더 중요한 거야. 도적질을 해서 잘 먹고 잘

입으면 뭐할 건가. 그보다는 헐벗고 굶주리는 한이 있더라
도 선량하게 사는 것이 더 값진 일이지.”

성만이는 다리를 꼬고 앉아서 줄곧 못마땅한 표정을 짓
고 있었다. 요컨대 인학의 말이 재미없는 모양이었다. 그
가 말했다.

“반장님 말씀을 모르는 거 아닙니다. 하지만 현실이라
는 걸 생각하지 않을 수 없잖아요. 우리가 현실적으로 살
아가자면 반드시 돈이 있어야 합니다. 어렸을 적, 저는 집
안이 가난해서 얼마나 고생을 했는지 모릅니다.”

“알고 있어. 하지만 성만이 부모님은 그 가난 속에서도
성만이를 훌륭히 가르쳐 사회에 진출시켰잖아. 얼마나 장
한 일인가. 성만이가 자라날 때에 비하면 오늘날은 너무
풍요로운 사회라고 말할 수 있지. 최소한 우리 사회에서
밥 굶는 사람은 없잖아? 오죽하면 3D 현상 때문에 골치를
앓는 판이라니까. 너도 나도 더럽고, 위험하고, 힘든 일을
기피하고 있잖아. 내가 어렸을 때만 해도 그건 상상도 할
수 없는 일이었지. 일거리가 없어 실업자가 지천으로 널려
있던 판이었으니까.”

“옛날 이야기는 별로 재미없잖아요. 지금은 시대가 달
라졌으니까요.”

구름잡기

인학은 그런 성만이에게서 세대 차이를 느끼지 않을 수 없었다. 인학이 말했다.

"하긴 그래. 강남에 가면 오렌지족이니, 야타족이니, 미시족이니 해서 골 빈 인간들이 판을 치는 세상이니까."

"인생을 즐겁게 사는 것이 뭐가 나쁩니까."

"문제는 땀 흘리지 않고 오로지 편하게만 살려는 데 있지. 어디까지나 땀 흘린 사람들이 대접받는 사회가 되어야 하는데 말야."

"강남에서 인생을 즐기는 사람들도 돈을 벌 때는 그만큼 땀을 흘렸을 거 아닙니까."

"그렇지 않아. 그들이 진정으로 땀 흘려 돈을 벌었다면 도저히 그런 짓을 할 수가 없어. 돈 버는 일이 얼마나 어려운 일인데…… 부동산 투기니 뭐니 해서 쉽게 돈을 번 작자들이니까 마구잡이로 돈을 쓸 수 있는 거야."

"하여간 전 잘 모르겠습니다. 반장님이 하시는 일에 대해서도 잘 이해할 수가 없구요."

"이거 봐, 성만이…… 지난번 천안에 가서 용기를 만난 적이 있었지?"

"그렇습니다."

"그때 혹시 느낀 거 없었어?"

"왜 없었겠습니까. 전 그때 세상에는 이렇게 착한 사람도 있었구나 하는 것을 느꼈었죠."

"바로 그거야. 세상에는 용기처럼 별 욕심도 없이 순수하게 살아가는 사람들이 얼마든지 있다구…… 돈을 벌기 위하여 수단과 방법을 가리지 않는 쓰레기 같은 인간들이 수두룩한 반면, 세태에 물들지 않고 정직하게 살아가는 사람도 얼마든지 있다 이거야. 우리 사회가 제대로 되려면 용기 같은 삶이 제대로 인간 대접을 받아야 해. 성만이, 내가 가끔 만나는 청년이 있는데 한 번 만나보지 않겠어?"

"누군데요?"

"강동석이라구…… 신길동에 살고 있는데 한때 대양건설에서 일하던 청년이야. 노조에 참여하여 노동운동을 하다가 부당하게 해고를 당한 청년이지. 몇 차례 만나 대화를 나눠 보니까 사고방식이 매우 건전하더군."

"노동운동을 하던 사람이라구요? 그렇다면 반장님께서 가장 싫어하는 계층 아닙니까."

"천만에…… 난 불법 노동운동을 싫어했을 뿐 건전한 노동운동에 대해서는 항상 긍정적인 생각을 가지고 있었지."

"불법 노동운동이라는 것도 코에 걸면 코걸이, 귀에 걸면 귀걸이가 아닐까요. 그전에 반장님께서는 파업 주동자

구름잡기

들을 가차없이 잡아들이지 않았습니까."

"그랬었지. 하지만 건전한 노조 간부에 대해서는 도리어 응원을 해 주었어. 다만, 생산 시설을 파괴하거나 불법 파업을 선동한 악질 노조 간부들을 가차없이 잡아들이곤 했었지."

"반장님, 오늘은 제가 점심 대접을 하고 싶은데 괜찮으시겠어요?"

성만이가 시계를 들여다보면서 말했다.

"벌써 점심을 먹는단 말야?"

"전 사실 아침 식사를 못했거든요."

"왜 아침 식사를 못해?"

"어제 민철이하고 술을 좀 했더니 속이 거북해서 아무것도 생각이 없더라구요."

"술 조심해. 나도 한때는 죽사 살자 퍼마신 적이 있었지만, 나이 드니까 슬슬 영향이 나타나더라구."

"그래서 술을 끊으셨습니까."

"그것도 그렇지만 여러 가지 생각 끝에 끊었지. 하지만 언제 술을 입에 댈지는 나도 모르겠어. 마누라가 하도 속을 썩여서 술을 안 마시고는 살 수가 있어야지."

"네에? 사모님이 반장님 속을 썩이다니 그게 무슨 말씀이세요? 원래 사모님은 내조 잘하시는 분으로 소문이 파다했었잖아요.”

“내조는 무슨 내조…… 한때는 나도 아내에 대해서 고맙게 생각했었지. 가난한 집에 시집와서 아무 불만 없이 살 때에는 고마움을 느끼곤 했었어. 한데 최근에는 그게 아니야. 바람이 났는지, 무슨 염병이 도졌는지 시도 때도 없이 뻘뻘거리고 돌아다니는 데는 정말 미치고 환장하겠어.”

“밖에 무슨 일이 있으니까 그렇겠지요.”

“절대로 그렇지 않아. 아무런 볼일도 없으면서 걸핏하면 집을 비우고 돌아다니는 거야. 아이들이 학교에서 돌아와 문이 잠겨 있으면 얼마나 실망하는지 알아?”

“그건 저도 알아요. 저도 어렸을 때 학교에서 돌아와 어머니가 안 계시면 힘이 쭉 빠져 죽고 싶을 때가 한두 번이 아니었거든요. 언젠가 한 번은 학교에서 돌아오니까 집이 텅텅 비어 있잖아요. 아버지는 남의 집에 품 팔러 가셨다는 것을 알고 있었지만, 어머니가 집에 계시지 않으리라고는 상상도 못했는데 안방 문에 자물통이 떠억 채워져 있잖아요. 정말 김이 새더군요. 그래서 이웃집에 살던 병식이라는 친구를 꼬드겨 가지고는 들판으로 나가서 참외 서리를 했죠. 벌건 대낮에 참외 서리를 하다가 주인한테 잡

구름잡기

혀서 얼마나 매를 맞았던지 그때 생각을 하면 지금도 앞이 노오래진다니까요.”

“그래도 그만하기 다행이군. 오늘날 같으면 꼼짝없이 절도죄로 경찰서 신세를 졌을 텐데 말야.”

“그러게 말입니다. 그때 매 맞은 생각을 하면 어머니가 그렇게 원망스러울 수가 없었습니다. 학교에서 돌아왔을 때 어머니만 계셨더라도 그런 일이 없었을 텐데……”

“맞았어. 어머니가 집을 비운다는 것, 아이들에게 얼마나 나쁜 영향을 미치는지 알아? 그게 바로 아이들을 그르치는 큰 원인이라니까.”

“사모님도 소희나 재희에게 그런 영향을 미친단 말씀인가요?”

“말도 마. 이젠 진력이 나서 더 이상 할 말을 잊었으니까. 가급적 집에 있으라 해도 무엇이 그렇게도 바빠서 발 탄 강아지처럼 나돌아다니는지 이젠 신물이 날 지경이야. 문제는 친구들 때문이지. 소희 엄마 친구들 가운데 자꾸만 밖으로 꼬드겨 내는 인간들이 있거든.”

“그럴 거예요. 사모님은 그럴 분이 아니지만 주위에서 자꾸 바람을 넣으니까 어쩔 수 없겠지요. 그러나 저러나 어디 가서 점심이나 드시죠.”

"그럴까……"

인학은 손목시계를 들여다보았다. 분침이 마악 시침과 겹치면서 열두 시를 가리키고 있었다. 아직 조반 먹은 것이 소화가 덜 된 상태였으나, 인학은 시장기를 참지 못하는 성만이를 생각해 자리에서 일어나기로 하였다.

그들은 곧 커피숍에서 나와 2층에 있는 일식집으로 자리를 옮겼다. 그 업소는 그전에도 가끔 들른 집이었다. 외근을 나와 잠복근무를 할 때라든가, 아니면 개인적인 일로 손님을 만날 때 더러 들른 적이 있었다. 그러나 인학은 그 집에 들를 때마다 은연중 주머니 사정을 생각하지 않을 수 없었다. 요컨대 음식값이 만만치 않기 때문이었다.

박봉에 시달리면서 호텔 일식집에 드나든다는 것은 사실상 힘겨운 노릇이 아닐 수 없었다. 인학과 성만이가 일식집으로 들어서자 주방장을 비롯하여 모든 종업원이 친절하게 맞이해 주었다. 인학과 성만이는 대나무로 장식된 칸막이 곁에 자리를 잡고 앉았다. 주방 쪽으로부터 비릿한 바다 내음이 풍겨 오고 있었다.

인학은 문득 얼마 전 속초를 거쳐 포항에 갔던 일을 회상했다. 그곳에서 맡았던 바다 내음은 참으로 인상적이었다. 선희를 찾기 위하여 그 머나먼 곳까지 내왕을 했건만,

구름잡기

인학은 결국 헛걸음질을 하고 돌아설 수밖에 없었다.

비 내리는 낯선 포구에서 독한 소주로 쓸쓸함을 달랬던 그 아린 추억들이 주마등처럼 뇌리를 스치고 지나갔다. 그가 잠시 그곳에서의 쓸쓸했던 추억을 반추하고 있을 때, 아리따운 여종업원이 다가와 식탁 위에 엽차를 놓아 주며 주문을 받았다.

"뭘로 드릴까요?"

"글쎄…… 매운탕이나 할까."

인학은 성만이와 여종업원을 번갈아 쳐다보았다. 성만이가 말했다.

"초밥부터 조금 드시고 매운탕을 드시면 어떨까요."

"그것도 좋겠군."

성만이는 생선초밥과 매운탕을 주문했다. 그러고 나서 그들은 잠시 엽차를 마시며 한담을 나누었는데, 얼마 후 여종업원이 생선초밥을 가져왔다. 성만이가 말했다.

"많이 드세요. 모자라면 더 시킬 테니까요."

"조금 있으면 매운탕이 나올 텐데 뭐. 이런 점심을 사는 것도 좋지만, 그보다도 나하고 다시 일할 생각은 없나."

"제가 말씀드렸잖아요. 모처럼 사업이라고 벌여 놨는데 어떻게 다른 일에 신경 쓸 겨를이 있겠습니까."

"민철이한테 좀 부탁해 놓으면 안 될까. 아무래도 나 좀 도와줘야겠어."

"반장님께서 저엉 그러신다면 어쩔 수 없군요. 우선 민철이한테 양해를 구한 다음 다시 말씀드리겠습니다."

"고맙네. 지금 나를 도와줄 사람은 성만이밖에 없어."

인학은 젓가락을 놓고 성만이의 손목을 덥석 잡았다. 한때 성만이가 떨어져 나가는 바람에 몹시 외롭고 괴로운 나날을 보내야 했으나, 이제라도 다시 그 일에 동참하겠다니 이만저만 기쁜 것이 아니었다. 말하자면 백만 원군을 얻은 셈이었다.

이제 다시금 동반자가 생겼구나. 혼자서 선희를 찾아 헤맬 때에는 막막하기 짝이 없었지만, 그러나 또 다시 믿음직스런 동반자가 생긴 것이었다. 인학은 이번에야말로 그녀를 꼭 찾아내고야 말리라 비장한 각오를 다지고 있었다.

구름잡기

6

진눈깨비가 내리고 있었다. 며칠 전
까지만 해도 날씨가 푸근하여 이제
완전히 해동이 되는 듯했다.
한데 느닷없이 기온이 뚝
떨어지면서 추적추적 진
눈깨비가 내리고 있었다.
인학은 점퍼를 걸치고 지퍼를 주르륵 긁어 올렸
다. 그러자 아내가 뒤에 다가와 시비를 걸었다.
“또 나가시게요?”
“나가야지.”

"정말 언제까지 그 일을 하실 거예요?"

"내 일에는 신경 쓰지 말고 아이들이나 잘 보살펴."

"아휴, 지겨워. 해도 너무하지 뭐예요."

"뭐가 너무하다는 거야?"

인학은 무뚝뚝하게 대꾸했다.

"난 정말 미치겠어요."

"미치다니…… 그게 무슨 말이야?"

"그걸 몰라서 물어요? 당신은 정말 어쩌자구 이러는지 모르겠어요."

"내 걱정 말라니까."

"어떻게 걱정을 안 해요? 도대체 당신은 뭐하는 사람인지 모르겠어요. 앞으로 아이들 가르치고 시집까지 보낼 일을 생각하면 얼마나 불안한지 아세요?"

"거 참, 누가 할 말인지 모르겠군. 당신은 내 걱정 말고 당신 일이나 잘해."

"네에? 지금 그걸 말이라고 하세요?"

아내는 사뭇 도전적이었다.

"뭐야? 그 말 다했어?"

"다했어요. 왜? 뭐가 잘못됐어요?"

"이게 정말 보이는 게 없나. 아침부터 왜 앙탈을 부리고 지랄을 하는 거야? 재수 없게스리……”

“앙탈? 지랄? 홍. 엉뚱한 짓만 하고 다니면서 이젠 못할 말이 없어, 쳇.”

아내의 주둥이는 거짓말 좀 보태서 열댓 자나 불거져 나와 있었다. 그뿐 아니라 그녀는 특유의 도끼눈을 뜨고 있었다. 마음 같아서는 일그러진 그녀의 면상을 냅다 쥐어박고 싶었지만, 그러나 인학은 끝내 참기로 하였다.

“당신 정말 그럴 거야?”

“내가 뭘 어쨌길래요?”

아내의 목소리에는 시퍼런 날이 돋쳐 있었다. 인학이 말했다.

“남편이 하는 일에 내조는 못할지언정 사사건건 고춧가루나 뿌린대서야 말이 돼? 엉? 양심이 있으면 말을 해 봐.”

인학은 버럭버럭 소리를 질렀다. 그렇잖아도 생활이 불안정하여 늘 가슴을 죄고 있는 마당에 아내마저 거의 매일이다시피 앙탈을 부리다니 정말 미치고 환장할 노릇이 아닐 수 없었다.

인학은 평소 ‘내조’라는 말을 써 본 적이 없었다. 남편으로서 별로 해 주는 것도 없으면서 아내에게 일방적으로 내

조만 강요할 수는 없기 때문이었다.

인학은 언젠가 심 형사로부터 포복졸도할 이야기를 들은 적이 있었다. 심 형사는 원래 개그맨 지망생이었는데, 몇 번인가 방송국의 개그맨 모집 시험에 응시하여 낙방하고 결국 경찰에 입문한 괴짜였다.

그는 실로 범상치 않은 재주를 가지고 있었다. 얼굴 생김생김은 별로 우스운 편이 아니었으나, 그의 행동과 말투가 여간 우스꽝스럽지 않았다. 그는 시도 때도 없이 동료나 상급자들을 웃겨 때때로 사무실을 웃음바다로 만들어 놓곤 하였다.

어떻게 보면 싱겁기 짝이 없는 인물이었지만, 그러나 심 형사는 남들이 알지 못할 비장의 무기를 가지고 있었다. 바로 무술이었다. 그는 합기도 6단으로 몸놀림이 비호같았다. 개그맨 시험에 몇 차례 낙방한 이후 경찰에 입문하기 직전까지 그는 약장수 패거리들 따라 무술 시범과 차력술을 보이며 전국을 누빈 경력을 가지고 있었다.

행동과 말투에 적지 않은 문제점이 있었음에도 불구하고, 그가 형사계에서 한몫하는 것도 그런 무술 실력 때문이었다. 비록 몸은 호리호리하지만, 그리하여 어느 누구라도 얕잡아 보기 안성맞춤이지만, 그의 탁월한 무술 실력은

구름잡기

가히 강력범들의 간담을 서늘케 하고도 남음이 있었다.

그의 얘기인즉, 어느 가정이든 부부 싸움을 할 때 마누라의 입에서 튀어나오는 앙탈을 들으면, 그 집의 속사정, 특히 부부 관계를 훤히 알 수 있다는 것이었다. 즉, 부부 싸움에서 오가는 앙탈에는 대개 네 가지 유형으로 분류할 수 있는데, 그가 설명하는 유형인즉 이러했다.

남편이 돈은 잘 벌지만 정력이 시원찮을 경우 : '밥만 먹고 어떻게 살아? 밥만 먹고 어떻게 살아?'

남편이 돈은 벌지 못하면서 정력만 왕성할 경우 : '아휴 지겨워, 아휴 지겨워.'

남편이 돈도 벌지 못하고 정력도 시원찮을 경우 : '해 준 게 뭐 있어? 해 준 게 뭐 있어?'

남편이 돈도 잘 벌고 정력도 왕성할 경우 : '너 잘났다, 너 잘났어.'

심 형사가 어디서 들었는지 그 말을 했을 때, 형사계 직원들을 너 나 할 것 없이 배꼽을 잡고 웃었다. 인학 역시 그 말을 들으면서 모처럼 박장대소를 했는데, 아무리 생각해도 그럴싸하다는 생각이 들었다.

인학은 요즘 들어 아내에게 해 준 것이 없었다. 아내가 요즘 들어 부쩍 앙탈을 부리는 것도 어쩌면 해 준 것이 없기 때문에 그런지도 몰랐다. 하지만 아내가 하도 얄밉게 노는 터라 해 주고 싶어도 그럴 마음이 싸악 달아나는 것을 어쩌란 말인가.

"나도 고생을 할 만큼 했어요. 이젠 좀 마음 편케 살 수 없어요?"

아내의 앙탈은 끝이 없었다.

"그래. 당신 말이 맞아. 하지만 내가 무능해서 그런 걸 어쩌란 말야?"

"남들은 형사 반장 하면서 한밑천 잡은 사람도 있잖아요. 추 반장이나 염 반장 보세요. 돈을 얼마나 많이 벌었나……"

"아니, 이 사람이…… 당신 지금 정신 있어? 없어?"

"아이구 이젠 날 정신병자로 몰아세우는군요."

"거 쓸데없는 소리 그만하라구. 그 사람들이야 다 부정한 방법으로 돈을 모은 거야. 하지만 난 달라. 내가 경찰에 투신할 때 돈 벌려고 덤빈 줄 알아? 나름대로 뜻이 있어서 경찰에 들어갔던 거라구."

"흥. 혼자만 정직하게 산다고 이 세상이 좋아질 것 같아요?"

아내는 숫제 어거지를 부리고 있었다. 경찰관 봉급이 박

봉이라는 걸 번연히 알면서도 아내는 생떼를 부리는 것이
었다.

"아니, 그럼 날 보고 도둑질이라도 하라 이건가?"

"이젠 도둑질이고 뭐고 다 틀린 일이죠 뭐. 돈을 버는
것도 한때지 그게 어디 쉽겠어요? 이제 당신은 형사 반장
도 아니고 아무것도 아니에요. 반장으로 있을 때, 추 반장
이나 염 반장처럼 왕창 긁어모았어야 하는 건데……"

"그만해. 당신은 왜 그 모양이야? 돈, 돈, 돈…… 당신은
그저 돈밖에 모르니 죽을 때도 '돈!' 하고 죽을 거야. 아,
정말 답답해."

얼마 전, 성만이를 만났을 때에도 줄기차게 돈타령을 늘
어놓았다. 사람들은 어쩌다 그렇게 돈만 밝히게 되었는지
참으로 안타깝고 딱할 따름이었다. 아내가 말했다.

"그러니까 돈이나 왕창 벌어 보세요."

그녀는 비비 꼬면서 옹고집을 부리고 있었다. 아, 정
말…… 인학은 아내의 옹고집 앞에서 천불이 올라 피가 역
류함을 느끼지 않을 수 없었다. 인학이 말했다.

"이 사람아. 우리가 지금 당장 밥을 굶는 것도 아니잖
아. 이만한 아파트도 있겠다, 뭐가 걱정이야. 세상을 잘 보
라구…… 소말리아나 방글라데시 같은 나라에서는 먹을

것, 입을 것이 없어 죽어 가는 사람들이 얼마나 많은지 알아? 텔레비전을 보면서 느끼는 것도 없었나?"

"우리나라가 소말리아나 방글라데시는 아니잖아요."

"그래. 소말리아나 방글라데시가 아니라도 좋아. 그렇다면 저 꼭대기 달동네에 가 봐. 그 동네 사람들이 어떻게 사는가를…… 그 사람들에 비하면 우리는 우린 부자로 사는 거야. 그걸 알아야지. 주위에 그처럼 고통받는 사람들에게 다소나마 보탬은 주지 못할망정 이렇게라도 사는 것이 얼마나 고마운 일인가. 더구나 우리 집은 가족들이 전부 건강하잖아. 나는 우리 식구들이 건강한 것만으로도 행복이라 생각하고 있어."

"그건 당신 생각이구요. 난 그렇지 않아요. 우리 여고 동창들은 시집가서 어떻게 사는지 알아요? 다들 부유하고 윤택하게 잘 살아요. 오직 나 한 사람만 이렇게 사는 거라구요. 동창들 모임에 나갈래도 정말 창피해서 못 나가겠어요."

"돈이 많다고 해서 반드시 잘사는 게 아니야. 당신 눈에는 돈 많은 사람들이 좋은 집에 살면서 돈을 펑펑 쓰고 다니니까 부러워 보이는지 모르지만 그들에게도 고민이 있는 거야. 언젠가 당신 여고 동창 남편이 사고 낸 거 못 봤

구름잡기

어?"

몇 해 전이었다. 아내의 여고 동창생 가정에 큰 사고가 있었다. 인천 공업단지에서 열기구 부품공장을 경영하여 제법 돈깨나 벌어들인 그 집 남편이 경찰서에 간통죄로 걸려들었던 것이다.

그때 아내의 여고 동창생은 아침저녁으로 인학을 찾아오곤 했었다. 문제의 피의자가 경찰서에서 조사를 받고 있는 동안 그녀는 남편이 어떻게 될까 봐 날이면 날마다 인학을 찾아와 도움을 요청하였다.

사안은 복잡하게 얽혀 있었다. 그 집 남편은 남의 유부녀와 내연의 관계를 맺고 지내 오다가 상대방 남편에 의해 외통으로 걸려든 것이었다. 더욱이 상대방 남편은 이혼을 각오하고 있었으므로 여간해서 해결의 실마리가 풀리지 않고 있었다.

삼척동자도 다 아는 일이지만, 간통죄는 어디까지나 친고죄였다. 그렇기 때문에 상대방 남편이 화해를 해 주지 않는 한 어쩔 도리가 없었다. 아내의 친구는 돈 보따리를 싸들고 와서 어떻게 해서든 상대방 남편과 화해를 주선해 주도록 목을 매다시피 사정하였다.

그러나 그게 쉬울 리 만무했다. 상대방 남편은 분기탱천하여 펄펄 뛰었다. 아니, 그는 살기가 등등하였다. 하기야 자기 아내가 다른 남자와 놀아나는 것을 가만히 보고 있을 남자가 어디 있겠는가.

그런데도 아내의 여고 동창생은 자기 남편을 구하기 위하여 안간힘을 쓰고 있었다. 남의 여자와 실컷 놀아난 남편이었지만, 남편이 교도소에 들어가는 것만은 원치 않는 모양이었다.

"그래도 그 집 남편은 돈을 얼마나 많이 벌었는지 알아요? 그런 일을 겪은 뒤에도 돈을 더 많이 벌었다구요."

"젠장, 말끝마다 그저 돈, 돈…… 그렇게도 돈이 좋으면 지금이라도 늦지 않았어. 당장 돈 많은 사람 만나 팔자를 고쳐 보라구. 내 선선히 이혼해 줄 테니까. 알았어?"

인학은 옹골차게 쏘아 주었다. 아내가 말끝마다 돈타령을 하면서 물고 늘어지는 데에는 신물이 나서 더 이상 견딜 수가 없었다.

과거 경찰관 시절에도 아내는 집에 돈이 떨어질 때마다 신경질을 부리며 싸움을 걸어오곤 했었다. 그러다가도 봉급날이 되어 월급봉투를 쥐어 주면 언제 싸움을 걸었느냐는 듯이 제법 히히덕거리는 것이었다.

"이혼이라구요? 아이들은 어쩌구 이혼을 해요? 아이들

구름잡기

이나 딸리지 않았어야 이혼을 하든 재혼을 하든 할 거 아
녜요?”

“그러니까 낸들 어쩌란 말야? 왜 그렇게 사람을 잡아먹
지 못해 안달을 하는지 모르겠네. 이제 그만해. 제발 사람
좀 살려줘. 응?”

인학은 잘못을 뉘우치는 사람처럼 간절히 애원하였다.
그러자 아내는 더욱 기가 살아나 신세타령까지 하면서 인
학을 더욱 괴롭혔다.

“언제까지 이렇게 살아야 할지 정말 막막해요. 내가 눈
이 삐었었지. 어쩌다 당신 같은 사람 만나 이 고생을 하는
지 모르겠어요. 팔자도 기구하지. 전생에 무슨 죄를 지었
길래 평생 고생만 해야 하는지……”

“평생이라니…… 당신이 인생을 다 산 것도 아니잖아.
너무 그러지 마. 우리도 언젠가는 마음 편히 살날이 있겠
지. 조금만 기다려.”

“기다려도 희망이 없을 것 같아요.”

아내는 줄곧 이죽거리고 있었다. 그때 전화벨이 요란하
게 울렸다. 그러자 아내는 흐느적거리며 전화기 옆으로 다
가가 무감각하게 송수화기를 들었다.

“여보세요.”

아내의 음성에는 아직도 불만이 가득 차 있었다. 아무리 속이 뒤틀렸기로소니 송수화기에 대고 볼멘소리를 하다니 이건 참으로 상식 밖의 일이었다.

"나야……"

인학은 송수화기에서 흘러나오는 저쪽의 목소리를 들었다. 목소리가 카랑카랑한 것으로 보아 아마도 아내의 여고 동창생인 듯하였다. 아내는 상대방의 목소리를 듣자 대번 달라진 모습을 보여 주었다. 조금 전까지만 해도 잔뜩 부어 터져서 입술을 한껏 빼물고 있었지만, 그 여자의 목소리를 듣자 이내 명랑한 사람으로 돌변하면서 수다를 떨어 대기 시작하였다.

"응. 그래. 너구나. 아침부터 어쩐 일이니?"

"어쩐 일은…… 지금 신랑 있니?"

여고 동창생은 주도면밀하게 이쪽 사정을 탐색하고 있었다.

"애, 애…… 내가 조금 있다 전화하면 안 되겠니? 지금은 좀 곤란하거든."

아내는 인학을 의식한 나머지 대충 통화를 마치려고 하였다. 그러자 저쪽에서도 그 사정을 얼른 알아차리는 것이었다.

구름잡기

“알았어. 그럼 이만 끊는다. 바로 전화해. 알았지?”

“그래. 알았어.”

아내는 힘없이 송수화기를 내려놓았다. 인학이 물었다.

“누구야?”

“그건 왜 물어요?”

“물으면 안 되나.”

“남의 전화까지 시시콜콜 참견하지 마세요.”

아내는 다시 입술을 빼물고 있었다.

“남? 지금 남이라고 했어?”

“그래요. 난 나대로 내 사생활이 있다구요.”

“그거 참……”

인학은 할 말을 잃고 말았다. 마음 같아서는 뺨이라도 한 대 내갈기고 싶었지만, 그랬다간 또 무슨 일이 벌어질지 모르는 판이었다. 참자. 참아야 한다. 인학은 이 위험한 순간을 잘 넘기기 위하여 어금니를 굳게 물었다. 아내가 말했다.

“어서 나가세요. 왜 안 나가고 머뭇거리는 거예요?”

“내가 성가시고 귀찮다 이건가?”

“그래요. 나도 참을 만큼 참았어요.”

“참긴 뭘 참았다고 그러는 거야?”

“그걸 몰라서 물어요? 당신이 잘해 준 게 뭐가 있어요?”

인학은 심 형사의 말을 떠올렸다. 그의 해석인즉, ‘해 준 게 없다’는 것이야말로 돈도 못 벌어 오고 밤에 거시기도 해 주지 않는다는 것을 의미했다. 비록 누군가가 지어낸 말이라고는 하지만 심 형사의 분석에는 그 나름의 뼈가 박혀 있었던 것이다.

인학은 더 이상 말해 봤자 본전도 못 찾겠다고 생각했다. 아내는 이제 거의 독사가 되어 있었다. 그것도 보통 독사가 아니라 독이 오를 대로 오른 지독한 독사였다.

인학은 슬그머니 현관으로 나와 신발을 신었다. 구두 주걱을 꺼내 구두 뒤축에 발뒤꿈치를 꿰는데 주걱 잡은 손이 파르르 떨렸다. 아직도 분이 덜 풀렸기 때문이었다. 정말이지 아내가 앙탈을 부릴 때 끝까지 참아야 한다는 것은 그야말로 이만저만 괴로운 것이 아니었다.

그는 아파트를 나와 주차장으로 발길을 옮겼다. 여전히 진눈깨비가 내리고 있었다. 아까보다는 눈발이 더 거칠어져 있었다. 조금 전보다 빗방울이 줄어든 대신 눈발이 더 거칠어진 것이었다. 이러다간 진눈깨비가 돌연 폭설로 변할지도 모르는 상황이었다.

인학은 깎아지른 옹벽 밑으로 다가갔다. 자동차는 어제

세워 둔 그대로 진눈깨비를 맞고 있었다. 그런데 이게 웬일일까, 자동차의 운전석 옆문이 왕창 일그러져 있었다.

인학은 주위를 둘러보았다. 그러나 아무도 보이지 않았다. 나란히 주차돼 있는 몇 대의 자동차 위에 진눈깨비가 쏟아지고 있었다. 자동차들의 지붕이나 보닛 위에는 어느 사이엔가 눈이 희뜩하게 쌓여 가고 있었다.

인학은 우글쭈글 일그러진 문짝을 만져 보았다. 금속성 특유의 차가운 기운이 손끝에 묻어나고 있었다. 그런데 자동차 문짝이 왕창 일그러진 것으로 미루어 밤사이 다른 자동차가 긁고 지나간 모양이었다.

어쩌면 곁에 세워 두었던 다른 자동차가 그랬는지도 모를 일이었다. 옆에 있던 자동차가 후진으로 빠져 나가면서 핸들을 잘못 조작하는 바람에 그 차의 앞 범퍼로 이 차를 긁은 모양이었다.

빌어먹을. 아침부터 아내가 바가지를 긁어댄다 했더니, 이런 기분 나쁜 일이 생긴 것이었다. 아내의 바가지는 염병에 까마귀 우짖는 소리만큼이나 불길했던 것이다.

그러나 어떻게 가해 차량을 찾아낸단 말인가. 곁에 세워 두었던 자동차의 번호를 외워 둔 것도 아니었고, 설령 그 자동차의 번호를 외워 두었다 한들 반드시 그 차의 소행이라는 확증도 없었다.

물론 그 자동차를 찾아 앞 범퍼나 다른 곳에서 접촉 흔적이 나타난다면 모르되, 그렇지 않고서야 아무한테나 함부로 잘못을 추궁할 수도 없지 않은가. 이런 경우에는 어디까지나 당한 사람만 억울하게 마련이었다.

그러나 사고를 내고서도 슬그머니 자취를 감춘 그 소행이야말로 여간 괘씸한 것이 아니었다. 인학은 실종된 양심에 대해 이루 말할 수 없는 분노를 머금었다.

남의 자동차를 손상시켰으면 어딘가에 메모라도 남겨놓아야 할 것 아닌가. 그러나 어떤 인간인지는 몰라도 가해 차량의 운전자는 목격자가 없음을 큰 행운으로 여기고 똥줄이 빠지게 달아난 것이었다. 참으로 불쾌하기 짝이 없었다.

인학은 운전석에 올라 시동을 걸었다. 그런데 오늘따라 키가 잘 먹히지 않았다. 문짝이 일그러졌다고 해서 엔진에 이상이 생겼을 리 만무했지만, 그러나 이상하게도 시동이 잘 걸리지 않는 것이었다.

키를 돌리면 엔진에서 까륵, 까륵, 까르륵…… 하다가 이내 모터가 멈춰 버렸다. 인학은 더블 클러치를 밟아 가면서 키를 돌렸다. 그러자 가까스로 시동이 걸렸다.

구름잡기

그는 엔진에 열이 오르기를 기다렸다가 서서히 주차장을 빠져나갔다. 눈발이 더욱 거칠어져 앞이 잘 보이지 않았다. 그뿐 아니라 길이 무척 미끄러웠다.

그는 조심조심 아파트 단지를 벗어나 소방도로로 접어들었다. 아침부터 재수가 없어 오늘 무슨 사고가 나지 않을까 몹시 불안하였다. 과거 경험으로 미루어 첫 단추가 잘못 끼워지면 온종일 좋지 않은 일만 꼬리를 물기 때문이었다.

그가 대림동 삼거리에 이르렀을 때, 신호등이 황색으로 바뀌고 있었다. 브레이크를 밟아 정지할까 하다가 그는 액셀러레이터를 더욱 세게 밟았다. 신호가 완전히 끊어지기 전에 삼거리를 통과하고 싶었던 것이다.

그때였다. 저쪽 콘크리트 옹벽 밑 커브에 서 있던 교통경찰관이 길가에 정지하라는 수신호를 보내왔다. 신호 위반으로 덜컥 걸린 것이었다. 인학은 방향등을 켜고 자동차를 갓길에 세웠다.

그러고 나서 인학은 백미러를 쳐다보았다. 빗물 서린 백미러에 교통경찰관의 모습이 희미하게 얼비치고 있었다. 아니나 다를까, 경찰관은 이쪽을 향해 서서히 다가오고 있었다.

　인학은 유리문을 내리며 면허증을 찾았다. 한데 면허증을 어떤 주머니에 넣었는지 아무리 찾아도 손에 잡히지 않았다. 아내와 한바탕 티격태격하느라 면허증조차 제대로 챙기지 못한 탓이었다.

　경찰관이 인학에게 다가와 거수경례를 붙였다. 그는 앳된 의경이었는데, 얼굴이 시푸르딩딩하게 얼어 있었다. 그가 말했다.

　"신호 위반하셨습니다."

　"수고하시는군. 미안하게 됐소."

　그러나 경찰관은 아무런 표정도 없이 손을 내밀었다.

　"면허증 주셔야겠습니다."

　"하, 참……"

　인학은 더듬더듬 면허증을 찾았다. 용기를 내어 사정을 해 볼까 하는 마음도 없지 않았지만, 그건 자존심이 허락하지 않았다. 한때 경찰 간부로 근무했던 사람이 말단 의경에게 머리를 조아릴 수는 없지 않은가. 의경이 퉁명스럽게 말했다.

　"혹시 무면허 아니십니까."

　"그럴 리가 있겠소? 이거 이상하다……?"

　그는 여기저기 뒤적거리다가 지갑 갈피에서 면허증을

꺼냈다. 평소에는 면허증을 주민등록증과 함께 작은 수첩
에 넣고 다녔었는데, 오늘은 이상하게도 면허증이 지갑 속
에 들어 있었던 것이다.

그가 면허증을 꺼내 주자 의경은 범칙금 납부 고지서를
발부하였다. 그런데 의경은 인심 좋게도 3만 원짜리를 끊
었다. 인학은 적어도 5만 원짜리 이상으로 끊을 것이라 짐
작했었는데, 이를테면 대폭 할인해 준 셈이었다.

그러나 고지서를 받아 넣을 때의 그 기분마저 유쾌한
것은 아니었다. 아침부터 기분이 확 잡치더니만, 벌써부터
좋지 않은 일이 생겼다. 그의 귓가에는 아직도 아내의 앙
칼진 목소리가 묻어나고 있었다.

……남들은 형사 반장 하면서 한밑천 잡은 사람도 있잖
아요. 추 반장이나 염 반장 보세요. 얼마나 돈을 많이 벌었
나.

실로 기막힌 일이 아닐 수 없었다. 형사 반장의 봉급이
얼마라는 것은 세상이 다 아는 일이건만, 형사 반장 자리
에 있으면서 돈을 벌었다는 것은 곧 도적질을 했다는 것밖
에 달리 해석할 도리가 없었다.

그런데도 아내는 그런 사람들을 선망의 눈길로 바라보
았다. 인학의 귀에 또다시 아내의 목소리가 앵앵거렸다.

······그건 당신 생각이구요, 난 그렇지 않아요. 우리 여고 동창들은 시집가서 어떻게 사는지 아세요? 다들 부유하고 윤택하게 잘 살아요. 오직 나 한 사람만 이렇게 사는 거라구요. 동창들 모임에 나갈래도 정말 창피해서 못 나가겠어요.

오기에 찬, 그러면서도 분수를 모르는 그 말 앞에 인학은 그야말로 학을 떼지 않을 수 없었다. 그는 서서히 핸들을 꺾어 신길동의 한 아파트 단지로 들어서고 있었다.

그때 차단기를 내려놓고 아파트 단지 정문을 지키고 있던 경비원이 손짓으로 정지 신호를 보냈다. 인학은 대림동 삼거리에서 의경에게 걸렸을 때 그랬던 것처럼 유리문을 내렸다. 열린 유리문 틈새로 눈송이 몇 점이 날아들고 있었다. 초소 안에서 경비원이 물었다.

"어디 가십니까."

"저기 6동에 갑니다."

"6동에 누구 찾아오셨습니까."

"강동석 씨라고 잘 아는 사람입니다."

인학은 사실대로 대답을 하면서도 불쾌한 감정을 누를 길이 없었다. 경비원은 자기가 뭐 대단한 직권이라도 가진 양 괜히 위세를 부리며 거들먹거리고 있었다.

구름잡기

인학은 냅다 면박을 주고 싶은 충동을 느꼈지만, 그러나 애써 참기로 하였다. 경비원 역시 박봉에 고생하는 우리 시대의 약자임에 틀림없기 때문이었다. 경비원이 재차 물었다.

"6동 몇 호에 사시는 분이죠?"

"그건 잘 모릅니다. 그 뒤쪽에서 직접 전화를 걸까 하는데……"

그러자 경비원은 무슨 선심이라도 쓰는 것처럼 들어가도 좋다는 수신호를 보내왔다. 어딜 가나 주차하기가 쉽지 않았다. 예의 경비원 역시 아파트에 침입하는 도둑을 지킨다기보다는 외부 차량 통제에 더 신경을 쓰고 있었던 것이다.

인학은 공중전화 부스 가까운 곳에 자동차를 세웠다. 그는 곧 자동차에서 내렸고, 공중전화 부스로 들어가 강동석에게 전화를 걸었다. 숫자판을 누르자 뚜우, 뚜우 신호가 가더니 마침내 상대방의 목소리가 들려왔다.

"여보세요."

"강동석 씨 댁입니까."

"그렇습니다만…… 누구시죠?"

상대방은 바로 강동석이었다. 하지만 강동석은 인학의 목소리를 알아채지 못하고 있었다. 인학이 말했다.

“나 김인학이오.”

“아, 예…… 지금 어디 계십니까.”

“바로 집 뒤 공중전화 부스에 있소.”

“알겠습니다. 바로 나가죠.”

통화를 마치고 한 5분쯤 지났을 때 강동석이 간편 복장 차림으로 나왔다. 그는 청바지에 검정색 점퍼를 입고 있었는데, 그런 옷차림 때문이었을까, 어쨌든 그는 마치 학생처럼 보였다. 인학이 손을 내밀었다.

“오랜만이오.”

“그렇군요. 그간 어떻게 지내셨습니까.”

인학은 악수를 나누면서 강동석의 손으로부터 전달돼 오는 따스한 체온을 느꼈다. 그들의 머리 위로 눈발이 묻어나고 있었다. 인학이 말했다.

“나야 잘 지냈소. 자, 우리 차 안으로 갑시다.”

그들은 진눈깨비를 피해 승용차 안으로 들어갔다. 강동석이 물었다.

“집안에도 별일 없으시구요?”

“그야 뭐 노상 그렇지……”

인학은 사실 아내 때문에 지독한 고통을 받고 있었다. 과연 헤어져야 하는가, 아니면 그대로 살아야 하는가. 조

구름잡기

강지처를 버릴 수 없다는 것이 그의 일관된 소신이었지만, 그러나 이 근래 아내와의 갈등이 심화됨으로써 그는 말 못 할 갈등을 겪고 있었던 것이다.

그러나 인학은 차마 가정 이야기를 구체적으로 털어놓을 수가 없었다. 인학의 얼굴을 유심히 살펴보면서 강동석이 말했다.

"그전보다 좀 안 되신 것 같기도 하네요."

"체중이 많이 줄었소."

"어디 편찮으셨습니까?"

"그런 건 아니지만, 마음이 편칠 않아 그런 모양이오."

인학은 혼잣말처럼 중얼거리며 해설픈 웃음을 흘렸다. 정말이지 가장 가까워야 할 아내와 허구한 날 신경전을 벌어야 한다는 것은 이만저만 피곤한 노릇이 아니었다. 오죽하면 피가 마르고 살이 뭉텅뭉텅 빠져나가는 것을 피부로 느낄 지경이었다. 강동석이 물었다.

"큰 고민거리라도 있습니까."

"아직 선희를 못 찾아서……"

인학은 조금 전까지도 아내의 그 표독스런 얼굴을 떠올리고 있었지만, 구구한 이야기를 피하기 위해 얼른 화제를 바꾸었다.

“그게 어디 쉬운 일입니까.”

“쉬운 일은 아니지. 하지만 아직 이렇다 할 단서도 잡지 못했으니……”

인학은 ‘단서’라는 단어에 유난히 힘을 주었는데, 그것은 과거 오랜 경찰관 생활을 통해 몸에 밴 탓이기도 하였다. 강동석이 말했다.

“귀신이 곡할 노릇입니다. 박선희 씨가 죽었는지 살았는지 그것조차 알 수가 없으니 말입니다.”

“누가 아니래. 그 아가씨의 생사 여부만 알아도 좋겠는데 말이오.”

인학은 문득 성만이와 함께 행동하던 때를 떠올렸다. 그래도 그때는 그녀를 찾아내고야 말겠다는 의욕이 펄펄했고, 또한 그럴 만한 자신감에 넘쳐 있었다. 하지만 성만이가 민철이와의 동업을 위해 손을 뗀 이후로는 상당 부분 의욕이 줄어든 것도 사실이었다.

솔직히 말해 혼자서 전국 각지를 누빈다는 것은 힘들고도 외로운 일이 아닐 수 없었다. 그런데 다행히도 성만이가 마음을 고쳐먹고 이번 일에 다시 합류할 뜻을 비침으로써 인학은 새로운 희망을 가져 보는 것이었다. 강동석이 말했다.

구름잡기

"김 반장님. 선희 씨를 찾는 일에 저도 힘을 보태고 싶습니다."

"뭐요? 그게 사실이오?"

인학은 순간적으로 자신의 귀를 의심하지 않을 수 없었다. 강동석이 자진해서 이번 일을 돕겠다고 나서는 데 대해 인학은 실로 감격해 마지않았던 것이다.

"김 반장님께서 원하신다면 저도 선희 씨를 찾아 나서고 싶습니다."

"그 말 진심으로 하는 거요?"

"물론입니다. 저도 선희 씨가 어떻게 되었는지 무척 궁금해 하고 있었습니다. 김 반장님께서 선희 씨를 찾아냈다면 당연히 제 궁금증도 확 풀렸겠지요. 하지만 김 반장님 말씀대로 아직 이렇다 할 단서도 찾아내지 못했다니 저도 김 반장님을 도와드리고 싶습니다."

이게 웬일인가. 인학은 내심 흥분하지 않을 수 없었다. 성만이가 이번 일에 다시 가담해 줄 뜻을 비쳤을 때, 인학은 무척 흡족하게 생각한 터였다. 한데 강동석까지 이 일에 자발적으로 참여하겠다는 것은 그야말로 호박이 넝쿨째 굴러든 거나 다를 바 없었다. 인학이 말했다.

"고맙소."

"고마울 거 없습니다. 지난번에도 말씀드린 것처럼 전 한때 선희 씨와 직장 동료였습니다. 그것뿐이 아닙니다. 전 사학도로서 선희 씨가 박인환 선생의 유일한 혈육이라는 것을 잘 알고 있습니다. 박인환 선생이라면 독립운동 과정에서 혁혁한 공을 세우신 어른입니다. 그런 분의 유일한 혈육이 생사조차 모르는 상황에 처했는데 제가 강 건너 불 보듯 가만히 구경만 하고 있어서야 되겠습니까. 저는 요때나 조때나 선희 씨가 스스로 나타나 주기만을 기다렸습니다. 어디 그뿐입니까. 대양건설 쪽에서 전 사원을 동원해서라도 선희 씨를 찾아 나설 줄 알았죠. 하지만 내막적으로는 그럴 수 없는 사정이 있었던 겁니다. 그 점에 대해서는 제가 지난번에 말씀드린 바와 같습니다. 전 대양건설로부터 해직당한 몸입니다. 그러나 다시 대양건설에 들어가 전가 일당을 위해 일하고 싶은 마음은 티끌만큼도 없습니다. 처음 입사할 때는 이것저것 잘 모르고 들어갔습니다만, 그놈들의 소행을 알고 난 다음부터는 도저히 우물쭈물 넘어갈 수가 없었습니다. 놈들이 제 목을 친 이유는 따로 있습니다. 놈들은 표면상 저를 불법 노동행위의 주동자로 몰아세웠습니다. 그러나 정작 더 중요한 이유가 있습니다. 놈들은 제가 전일석의 친일 행각을 폭로할까 봐 미리

구름잡기

겁을 먹은 나머지 회사에서 쫓아낸 겁니다. 말하자면 저를 눈엣가시처럼 생각했던 거죠. 하지만 저는 그 회사에 몸담고 있는 동안 전가 일당의 친일 행각을 폭로할 생각이 없었습니다. 오히려 그놈들의 행각을 자세히 알게 된 뒤로는 제 발로 회사를 그만두려던 참이었습니다."

"그건 나도 알아요. 지난번에도 자세히 얘기를 들었으니까……"

"저도 정말 한심한 인간이지 뭡니까. 명색 사학도이면서 신명 바쳐 일할 만한 직장을 고르지 못하고 하필이면 그 친일 주구배의 회사에 들어갔으니까 말입니다. 그건 두고두고 제 일생에 치욕으로 남을 것 같습니다. 전 대학에서 역사를 전공했습니다만, 솔직히 말씀드려서 전가 일당이 그렇게 악질적인 친일 주구배였다는 것은 알지 못했습니다. 선희 씨를 알고 나서 박인환 선생에 대해 싶은 관심을 갖다 보니 전가 일당의 반역 행각이 확실하게 드러나더군요."

"이 세상에 자기 허물을 숨기고 사는 사람이 어디 한두 사람인가……"

인학은 혼잣말처럼 중얼거렸다. 사실 이 세상에는 자기 자신의 허물을 숨기며 살아가는 사람들이 너무 많은 것 같았다. 강동석이 말했다.

"말도 마세요. 전일석이는 박춘금의 하수인이었으니까요. 박춘금이라는 위인이 얼마나 악질이었는가에 대해서는 김 반장님도 잘 아시겠지요?"

"자료를 조금 가지고 있소만……"

인학은 언젠가 성기종 기자로부터 일제 때의 신문 기사를 넘겨받은 적이 있었다. 그때, 인학은 내심 성 기자에 대해 부끄러움을 느끼지 않을 수 없었다. 같은 캠퍼스에서 공부한 동창이건만 성 기자와 자신은 너무 먼 거리에 있었기 때문이었다. 강동석이 말했다.

"전일석의 민족 반역 행위를 파헤치고, 박인환 선생의 그 애국 충정을 현양하는 것은 우리 모두의 책임이라고 말할 수 있습니다. 이렇게 볼 때, 누군가는 반드시 선희 씨를 찾아내야 합니다. 대양건설 놈들이야 내심 선희 씨가 소리 없이 사라져 주길 바라고 있을지도 모르죠. 놈들의 뒤가 워낙 지저분하니까요. 한데 그동안 대양건설과는 얼마나 접촉을 해 봤습니까?"

"별로 접촉할 기회가 없었어요."

"아마 그랬을 겁니다. 놈들은 선희 씨 문제를 극비에 붙이고 있을 테니까요. 전가 일당은 지금 엄청난 피해 의식

구름잡기

에 젖어 있습니다. 놈들은 선희 씨가 필경 회사의 기밀 서
류를 빼내지나 않았을까 의심하고 있을 겁니다. 그리고 전
가 일당의 과거 행적을 폭로하지나 않을까 두려워하겠지
요. 제가 생각할 때에도 선희 씨가 그런 자료들을 챙겼을
가능성이 높습니다."

"그걸 어떻게 압니까."

"알지요. 사람에게는 동물적 직감이라는 게 있잖습니
까."

강동석의 눈망울에서는 아까부터 줄곧 광채가 번득거리
고 있었다. 역시 그는 투사다운 면모를 가지고 있었다. 돈
만 밝히는 성만이에 비한다면 강동석은 역시 의식 있는 청
년이라고 말할 수 있었다. 인학이 물었다.

"임준길 비서실장은 어떤 사람입니까."

"아, 그 자식 말이군요. 그놈은 인간도 아닙니다. 한마디
로 말해서 전가 일당이 거느린 사냥개라고나 할까요."

"내가 볼 때는 아주 점잖은 사람이던데……"

"겉으로야 그렇겠죠. 하지만 사람을 겉만 보고 평가한
다는 것이 얼마나 위험한 일입니까."

"하긴 그렇소."

"그 자식은 가장 경계해야 할 놈입니다."

"어떤 점에서 그렇다는 겁니까."

"그 자식은 일신의 영달을 위해서 수단과 방법을 가리지 않는 쓰레기 같은 놈입니다. 한마디로 말해서 전가 일당의 노예가 되기를 자청하고 나선 놈이지요. 놈은 강자 앞에서 한없이 약해지지만, 약자 앞에서는 한없이 강한 척하는 버러지 같은 작자입니다."

"그래도 대양건설 안에서는 실세라고 하던데……?"

"그렇게 말할 수도 있겠죠. 전가 일당과는 한통속이니까요. 하지만 그놈은 뭐가 뭔지도 모릅니다. 역사가 무엇인지, 민족이 무엇인지 그런 것은 안중에도 두지 않는다 이겁니다. 오로지 제 놈 자신만 잘 입고 잘 먹으면 그만이라고 생각하는 거죠."

"알겠소."

"전가 쪽에서는 그 자식을 부려먹기가 아주 좋을 겁니다. 시키면 시키는 대로 사냥개처럼 잘 움직여 주니까요. 저보다 높은 놈 앞에서 굽실굽실하는 꼴이란 정말 더러워서 못 볼 지경입니다."

"아, 그랬었군."

인학은 혼잣말처럼 중얼거렸다. 그는 지금까지 대양건설 내부를 들여다보기 위해서 은밀히 임준길과 접촉해 온

구름잡기

터였다. 강동석이 말했다.

"앞으로는 더 이상 그 작자와 상대하지 마십시오. 그 자식한테서는 어떤 제보도 나올 수가 없습니다. 그뿐이 아닙니다. 놈은 오히려 선희 씨를 찾는 과정에서 전가 일당의 민족 반역 행각과 대양건설의 비리가 드러날까 봐 쉬쉬할 겁니다."

"알았소."

인학은 고개를 주억거렸다. 아닌 게 아니라 강동석의 말을 듣고 보니 뭔가 짚이는 것이 있었다. 그동안 수차에 걸쳐 임준길을 만났지만, 그는 어딘지 자꾸만 꽁무니를 빼면서 꼬리를 사리는 것이었다. 강동석이 말했다.

"사람이란 겉 다르고 속 다른 경우가 얼마든지 있습니다. 어쩌면 임준길이 그 대표적인 인간이라 해도 과언이 아닐 겁니다. 놈은, 어느 누구에게나 친절을 아끼지 않으니까요. 말하자면 제 딴엔 세련된 매너를 보이려고 안간힘을 쓰는 겁니다. 그래야만 비서실장이라는 자리를 지킬 수 있을 테니까요. 하지만 그놈 뱃속에는 구렁이가 수백 마리나 들어앉아 있습니다. 얼마나 교활한 놈인데요. 하기야 그런 놈이니까 비서실장이라는 자리를 차지하고 앉아 있겠지만 말입니다. 조심해야 합니다. 그러고 보니까 본의 아니게 제 말이 너무 길어졌군요. 죄송합니다. 제가 뭐 도 와드릴 거 없을까요?”

“할 일이야 많지. 그건 나중에 생각해 보기로 하고, 우 선 궁금한 것부터 물어 보기로 합시다.”

“뭡니까.”

“원점으로 돌아가서 생각해 볼 때 대양건설에서 그 아 가씨를 애타게 찾는 이유가 뭔지 그게 가장 궁금하단 말입 니다.”

“그거야 너무 뻔한 거 아닙니까. 언젠가도 제가 말씀드 렸다시피 선희 씨는 대양건설에 치명상을 안겨 줄 자료들 을 챙겨 가지고 나왔을 겁니다. 그것 때문에 결국 대양건 설 놈들은 자기들의 치부가 드러날까 봐 안달이 난 거죠. 제가 추측하기론 그 이상도 그 이하도 아닐 겁니다. 그리 고 전가 일당은 도의적인 죄책감을 느끼고 있을지도 모르 죠. 박인환 선생의 후손 한 사람도 제대도 보호하지 못했 다는 그 죄책감 말입니다. 하기야 워낙 무지막지한 놈들이 니까 그런 죄책감 따위는 안중에 없을지도 모르죠. 전가 일당은 인간도 아니거든요. 어쨌든 놈들은 선희 씨에게 결 정적인 약점을 잡힌 게 분명합니다.”

강동석은 거의 단정적으로 말했는데, 그 말 속에는 그

어떤 확신이 깃들어 있는 듯했다. 인학이 말했다.

"내가 볼 때는 반드시 그렇지도 않은 것 같더라구……"

"그렇지 않다니요. 그건 또 무슨 말씀입니까."

"내가 지금까지 조사한 걸 종합해 본다면 선희는 착한 아가씨임에 틀림없소. 그렇게 착한 아가씨가 어떻게 비양심적인 일을 할 수 있겠소?"

"하지만 선희 씨가 당찬 인물이었다는 것도 아셔야 합니다. 역시 뼈대 있는 애국지사의 후손답게 당당했지요. 모르긴 해도 선희 씨 입장에서는 전가 일당을 우습게 알았을 겁니다. 그리고 전가 일당에 대한 복수를 꿈꾸고 있었을지도 모르죠. 더욱이 선희 씨는 회사의 모든 비밀을 잘 알고 있습니다. 행방을 감출 때까지 비서실에 근무했기 때문이죠. 만약 선희 씨가 입을 열면 대양건설은 온전치 못할 겁니다."

"과연 그럴까."

인학은 그러나 강동석의 말에 약간 회의적인 반응을 나타내고 있었다. 강동석은 시종일관 대양건설에 대해 보복적인 언사를 쓰고 있었으나, 인학이 생각하기로는 선희가 절대로 그럴 인물이 아니라고 판단되었기 때문이었다.

"어쨌거나 선희 씨를 하루 속히 찾아야 할 텐데 정말 큰

일입니다."

"그렇소. 앞으로 가나, 뒤로 가나, 그 아가씨를 찾기만 하면 나야말로 두 다리 쭉 펴고 잘 수 있을 것 같소."

"앞으로 가나, 뒤로 가나…… 그건 또 무슨 뜻이죠?"

"별로 신경 쓸 필요 없어요. 그저 선희를 찾는 일이 가장 시급하다 이런 뜻이었소."

"아, 네…… 제가 구체적으로 무엇을 도와드리면 좋겠습니까."

"어려운 일도 괜찮겠소?"

"뭐든지 좋습니다. 선희 씨를 찾는 일이라면 힘닿는 데까지 적극 협조해 드릴 용의가 있습니다."

"좋아요. 그렇다면 대양건설의 동태를 주의 깊게 살펴 봐 주시오. 현장을 뛰는 거야 내가 할 일이고, 강동석 씨는 대양건설 내부가 어떻게 돌아가고 있는가를 면밀히 살펴 봐 주시오. 가능하겠소?"

"그건 아무 일도 아닙니다. 노조에 제 동지들이 여럿 남아 있으니까요."

"좋소. 선희를 찾는 일은 내가 책임질 테니까 강동석 씨는 대양건설 내부에서 일어나는 정보를 수집해 주시오. 내가 대양건설 안으로 들어가기는 어려워요. 그러니까 강동석 씨가 그 내부의 움직임을 잘 파악해 달라 이겁니다. 어떻소?"

"자신 있습니다."

"그럼 강동석 씨만 믿겠소."

인학은 강동석의 손목을 잡았다. 이제 앞으로는 모든 일이 술술 잘 풀릴 것만 같았다. 그동안 대양건설 내부로 접근하기 위하여 무던히도 애를 썼건만 그게 뜻대로 되지 않았다. 박선희 문제라면 모두가 쉬쉬하기 때문이었다.

몇 번인가 임준길 비서실장과 접촉을 가졌지만, 그 역시 어떻게나 몸을 사리는지 아무런 도움이 되지 못했다. 하지만 강동석이 노조를 통해 정보를 수집한다면 뭔가 결정적 단서를 낚아 올릴 수도 있을 것이었다. 강동석이 말했다.

"적당한 기회에 저는 기막힌 논문을 발표할 작정입니다. 박인환 선생의 독립운동과 전일석의 친일 행각을 상호 비교하면서 역사의 준엄함을 깊이 있게 다뤄 볼 생각이죠. 선희 씨를 찾으면 증언도 듣고, 성기종 기자님한테 자료 협조도 구할 겁니다."

"거 좋은 생각이오. 한데 선희한테 무슨 증언을 듣는단 말이오?"

"박인환 선생의 가족 관계 같은 것도 참고해야 할 거 아닙니까. 그리고 가능하다면 박인환 선생의 연고지도 두루 찾아볼 생각입니다. 생가는 물론이고, 그 어른께서 활약하셨던 만주 일대도 답사해야겠죠.

"아주 대단한 계획인 걸."

"박인환 선생에 대해 깊이 연구하다 보면 전가 일당의 행적도 낱낱이 드러날 겁니다. 그러면 그것까지 모두 논문에 반영할 작정입니다. 그렇게 더러운 놈들이 민족 기업 어쩌구 하면서 애국자인 양 떠드는 꼴이란 차마 눈뜨고 볼 수가 없거든요."

"어쨌든 좋아요. 우리 한 번 잘해 봅시다."

그들은 장시간 깊은 대화를 나누고 헤어졌다. 인학은 곧 신길동을 벗어나 서소문으로 자동차를 몰았다. 적지 않은 진눈깨비가 내려 길이 온통 질척질척하였고, 자동차들이 이리저리 뒤엉켜 길이 여간 혼잡하지 않았다.

그는 서소문까지 가는 데 장장 세 시간도 더 걸렸다. 그는 가까스로 서소문에 도착하여 지하 주차장에 자동차를 세워 놓고 곧장 강재원 변호사 사무실로 올라갔다.

한데 사무실에는 누군가 낯선 사람들이 소파에 앉아 있었다. 어쩌면 법률 상담을 하기 위해 찾아온 손님들인지도 몰랐다. 사무장이 그들을 상대로 진지한 대화를 나누고 있

었다. 인학이 불쑥 사무실로 들어서자 사무장은 가벼운 목
례를 보냈고, 미스 고가 상냥한 미소를 머금은 채 반겨 주
었다.

"어머, 반장님. 안녕하세요?"

"미스 고도 잘 있었어?"

"그러믄요."

오늘따라 미스 고는 핼금핼금 눈웃음을 치고 있었다. 그
녀는 오늘도 여지없이 인학의 가슴에 불을 질렀다. 인학이
턱짓으로 강 변호사 집무실을 가리켰다.

"변호사님 계신가."

"안 계세요. 아마 오늘은 못 들어오실 거예요. 밖에서
손님 만나고 계시거든요."

"아, 그랬었군."

"전활 주시고 오시지 그러셨어요?"

"아 뭐 특별히 변호사님을 꼭 뵈어야 할 일은 없어. 그
냥 미스 고가 보고 싶어서 들렀을 뿐이지."

"어머나, 못하는 말씀이 없으셔."

미스 고는 눈을 흘깃하면서 새침데기처럼 쌩둥하였다.
그러나 진정으로 화가 나서 그러는 것이 아니라 어디까지
나 애교를 부리는 것이었다. 그녀는 용모나 몸가짐에 있어

서도 둘째가라면 서러워할 정도였다. 인학이 말했다.

"그냥 돌아가야겠군."

"그냥 돌아가시다니요. 잠깐만 계세요. 차라도 한 잔 드시고 가셔야죠. 제가 맛있는 인삼차 드릴게요. 오늘처럼 진눈깨비 내리는 날에는 커피보다 따뜻한 인삼차가 나을 거예요."

나이 어린 아가씨도 이렇게 상냥하고 예의가 반듯하건만 나잇살이나 먹은 아내는 왜 그렇게도 암코양이가 되어 날마다 바가지를 긁어대는지 모를 일이었다.

인학은 이따금 미스 고에게 눈길을 던지면서 인삼차를 마셨다. 오늘따라 인삼차의 향기가 더욱 그윽하게 느껴지고 있었다.

구름잡기

날씨가 따뜻하였
다. 계절은 어느덧 봄의 한복판
에 와 있었다. 나무들은 한껏 푸르름을 자랑하
고 있었으며, 아파트 주변에는 영산홍이 흐드러지
게 피어 있었나. 이제 머지않아 무더운 여름이 닥
쳐올 것이었다.

인학은 양화대로로 들어섰다. 길가에는 버드나무들이
잘 빗어 내린 삼단 같은 머리를 연상케 하듯 휘휘 늘어져
있었다. 그리고 인공 폭포 주위에는 영산홍이 무더기로 피
어나 있었다.

그는 다리 건너 한 호텔로 들어섰다. 아직 이른 아침이어서 그런지 호텔 주차장은 그런대로 여유가 있었다. 그는 빈자리에 자동차를 세워 놓고 커피숍으로 들어갔다. 커피숍도 주차장처럼 한적한 편이었는데, 저만큼 구석진 곳에서 성만이가 엉거주춤 일어나며 손을 번쩍 들었다.

"여기예요, 여기."

"일찍 나왔군?"

"조금 전에 나왔죠. 여기까지 오시게 해서 죄송합니다."

"아, 아냐. 길이 막히지 않아서 쉽게 올 수 있었어."

"사실은 제가 영등포 쪽으로 나갔어야 하는 건데……"

"괜찮아. 여기서 88도로로 진입하면 되니까. 한데 날씨가 굉장히 더워졌어."

"그러게 말입니다. 이제 봄은 없어지나 봐요. 겨울에서 여름으로 곧장 건너뛰는 느낌이지 뭡니까."

"사실은 가을도 짧아진 것 같아. 그렇지?"

"맞아요. 사계절 중에서 봄과 가을은 잠깐 지나가고 여름하고 겨울만 긴 것 같거든요."

"사실은 봄과 가을이 가장 좋은 계절인데 말이야. 올여름도 작년 여름처럼 더우면 정말 큰일이잖아. 작년엔 정말 엄청나게 더웠지."

구름잡기

"오죽하면 시중에서 에어컨이 동났겠습니까."

"하여간 대단했어. 이번 여름은 또 얼마나 더울는지."

차를 마시고, 그들은 곧 커피숍에서 나왔다. 호텔 앞 공항로의 가로수들도 한껏 푸른 잎을 흔들고 있었다. 바야흐로 신록의 계절이었다. 자동차 곁으로 다가가면서 성만이가 말했다.

"문짝 고쳤네요?"

"응. 엊그제 고쳤어. 찌그러진 차를 끌고 돌아다니니까 사람들이 이상하게 보는 거야. 그래서……"

며칠 전이었다. 인학은 영등포에 있는 단골 정비공장에서 찌그러진 문짝을 수리하였다. 언제나 느끼는 일이지만 카센터의 기술은 놀랍기만 하였다. 정비공이 몇 가지 공구만으로 작업을 하더니, 보기 흉하게 일그러졌던 문짝을 언제 그랬느냐는 듯이 말끔하게 고쳐놓았다.

더욱 고마운 사람은 정비공장 주인이었다. 그는 수리비를 주어도 받지 않았다. 수년 전부터 잘 알고 지내는 사이였으나, 그래도 최소한의 수고비마저 사양하는 데는 실로 고맙기 짝이 없었다.

인학은 아직 세상인심이 살아 있다는 것을 실감하지 않을 수 없었다. 그러나 정비공장 주인의 그 고마움을 생각할 때, 자동차에 흠집을 내 놓고 달아난 작자가 더욱 얄미워지는 것이었다. 세상에는 이렇듯 자동차를 무료로 수리해 주는 사람이 있는가 하면, 남의 자동차를 망가뜨려 놓고서도 말없이 뺑소니치는 무뢰한도 있었던 것이다.

어쨌든 인학과 성만이는 나란히 자동차에 올랐고, 더 머뭇거릴 필요도 없이 곧 88도로로 들어섰다. 88도로 역시 극심한 교통 체증을 빚는 구간이 허다했으나, 오늘은 막히는 데 없이 시원스레 뚫려 있었다. 성만이가 말했다.

"이 길이 이렇게 한적하다니 오늘은 참 이상하군요."

"이게 다 일이 잘 풀릴 조짐 아니겠어?"

"그렇다면 오죽이나 좋겠습니까."

"걱정 마. 오늘은 뭔가 결판이 날 거야. 간밤 꿈자리도 괜찮았거든."

"그러나저러나 부여에는 연락을 해놨습니까?"

"물론이지. 그렇잖아도 연락이 오길 기다렸다는 거야. 어쩌면 결정적인 제보가 있을지도 몰라. 기대해 보라구."

"근데 김혜란이라는 그 여자 말입니다. 보통이 아니던데요. 얼굴도 잘 생겼지만 머리가 비상한 거 같아요. 지난번에 반장님과 대화하는 걸 보고 전 솔직히 놀랐습니다. 그 여자 앞에서 잘못 굴었다간 웬만한 남자라면 뺨 맞고

구름잡기

돌아서겠던데요.”

“똑똑해. 대단한 여자야.”

“선희도 그 정도는 되겠죠?”

“그 여자보다 나으면 나았지 못하지는 않을 거야. 대양 건설 비서실 출신이라면 알아줘야 하지 않겠어?”

그들은 단숨에 한남대교 남단을 거쳐 경부고속도로로 진입했다. 고속도로 주위에도 나무들이 한껏 푸르름을 더해 가고 있었다. 바람이 불어, 미루나무 이파리들이 반짝반짝 빛나고 있었다. 성만이가 물었다.

“강동석 씨는 협조 잘 합니까?”

“아주 잘해. 그 사람이 뭔가 결정적인 역할을 해 줄 것 같아.”

“그 사람은 아주 강골로 보이던데요.”

“강골도 보통 강골이 아니야. 아마 일제시대에 태어났더라면 그 사람은 필경 독립운동가가 되었을 거야. 성 기자도 그 사람을 아주 높이 평가하더군.”

“저도 사실은 성 기자하고 죽이 잘 맞을 것 같다고 생각했어요.”

인학은 액셀러레이터를 더욱 힘주어 밟았다. 자동차는 위잉위잉 힘을 쓰면서 신바람 나게 달려가고 있었다. 달래

내고개 주변에는 개나리가 흐드러지게 피어 온통 노란 물감을 흩뿌려 놓은 듯했다.

그들은 단숨에 궁내동 톨게이트로 들어섰다. 오늘은 일이 잘 풀리려고 그러는지 고속도로도 시원하게 뚫려 있었다. 인학이 말했다.

"차가 너무 잘 빠지니까 도리어 이상하네."

"그러게 말입니다. 오나가나 자동차 걸려서 돌아다니기 힘든 세상에 오늘은 어쩐 일인지 모르겠습니다."

"어쨌든 좋은 일이지 뭔가."

그는 자동차의 속력을 더 높였다. 조금이라도 빨리 부여에 가서 김혜란을 만나야겠다는 생각 때문이었다. 김혜란을 만나면 이번에야말로 무슨 실마리가 풀릴 것만 같았다. 그들은 얼마 동안 말이 없었다. 그러다가 성만이가 조심스럽게 입을 열었다.

"반장님. 엉뚱한 질문 한 가지 드려도 되겠습니까."

"뭔데?"

"사모님이 그렇게도 속을 썩입니까."

"말도 못해. 가급적 그 이야기는 하지 않았으면 좋겠어. 애들 엄마 생각을 하면 피가 거꾸로 치솟는 것 같으니까."

"전 사모님을 그렇게 보지 않았는데요."

거문잡기

"사실 처음에는 괜찮았어. 한데 어느 날 갑자기 변질되기 시작하니까 걷잡을 수 없더라구. 한 번 길을 잘못 들어서니까 사람이 아주 이상한 쪽으로 흐르더군."

"그렇다면 혹시 반장님 쪽에 책임이 있는 거 아닙니까."

"그럴 수도 있지. 그동안 내가 마누라를 너무 믿었으니까. 통장이며 무엇이며 모든 살림을 다 맡겼었거든. 문제는 바로 그거였어. 제 수중에 돈이 있으니까 시도 때도 없이 돌아다니며 계집년들과 어울려대는 거야."

"요즘 세상에 집 안에서 살림만 하는 주부가 어디 있습니까. 때로는 친구들과 어울릴 수도 있잖아요."

"그야 그렇지. 하지만 모든 일에는 정도라는 것이 있지. 집안 살림을 하면서 나가 돌아다니면 누가 뭐라겠어? 집안 살림은 통째로 팽개쳐 놓고 지랄을 하고 다니니까 하는 말이지."

인학은 핏대를 올리고 있었다. 정말이지 아내가 뻑 하면 나가 돌아다니는 데 대해 도저히 그냥 묵과할 수가 없었다.

그런데 아내는 이제 그것도 모자라 숫제 자동차를 사달라고 졸라댔다. 미운 것이, 더 미운 짓을 하기 위해 얼토당토않은 짓을 하는 것이었다. 성만이가 말했다.

“뭔가 심경에 변화가 있는 건 아닐까요?”

“그럴지도 모르지. 하지만 원인은 분명해. 미친년들과 어울리기 시작하면서 일을 그르치기 시작한 거야. 그건 내가 더 잘 알아. 나도 명색 형사 반장 출신인데 마누라 심리 상태쯤 모를 줄 알아?”

“그럼 그 여자들과 어울리지 말라고 하시면 될 거 아닙니까.”

“허허, 이 답답한 사람 보게. 내가 그동안 얼마나 충고를 했는지 알아? 입에 침이 마르도록 말을 했지만 쇠귀에 경 읽기나 다름없어. 그래서 언젠가는 윽박지르기까지 했었어. 그런데도 전혀 먹혀들지 않아. 그러니 낸들 어떻게 살겠어?”

“그 무슨 묘안이 없을까요?”

“문제는 고집이야. 아이들 엄마 고집이 얼마나 센지 알아? 아마 성만이는 잘 모를 거야. 이건 황소고집도 보통 황소고집이 아니야. 확신범이 얼마나 무서운 줄 알지? 바로 그거야. 자기가 옳다고 생각하는 이상 절대로 고집을 꺾지 않는 거야.”

“그전에는 그렇지 않았는데 왜 그렇게 됐는지 그게 궁금하군요.”

구름잡기

“본래는 착한 여자였어. 그런데 나쁜 친구들을 만나면서 물이 들었던 거지. 그 과정에서 어렸을 때의 나쁜 버릇도 되살아난 거구.”

“원래 좋은 가정에서 자라났다구 그러지 않으셨나요?”

“하긴 그랬었지. 장인은 좋은 분이었어. 한데 장인이 일찍 돌아가시자 장모가 아이들 데리고 남의 집 재취로 들어간 거야. 우리 마누라도 장인 영감 혈통을 받아서 바탕은 괜찮은 편이었지만, 자라나는 과정에서 성격 형성에 문제가 있었던 거야. 의붓아비한테 시달림을 받았기 때문에 독종이 된 거라니까. 난 처음에 그런 내막을 잘 알지 못했어. 결혼 초 아주 알뜰하게 살림을 잘하기에 괜찮은 여자라고 인식했었지. 한데 이 근래 들어와 서서히 본색이 드러나질 않겠어? 정말 미치고 환장할 일이지 뭔가. 아이들이나 낳기 전에 그런 본색이 드러났다면 진작 이혼을 하고 말았을 건데 이제 와서 그렇게 됐으니 앞이 캄캄할 뿐이야.”

“그거 큰일이군요.”

“보통 일이 아니야. 이대로 나가면 언젠가는 파경을 맞고 말 것 같아.”

“에이, 반장님두…… 그런 말씀은 하지 마세요. 만약 정말로 그런 사태가 온다면 어떻게 하시려고 그러세요?”

"이젠 지칠 만큼 지쳤어. 애들 엄마하고는 더 이상 말도 하고 싶지 않아."

"그래도 반장님이 참으셔야 합니다."

"참긴 뭘 참아. 그동안 참은 것도 많이 참았어. 지금 내 마음 속에 부글거리는 증오의 감정만으로 한다면 콱 모가지를 비틀어 주고 싶은 심정이야. 이 세상에는 하고 많은 여자들이 있어. 한데 하필이면 왜 그런 여자를 만나게 되었을까. 운명이라고 말하기에는 너무 가혹해. 나도 한때 형사 반장까지 지낸 사람 아닌가. 하지만 여편네 한 사람 제대로 다루지 못하는 주제에 형사 반장까지 지냈다는 것이 더욱 고통스럽기도 하지."

"하지만 사모님이 변한 것은 이 근래 일이잖아요."

"그래도 변할 개연성은 얼마든지 있었어. 워낙 싸가지가 없었어. 그걸 진작 간파했어야 하는 건데 적당히 풀어준 것이 잘못이었어. 바깥으로 나돌기만 할 때, 다리 웅두라지를 분질러 놓던지 했어야 하는 건데 요때나 조때나 좋아지기를 바라며 말로 타이른 것이 실수였지."

"언젠가는 사모님도 반성할 날이 있을 거예요. 너무 극단적으로 생각하지 마세요."

"반성은 무슨 반성…… 그 여자가 반성할 인간이라면 그동안 내 속을 그렇게 썩였을 리가 없지. 이제 내 속은 아주 썩어 문드러졌어."

"하, 참…… 산다는 것이 너무 어렵다는 생각입니다. 세상에는 잘 사는 부부들도 많던데 말입니다."

"바로 내가 할 말을 하는군."

인학은 머리끝까지 열이 올라 액셀러레이터를 한껏 밟아댔다. 그들은 시원하게 뻗은 고속도로를 향해 줄기차게 달려가고 있었다.

도로변 풍경들이 후딱후딱 지나가고 있었다. 인학이 어떻게나 액셀러레이터를 밟아대는지 성만이는 내심 불안해하고 있었다. 그도 자동차를 다룰 때에는 난폭 운전에 가깝다시피 마구잡이로 액셀러레이터를 밟아대는 편이었지만, 인학은 마치 이성을 잃은 사람처럼 과속을 해대는 것이었다. 그런 인학을 힐끗 쳐다보면서 성만이가 말했다.

"반장님, 좀 천천히 가세요."

"화가 나니까 액셀러레이터를 더 밟게 되는군."

"그러다 사고라도 나면 어쩌려고 그러세요."

"이제 살맛을 잃었어. 여편네 하나 잘못 만나 이렇게 속을 썩어야 한다고 생각하면 정말 죽고 싶어."

"참으셔야죠. 소희나 재희를 봐서라도 참으세요."

“참을 만큼 참았어. 이제 얼추 한계점에 온 것 같아.”

“사모님도 뭔가 생각이 있겠죠.”

“생각 좋아하네. 그 여자는 고집에다 불감증까지 겸비했어. 내가 무슨 말을 해도 도통 알아듣지 못하는 거야. 어쩌면 눈과 귀에 무엇이 씌웠는지도 모르지. 함께 어울려 다니는 여자들과 관계를 정리하라 해도 전혀 씨가 먹히질 않는 거야. 이런 환장할 일이 있나.”

인학은 산뜻한 기분으로 출발했으나, 성만이가 뜬금없이 아내 이야기를 꺼내는 바람에 그만 기분이 확 잡치고 말았다. 실로 아내 생각을 하면 잠결에도 눈이 번쩍 떠질 정도로 복장이 터졌다.

남편의 충고를 한 귀로 흘려 버린 채 오직 자기 친구들과 어울려 다니기에 바빠 가정도 팽개친 여자가 오죽할까만 아내는 이제 소박맞을 순서만 기다리고 있었다. 말하자면 이혼을 자초하는 셈이었다. 성만이가 말했다.

“제가 괜히 사모님 말씀을 꺼냈나 봐요.”

“괜찮아. 이제 남은 것은 이혼뿐이야. 그런 여자와 더 이상 살아 봤자 희망이 없어. 별로 잘난 것도 없는 인간이 서방 등골 빼먹지 못해 안달하는 꼴을 어떻게 보란 말이야? 난 이미 의욕상실증에 걸렸어. 아이들을 위해 좀 더

구름잡기

열심히 살아야겠다고 다짐을 했다가도 여편네가 엉뚱한 짓을 하고 다니는 걸 보면 천불이 나서 살 수가 없다니까. 더욱 가관인 것은 우리가 마치 재벌 2세쯤이나 되는 것으로 착각하는 거야. 돈 많은 여편네들과 어울려 다니는 동안 나쁜 물이 들어가지고 아무 데나 펑펑 돈지랄을 해대지 않겠나. 성만이도 알다시피 내가 뭐 재벌 2세는 아니잖아. 과거 형사 반장 시절에도 얼마나 고생했어? 더욱이 직장을 그만둔 이후로는 퇴직금 가지고 근근이 살았어. 그나마 선희를 찾아 나선 이후 강 변호사가 주는 돈으로 겨우 밥 먹고 살아왔어. 그렇건만 여편네는 그 돈이 어떻게 해서 생긴 돈인지도 모르고 허드렛물 쓰듯이 펑펑 써대질 않겠나. 그만큼 과용을 하는 것도 모자라 지난번에는 자동차까지 사 달라는 거야. 허, 참…… 기가 막혀. 저한테 무슨 차가 필요해? 보나마나 자기 친구들과 어울려 놀러 다니기 위해 차를 사 내라는 거겠지. 내 형편에 무슨 능력으로 차를 사 주겠나. 그런데도 애들 엄마는 괜히 강짜를 부리는 거야. 나에게 설령 돈이 썩어 문드러진다 해도 그런 일은 못하겠어."

인학은 입에 거품을 물고 있었다. 하기야 그동안 아내와의 사이에 겪은 일들을 생각하면 두 눈에서 불꽃이 확확 튀었다. 가정일에는 등한하면서 요구하는 게 뭐 그리도 많은지 아내 생각을 하면 그야말로 천불이 나다 못해 오장육부가 터질 것만 같았다. 성만이가 말했다.

"그렇게 속을 썩으시면 정신 건강에도 좋지 않을 거예요."

"말해 무엇하겠나. 이건 정신 건강 차원이 아니야. 아직 정밀 진단을 안 받아 봐서 그렇지 난 필경 무슨 암에 걸렸을 거야. 내 친구 박애의원 박 원장 알지?"

"네. 언젠가 반장님 소개로 저도 그 병원 신세를 진 적이 있죠."

"그 친구가 자주 하는 말이 있어. 속을 지지리 썩는 사람에게 암 발생률이 월등하게 높다는 거야. 나는 아무래도 암으로 죽을 것 같아."

"왜 하필 그런 말씀을 하십니까."

"농담이 아니야. 내 예감이 그래."

"그렇다고 무슨 대안이 있는 것도 아니잖습니까."

"그래서 미치고 환장할 일 아닌가. 한데 이제 길을 하나밖에 없다는 생각이야. 그 여자가 개과천선하지 않는 한 이혼 이외에 다른 길을 없다니까. 우선 급한 일이나 처리해 놓고 이혼해 버릴 거야."

구름잡기

"그게 어디 쉽습니까."

"쉽지 않으니까 여태 망설어 왔지. 하지만 이제는 완전히 각오했어. 나에게 어떤 불행이 닥쳐오더라도 헤어지지 않을 수 없게 됐어. 그런 여자를 아내라고 믿고 살아 봤자 희망이 절벽이라니까."

인학은 그동안 아내에게 수차 충고하였다. 가정에 충실해 줄 것과, 그리고 골 빈 친구들과 일정 거리를 유지해 달라고 요청하였다. 그것은 충고라기보다 차라리 애원이라야 옳았다. 그렇게 애원하다시피 간곡하게 말했지만, 아내는 끝내 제 고집을 버리지 않았다.

그뿐이 아니었다. 인학은 아내 친구들 때문에 낭패를 본 적도 한두 번이 아니었다. 인학이 중요한 일로 어디엔가 전화를 걸려고 하면 거의 예외 없이 아내 친구 중 누군가로부터 전화가 걸려 왔다. 아내 친구들은 10분도 좋고, 20분도 좋고 하여간 전화통을 붙들고 늘어져 말 같지 않은 소리를 노닥거렸다.

그렇게 장시간 통화를 하고 나면 아내는 그날 여지없이 어디론가 외출했다. 밖에 나가 무슨 짓을 하는지에 대해서 아내는 한 번도 말한 적이 없었다. 무슨 비밀이 그렇게도 많아 입을 굳게 다물고 있는지 모를 일이었다.

하지만 아내는 남의 속을 썩이는 데 거의 천부적인, 그리하여 어느 누구도 흉내 낼 수 없는 기막힌 재주를 가지고 있었다. 게다가 고집까지 세어서 황소고집 정도는 뺨맞고 돌아설 지경이었다.

그녀는 인학의 말을 전혀 듣지 않았다. 인학이 참고 견디다 못해 어딜 그렇게 다니느냐고 물을라치면, 그녀는 이내 꿀 먹은 벙어리가 되었고, 그와 동시에 입술이 열댓 자나 삐져나왔다. 요컨대 남이야 어딜 돌아다니든 말든 상관하지 말라는 것이었고, 어딜 다녀왔는지 묻는 것조차 불쾌하다는 투였던 것이다.

언제던가 인학은 시내에서 일을 마치고 귀가했다가 실로 기막힌 일을 목격한 적도 있었다. 인학은 그날 몸이 몹시 불편하여 서둘러 귀가했는데, 우려했던 대로 아파트 문이 굳게 잠겨 있었다.

아내가 집을 비우는 일이 워낙 빈번해서 오늘도 예외 없이 밖에 나가 뻘뻘거리고 돌아다니는구나 생각했었는데, 아니나 다를까 아내는 온다 간다 말도 없이 외출한 것이었다. 아이들은 어디로 갔을까. 아이들이 학교에서 돌아올 시간이 지났는데, 아파트 문이 굳게 잠겨 있었으므로 여간 걱정되지 않았다.

구름잡기

그런데 아이들은 그날 해가 저문 뒤에야 돌아왔다. 아이들의 말인즉, 학교에서 돌아오니 문이 잠겨 있어서 만화가게로 갔다는 것이었고, 거기서 온종일 만화를 보았다는 것이었다. 아이들은 집에 돌아오자마자 배가 고프다고 울상을 지었지만, 그러나 밥통에는 밥풀 한 점 남아 있지 않았을 뿐만 아니라 냉장고에는 간식거리조차 준비되어 있지 않았다.

인학은 불편한 몸을 이끌고 쌀을 씻어 밥을 안쳤다. 아궁이에 불을 지펴 밥 짓던 시절에 비하면 이건 누워 떡 먹기나 마찬가지였다. 쌀을 씻어 밥솥에 안치기만 하면 되기 때문이었다. 그러나 마땅히 주방 살림을 책임져야 할 아내가 있음에도 불구하고 아픈 몸으로 밥을 지어야 한다는 것이 여간 속상하지 않았다.

인학은 새로 지은 밥을 아이들에게 차려 주고 안방에 가서 조용히 드러누웠는데 온몸이 불덩이처럼 달아오르고 있었다. 이럴 줄 알았으면 시내에 나가지 않고 집에서 휴식을 취하는 건데 몸이 좋지 않은데도 일 보러 나간 것이 무리였던 모양이었다.

한데 아내는 그날 밤 늦게서야 집에 돌아왔다. 아이들은 벌써 잠이 들었고, 인학은 말할 기운조차 없어 이부자리 위에 잠자코 누워 있었다. 그런데도 아내는 무슨 심통이 났는지 입술을 길게 빼문 채 식식거리고 있었다. 어쩌면 도둑이 제 발 저리다는 듯이, 아내는 필경 야단맞을지 모른다는 생각에 미리 선수를 치는 것인지도 몰랐다.

그러나 인학은 입을 굳게 다문 채 아내의 거동만 살피고 있었다. 어디 다녀왔느냐고 물으려 해도 우선 말할 기운도 없었을 뿐만 아니라, 설령 묻는다 해도 아내가 고분고분 대답할 것도 아니기 때문이었다. 그런데 아내는 이 방 저 방 들락날락하다가 욕실로 들어가 요란하게 물을 끼얹고 왈각왈각 소란을 피웠다.

인학은 겨우 잠을 이룰까 말까한 상태였는데, 아내가 그처럼 부산을 떨어대는 바람에 울화통이 치밀어 도저히 잠을 이룰 수가 없었다. 아내는 마치 설 미친 여자처럼 필요 이상으로 부산을 떨어댔다. 그러다가 안방으로 들어와 인학에게 물었다.

"왜 그렇게 누워 있어요?"

"몸이 좀 안 좋아서……"

"어디 아파요?"

"자꾸 열이 나는군."

"그러니까 내가 뭐랬어요. 술 조심하라구 그랬잖아요."

구름잡기

아내는 그러나 모든 원인을 술 탓으로 뒤집어씌웠다. 할 말 없으면 날 잡아잡수 한다더니 아내는 매사가 그런 식이었다. 자기 자신에게 약점 잡힐 일이 생기면 인학에게 술 문제를 들고 나와 모든 책임을 뒤집어씌우려 들었다. 인학이 말했다.

"요즘에는 별로 마시지도 않았잖소."

"그래도 그전에 얼마나 마셨어요? 그게 다 이런 증상으로 나타나는 거라구요."

"알았어."

인학은 긴말을 하고 싶지 않았다. 아내는 의붓아버지 밑에서, 그리고 의붓오빠들 밑에서 자란 터라 핑계를 대거나 다른 사람에게 책임을 전가하는 데 이골이 나 있었다. 그런 아내에게 아무리 가슴을 열어 놓고 말해 봤자 진실 그대로 전달될 리가 없었다. 그녀가 말했다.

"정말 조심하세요."

"알았다니까."

인학은 몸이 하도 괴로워 논란을 피하려 안간힘을 쓰고 있었다. 만일 이런 때 아내에게 정면 대응으로 맞섰다가는 논란이 어떻게 발전할지 모르기 때문이었다. 아내는 여지껏 자신의 잘못을 인정한 적이 없었고, 그것은 곧 그녀의 고질적인 타성이기도 하였다.

오늘 같은 날, 아내는 사실 인학이나 아이들에게 진정으로 미안해하고 정식으로 사과를 해도 모자랄 판이었다. 자기가 집을 비우고 나가는 바람에 아이들이 만화가게에서 시간을 때워야 했다면 아이들의 어머니로서 마땅히 미안한 감정을 가져야 하지 않을까.

더욱이 아이들에게 열쇠도 맡기지 않은 채 집을 비우고 나갔다가 늦게 돌아와 필요 이상으로 설레발을 친다는 것은 어느 모로 보나 잘못된 일이 아닐 수 없었다. 그리고 정상적인 주부라면 남편에게 다소나마 미안하게 생각해야 옳지 않을까.

그런데 뒤집어서 생각하면, 아내가 지금 필요 이상으로 부산을 떠는 것도 사실은 자기가 스스로 잘못했다는 것을 인정하는 행동이라고 말할 수 있었다. 그럼에도 불구하고 아내는 끝까지 자신의 잘못을 시인하지 않으려 들었다. 그러나 인학은 이미 오래 전에 그녀의 심리 상태를 훤히 꿰뚫어 보고 있었던 것이다.

이런저런 생각을 하면 한도 없고 끝도 없었다. 인학은 아내의 비비 꼬인, 그리하여 콤플렉스로 똘똘 뭉친 비정상적 성격에 대해 신물을 내지 않을 수 없었다. 하루 이틀도

구름잡기

아니고 십수 년 동안 함께 살아오면서 이제는 아예 질려 버렸던 것이다.

자동차는 이제 천안 외곽도로를 지나고 있었다. 톨게이트를 빠져나가자 길은 훤히 뚫려 있었다. 이 도로가 뚫리기 전만 해도 천안 중심지를 통과해야 했는데, 이 외곽도로가 뚫린 뒤로는 교통 소통이 한결 원활했다. 시계를 보면서 성만이가 말했다.

"정말 빨리 왔는데요."

"길도 막히지 않는 데다 사정없이 달렸잖아."

그들은 공주 방면을 향해 달려 나갔다. 산에는 꽃이 만발하여 장관을 연출하고 있었다. 인공적으로 가꾼 꽃보다도 산에서 저절로 자란 야생화가 더욱 화사해 보였다. 성만이가 말했다.

"정말 경치 한번 좋군요."

"좋다마다…… 시간이 있으면 용기네 집에도 들렀을 텐데 그럴 수 없어서 안타깝군. 용기 그 사람, 정말 좋은 사람이야."

"좋은 정도가 아니죠. 세상에 전부 그런 사람만 있다면 형무소가 왜 필요하겠습니까."

"그래. 형무소는 말할 것도 없고 법조차 필요 없을 거야. 우연히 알게 된 사람이지만 정말 보기 드문 인물이야. 못 배우고 가난해서 그렇지 어디 한 군데도 나무랄 데 없는 사람이라니까."

"거기도 잘 지내고 있겠지요?"

"물론. 가끔 전화 통화를 하면서 안부를 묻곤 하지. 한데 용기는 술이 거나하게 취했을 때만 우리 집으로 전화를 하는 거야. 아무도 알아주는 사람 없는 마을에서 살자니까 외롭고 쓸쓸한가 봐."

"그럴 거예요. 세상인심이 날로 야박해지니까요. 더욱이 좋은 사람을 좋게 대하는 것이 아니라 거저먹으려 드는 세상이잖아요."

"그게 문제야. 심성 착한 사람들은 남들에게 이용당하기 안성맞춤이거든."

그들은 이런저런 이야기들을 주고받으면서 산자락 밑을 감돌아 나가고 있었다. 길가 좌우로 산이 굽이굽이 이어져 있었고, 좁은 골짜기에는 오다가다 작은 마을들이 펼쳐져 있었다. 성만이가 말했다.

"드디어 차령 고개로 올라서는군요."

"그렇지."

"언젠가 이 길을 가다가 사고 날 뻔한 적이 있었죠."

구름잡기

“그래. 바로 용기네 집에서 자고 떠나던 날이었어. 그
날, 고개를 넘어가다가 트럭 운전수를 혼내 주었지.”

“그랬어요. 다 지난 일입니다만 그 자식 정말 싸가지 없
는 놈이던데요.”

“누가 아니래. 그런 놈은 아예 모가지를 비틀어 놓았어
야 하는 건데……”

그들은 차령 정상으로 올라서고 있었다. 그전에도 그랬
던 것처럼 그들은 정상 휴게소에서 잠시 쉬어가기로 했다.
인학과 성만이는 앞서거니 뒤서거니 화장실부터 들렀고,
계단 아래의 매점에서 캔 커피를 사 마셨다. 성만이가 말
했다.

“바로 출발하지요.”

“그럴까.”

그들은 다시 자동차에 올랐고, 휴게소를 벗어나 오불꼬
불한 고갯길을 내려가기 시작하였다. 저 멀리 공주 시내가
서서히 윤곽을 드러내고 있었다. 그들은 금강대교를 건너
공주 외곽을 지나 부여로 직행하였다.

인학은 다시금 성만이에게 고마움을 느끼지 않을 수 없
었다. 과거 형사 반장 시절부터 몸에 밴 탓이기도 하겠지
만, 혼자서는 아무 일도 할 수가 없었고, 특히 외근을 할

때에는 누군가 조력자가 필요하였다.

그런 점에서 성만이는 훌륭한 조력자 역할을 해 주었다. 오늘 같은 날 만약 혼자서 길을 나섰다면 얼마나 막막할 것인가. 하지만 성만이가 기꺼이 동행해 줌으로써 여간 든든하지 않았다. 성만이가 물었다.

"반장님, 선희는 왜 온다 간다 말도 없이 사라졌을까요?"

"낸들 아나. 더욱이 강 변호사 얘기로는 한때 선희가 신출귀몰했다는 거야. 난 아직도 그 말뜻을 이해할 수가 없어. 선희가 무엇 때문에 홍길동처럼 신출귀몰했다는 건지 도저히 납득할 수가 없다니까."

"직접 물어보지 그랬어요?"

"어쩌면 강 변호사도 잘 모르고 그런 말을 했을 거야. 그분인들 선희에 대해서 뭘 알겠어? 강 변호사 역시 대양건설 사람들 말만 듣고 이 일을 맡았을 거야. 최소한 이번 일에 관해서는 나만큼도 모르지 않을까……?"

"그럴지도 모르죠."

"강 변호사는 선희가 아주 막돼먹은 여자로 오인하는 것 같았어. 하지만 사실은 그게 아니야. 오히려 선희는 아무 문제도 없고 도리어 대양건설 사람들한테 문제가 많은 거야. 선희가 신출귀몰했다는 것도 어쩌면 대양건설 사람

구름잡기

들이 꾸며낸 이야기일 거라구. 내가 종합해 볼 때 선희는 절대로 나쁜 여자가 아니야.”

인학은 거의 단정적으로 말했다. 선희를 찾아 나선 이후 다각적으로 검토해 보았지만, 최소한 그녀가 신출귀몰할 이유는 한 가지도 발견되지 않았다. 강 변호사의 말은 어디까지나 대양건설 사람들의 진술을 잘못 해석한 데서 나온 모양이었다.

그들은 어느 사이엔가 부여 시가지로 들어서고 있었다. 인학은 문득 지척에 있는 고향 마을을 생각하였다. 자동차 편으로 불과 10분 남짓이면 닿을 수 있는 거리였지만, 그러나 고향에 들르지 못하는 마음이 천근만근 무겁기만 하였다. 성만이가 말했다.

“지난번에 왔을 때나 지금이나 별로 달라진 게 없군요.”

“그럼. 뭐 달라질 게 있나.”

그들은 시가지 중심 도로를 지나 유스호스텔로 향했다. 그곳 주차장에는 대형 버스 몇 대가 나란히 주차돼 있었고, 수학여행 온 여학생들이 왁자지껄 떠들며 바글거리고 있었다. 학생들은 마악 그곳에 도착하여 여장을 푼 모양이었는데, 모르긴 해도 부여 일대의 백제 유적지를 답사하며 현장학습을 하려는 모양이었다.

그들은 주차장 담장 밑에 자동차를 세워 놓고 곧 커피 숍으로 들어갔다. 인학은 숨 돌릴 겨를도 없이 수첩을 꺼냈고, 공중전화의 숫자판을 한 자리씩 찍어 나갔다. 신호음이 짧게 들려오는가 했더니 이윽고 귀에 익은 목소리가 흘러나왔다.

"여보세요."

"병원입니까."

"그렇습니다만……"

"안녕하십니까. 서울 김인학입니다."

"아, 그러시군요. 지금 어디 계세요?"

"지난번에 만났던 그곳입니다."

"알겠습니다. 조금만 기다려 주십시오. 곧 나가겠습니다."

통화를 마치고 나서 인학은 지난번 그 자리에 앉았다. 어쩐지 오늘은 일이 잘 풀릴 것 같은 예감이 들었다. 본래 예감이란 묘한 것이어서, 과거 형사 반장 시절에도 예감은 거의 적중하였다. 그가 자리를 정하고 앉자 성만이도 뒤따라 앉았다. 그가 물었다.

"저쪽에 전화 걸 때 왜 병원이냐고 물으셨죠?"

"남편이 병원 원장이잖아."

구름잡기

"그럼 김혜란 씨도 병원에 근무합니까."

"그건 아니지. 병원과 살림집이 함께 있는 거야. 전화는 병원과 살림집에 따로따로 있지만, 어쨌든 병원은 병원 아니겠어?"

"말씀 듣고 보니까 그렇군요. 전 서울에 있는 큰 종합병원만을 연상했지 뭡니까."

"그랬었군. 근데 여긴 달라. 김혜란 남편이 개인 병원을 내고 있어. 건물이 2층으로 되어 있는데, 아래층은 병원이고 위층은 살림집이라는 거야. 만일 아래층으로 전화를 걸면 십중팔구 간호사나 김혜란 남편이 받겠지. 하지만 위층은 김혜란 아니면 가정부가 받는단 말야."

"알겠습니다."

성만이는 고개를 주억거리면서 창밖으로 눈길을 던졌다. 까치 두 마리가 담장 위에 날아와 잠깐 앉았다가 저쪽 구드래 공원 소나무 쪽으로 날아가고 있었다.

하늘은 맑고 푸르렀다. 이 고장의 하늘은 서울의 우중충한 하늘과는 비교할 수 없을 정도로 맑고 푸르렀으며 공기도 여간 산뜻하지 않았다. 인학은 선천적으로 기관지가 약해 공기에 민감한 반응을 보이곤 했는데, 이런 시골에 오면 대번 가슴이 확 트이는 것이었다.

얼마 후 드디어 김혜란이 나타났다. 그녀는 여전히 아름답고 세련된 자태를 보여 주고 있었다. 진달래색 블라우스에 회색 바지를 받쳐 입은 그녀의 옷차림은 패션모델을 방불할 정도로 세련될 만큼 세련돼 있었다. 희고 고운 목에는 연꽃 모양으로 디자인된 목걸이가 보일락 말락했는데, 볼록 튀어나온 앞가슴은 금방이라도 터질 것만 같았다. 그녀가 인사했다.

"안녕하세요?"

"오랜만입니다. 안녕하셨습니까?"

"덕택에 잘 지냈습니다. 먼 길 오시느라고 고생하셨죠?"

"우리야 당연히 할 일을 하고 있을 뿐인데요 뭐."

김혜란은 인학을 마주보고 앉았다. 그녀는 기혼 여성이었지만, 그러나 아직도 처녀 같은 앳된 모습이었다. 하기야 그녀는 아직도 20대에 지나지 않았다. 역시 꽃다운 나이가 아닐 수 없었다.

인학은 내심 그녀의 젊음을 부러워하며 별안간 강 변호사 사무실의 미스 고를 연상했다. 봄이어서 그랬을까, 아니면 아직도 젊기 때문이었을까, 어쨌든 젊고 예쁜 여성만 보면 어김없이 가슴이 울렁대는 것이었다. 인학이 그녀에게 말했다.

구름잡기

"바쁘실 텐데 시간을 내주셔서 감사합니다."

"별로 바쁜 것 없어요. 근데 선희는 찾았나요?"

"웬걸요. 아직 소재조차 파악하지 못했습니다. 지난번에 만났을 때, 김 여사는 선희 씨가 죽었을 거라고 단정했었죠. 하지만 우리는 그렇게 생각하지 않습니다. 저는 선희 씨가 어디엔가 살아 있을 것으로 확신합니다."

"그 근거는 뭐죠?"

"사람이 죽는다는 게 결코 간단한 문제는 아닙니다. 더군다나 선희 씨가 죽어야 할 하등의 이유도 없잖습니까."

"하긴 그래요. 지난번에는 제가 너무 성급한 결론을 내렸던 것 같아요. 선희한테 너무 오래도록 연락이 없어 전 죽은 것으로 단정했지 뭐예요. 근데 며칠 전 걔한테서 연락이 왔어요."

그것은 실로 귀를 의심케 하는 폭탄선언이 아닐 수 없었다. 그 순간, 인학은 이게 꿈인가 생시인가 어리둥절하였다. 그리고 그는 머리끝이 찌풋거릴 정도로 찌릿찌릿한 전율과 흥분에 사로잡혔다.

그는 너무 흥분한 나머지 손에 들고 있던 커피 잔을 떨어뜨렸는데, 커피 잔이 산산조각으로 부서지면서 커피가 산지사방으로 튀었다. 그가 커피 잔을 떨어뜨리는 순간 성만이도 화들짝 놀라 반사적으로 몸을 움찔하였다. 인학이 김혜란에게 말했다.

"아이쿠, 이거 죄송하게 됐습니다. 너무 흥분한 나머지 그만 큰 실수를 저질렀군요."

인학은 낮이 후끈 달아오름을 느끼고 있었다. 여자 종업원이 다가와 마땅찮은 표정을 지으며 커피 잔의 잔해들을 주워 모았다. 김혜란이 말했다.

"그 심정 알고도 남음이 있어요. 그동안 선희를 찾느라 얼마나 노심초사했으면 그렇게 놀라시겠어요. 호호……"

그녀는 고운 치열을 드러내며 가볍게 웃었는데 얄미울 정도로 여유만만했다. 인학이 다급하게 물었다.

"도대체 선희 씨는 지금 어디 있습니까."

"성미도 급하시군요."

"아, 죄송합니다."

인학의 얼굴을 자기도 모르게 벌겋게 상기돼 있었다. 커피 잔까지 떨어뜨려 깨뜨릴 정도로 흥분한 데다 선희에게서 소식이 왔다는 그 사실에 큰 충격을 받은 탓이었다. 김혜란이 물었다.

"신정진 선생님 아시죠?"

"네, 언젠가 찾아뵌 적이 있습니다."

구름잡기

"얼마 전 그 선생님이 돌아가셨다는 거예요."

"그래요?"

인학은 다시금 놀라지 않을 수 없었다. 언젠가 천안의 한 달동네를 찾아갔을 때, 신정진 선생은 외로운 투병 생활을 하고 있었다. 당시 인학은 신 선생이 오래 살지 못할 거라는 인상을 받고 돌아섰는데, 그가 결국 세상을 떠났다는 것이었다. 김혜란이 말했다.

"돌아가신 지 며칠 뒤에야 집주인 영감이 그 선생님의 죽음을 알았다는 거예요. 그 선생님은 혼자 사셨기 때문에 병 수발은커녕 임종을 지킨 사람도 없었던 거죠. 동네 사람 몇몇이 장례를 모신 모양인데 저희들은 그걸 까마득히 모르고 있었지 뭡니까. 장례가 끝난 뒤에야 선희가 그걸 알고 저한테 연락을 했더군요."

"그러나저러나 선희 씨는 지금 어디 있습니까."

"저도 몰라요. 신 선생님 돌아가신 이야기를 하던 도중에 전화가 끊어지고 말았거든요. 그 뒤로 다시 전화가 올 줄 알았는데 아직 연락이 없군요. 아마 곧 무슨 연락이 있을 거예요."

인학은 이내 실망하지 않을 수 없었다. 그 기분은 마치 터질 듯 부푼 고무풍선에서 바람이 쫘악 빠져나가는 현상과 별반 다를 바 없었다. 한마디로 김새는 노릇이 아닐 수 없었다. 당장 선희가 있는 곳을 알아낼 수 있으리라 한껏 기대했었는데, 통화 도중 전화가 끊어졌다니 이건 또 무슨 변고인지 알 수가 없었다. 인학이 물었다.

"그렇다면 선희 씨한테서 연락이 온 게 언젭니까."

"으음…… 지난주 금요일이었던 것 같아요."

"그랬었군요. 그 뒤로는 연락이 없었다 이 말이죠? 한데 김 여사가 볼 때는 선희 씨가 어디쯤 있을 거라고 생각하십니까."

"정확한 것은 알 수가 없죠. 하지만 아무래도 천안 부근에 있지 않을까 생각합니다. 사실 저는 천안 소식을 거의 몰라요. 친정이 천안에 있지만 선생님들이나 동창들 소식은 전혀 알 길이 없습니다. 천안에 있는 애들이 소식을 전해 주지 않는다면 저는 이방인이나 다름없거든요. 선희가 신 선생님 돌아가신 것을 먼저 알았다는 것은 걔가 천안 어딘가에 있을 가능성이 높다고 봐야겠죠."

김혜란의 추리는 그럴싸하였다. 인학은 그녀의 두뇌 회전이 범상치 않다고 생각하면서 고개를 끄덕였다. 인학과 김혜란이 대화를 나누고 있는 동안 성만이는 탁자 위에 놓인 성냥통에서 성냥개비를 꺼내 오독오독 분지르고 있었

구름잡기

다. 인학이 물었다.

"선희 씨에게서 다시 전화가 온다면 저한테 연락을 주실 수 있겠습니까."

"어렵지 않죠."

"어쨌든 다시 전화가 오면 꼭 거처를 알아봐 주십시오."

"걱정하지 마세요. 선희가 어디서 무엇을 하는지 제가 더 궁금한 입장이니까요. 선희한테서 연락이 오면 당장 만날 거예요."

그녀는 나머지 커피를 홀짝홀짝 마셨다. 긴 침묵이 흘렀다. 인학은 마치 다 잡았던 고기를 놓친 낚시꾼만큼이나 허탈한 심정을 감출 길 없었다. 처음에는 이제야말로 선희를 다 찾은 거나 마찬가지라고 생각했었지만, 그러나 그녀와의 통화가 중도에서 끊겼다는 대목에 이르러서는 실로 허망하기 짝이 없었다. 인학이 말했다.

"만일 선희 씨를 만나면 꼭 제 얘기도 해 주십시오. 몇 년 동안 선희 씨를 애타게 찾아다니는 사람이 있다고 말입니다."

"물론이죠."

그들은 의례적인 작별 인사를 나누고 커피숍을 나왔고, 인학과 성만이는 곧 그곳을 벗어나 자동차에 올랐다. 인학이 성만이에게 말했다.

"이제야 비로소 실마리가 잡히는 것 같군."

"하지만 언제 연락이 올지 지금으로서는 알 수가 없잖아요."

"선희가 살아 있다는 사실을 확인한 것만으로도 우리에게는 희망이 있어."

인학은 자신감에 넘쳐 있었다. 그들은 곧 구드래 공원을 벗어나 로터리 쪽으로 방향을 잡았고, 곧게 뻗은 길을 질주하기 시작했다. 좌측으로 보이는 부소산에도 희고 붉은 꽃들이 만발해 장관을 이루고 있었다.

인학은 이 화창한 봄날의 자연 경관을 흘낏흘낏 곁눈질하면서 액셀러레이터를 더욱 힘주어 밟고 있었다.

구름잡기

햇볕이 내리쬐고 있었다.

눈부신 햇살 아래 푸르른 나무들이 더욱 빛나고 있었다. 참으로 좋은 녹음의 계절이었다.

인학은 아까부터 창밖을 물끄러미 내다보고 있었다. 이혼을 해야 할 텐데 아내가 선뜻 합의를 해주지 않아 그는 또 다른 고민에 휩싸여 있었다.

그는 누구보다도 이혼의 후유증을 잘 알고 있었다. 우선 아이들의 장래가 불행해지겠지. 그리고 자신에게 돌아올 주위의 손가락질과 비난도 적지 않을 것이었다.

그는 양심의 가책까지 느끼고 있었다. 조강지처를 버려야 한다는 것이 가슴을 짓눌렀다. 괴로웠다. 그러나 남편 일에 사사건건 쌍지팡이를 짚고 나서는 여자, 가정일은 뒷전으로 미뤄 놓은 채 시도 때도 없이 밖으로만 나도는 여자와는 더 이상 가정을 꾸려 갈 수가 없었던 것이다.

아무리 말을 해도 못 알아듣는 여자…… 그렇게 간곡히 사정도 하고 때로는 윽박질러 보기도 했지만, 그러나 그 여자는 듣는 둥 마는 둥 한 귀로 듣고 한 귀로 흘려 버리는 것이었다.

인학은 이혼을 결심하기까지 여간 고민한 것이 아니었다. 가정을 지켜야 하느냐, 아니면 지금이라도 궤도 수정을 해야 하느냐 하는 문제로 이만저만 고심하지 않을 수 없었다.

이 세상에 가정을 무너뜨리고 싶은 사람이 어디 있겠는가. 그러나 속이 썩어 문드러질 상황에 이르러 이제는 어쩔 도리가 없었다. 선택은 오직 한 길밖에 없었던 것이다.

그가 아내 문제로 부글부글 속을 끓이고 있었다. 부여에 다녀온 이후 그 일은 별로 진척이 없었다. 그가 이것저것 괴로운 상념에 사로잡혀 있을 때 화곡동 성만이에게서 전화가 걸려 왔다. 성만이가 물었다.

구름잡기

"뭐하세요?"

"그냥 쉬고 있어."

"부여에서는 연락 없었나요?"

"아직."

"어쩐 일일까요?"

"그러게 말이야. 이거 답답하기 짝이 없군 그래."

"정말 따분한 일이군요. 제가 그쪽으로 갈까요?"

"그것도 좋지. 바쁘지 않아?"

"별로 바쁜 건 없습니다."

"그럼 일루 와."

통화를 마쳤다. 인학은 아주 잘된 일이라고 생각했다. 오늘처럼 따분하고 무료한 시간을 보내고 있는 마당에 성만이가 자발적으로 와 주겠다니 얼마나 다행스러운가.

인학은 다시 창밖으로 눈길을 던졌다. 푸르른 나무들이 바람결에 하늘거리고 있었다. 그는 문득 성경에서 보았던 한 구절을 생각했다. 나는 새들을 보라, 들에 핀 백합을 보라, 새들에게는 창고가 없어도 잘 날아다니고, 누가 거름을 주거나 가꾸지 않아도 들에 핀 백합은 아름답지 않은가.

바로 그것이었다. 자연의 순리대로 물 흐르듯이 유연하

게 살면 얼마나 좋을까만 인간들이 쓸데없는 욕심을 부리다가 스스로 묘혈을 파는 경우가 얼마나 많은가.

인학은 아내를 딱한 여자라고 생각할 수밖에 없었다. 조금만 가정에 충실해도 좋으련만, 아내는 무슨 까닭에선지 밖으로만 나돌았다. 인학은 얼마 전 한 친구로부터 들은 이야기를 떠올렸다.

요즘 여자들은 너 나 할 것 없이 돌아다니기를 좋아한다고 했다. 그리고 밖으로만 나도는 여자들일수록 자기들을 합리화하기 위하여 집에서 살림 잘하는 여자들을 오히려 비웃는다는 것이었다. 그 친구와 인학은 수수께끼를 하듯이 대화를 나누었다.

"집에서 살림만 하는 여자는 네 가지 유형으로 분류된다는 거야."

"어떻게?"

"첫째, 병든 여자라는 거야."

"그렇겠군. 병든 여자는 돌아다닐 수가 없으니까."

"둘째, 돈이 없는 여자라는 거야."

"돈이 없는 여자?"

"돈이 없으니까 돌아다닐 수도 없지 않은가."

"하, 그렇겠네."

구름잡기

“셋째, 성질이 나쁜 여자도 돌아다니지 못한다는 거야.”

“그건 또 왜 그럴까.”

“성질이 나쁘면 친구도 없을 거 아냐. 나가 봤자 어울릴 사람이 없으니까 집에만 처박혀 있다는 거지.”

“그것도 말 되네.”

“넷째, 첩이라는 거야. 첩도 집에만 틀어박혀 있어야 한다는 거야.”

“그건 또 왜 그럴까.”

“그 남자가 언제 올지 모르니까 집에서 대기하고 있어야 한다는군.”

“야, 참. 누가 지어냈는지 몰라도 그럴 듯하네. 밖으로만 나도는 여자들이 집에서 살림 잘하는 주부들을 그렇게 비웃는다 이거지?”

“그렇다니까.”

“정말 놀라운 세상이군.”

밖으로만 나도는 여자들은 누구나 그렇고 그런 모양이었다. 저희들은 신나게 나돌아 다니면서 오히려 집 안에서 살림 잘하는 주부들을 그런 식으로 비웃다니 적반하장도 이만저만 적반하장이 아니었던 것이다.

어쨌든 아내는 어디 가서 무슨 짓을 하고 돌아다니는지

모를 일이었다. 막말로 아내가 외간 남자와 바람을 피우더라도 할 말이 없었다. 아니, 이제는 아내가 설령 다른 남자와 살림을 차렸다 해도 별로 신경 쓰고 싶지 않았다.

그만큼 아내에게서 사랑이 식은 탓이었다. 그러나 인학은 아내가 말도 없이 나돌아 다님으로써 궁금증을 달랠 길 없었다. 한마디로 속 터질 지경이었다.

과거 경찰관 시절, 인학은 제때에 업무 보고를 하지 않고 늑장 부리는 직원들을 가차 없이 꾸짖곤 하였다. 그 대신, 인학은 수시로 상급자에게 업무 보고를 하였다. 그것은 바로 상급자의 궁금증을 해소시켜 주기 위한 최선의 방편이었다.

하급자가 보고를 하지 않으면 부서의 업무가 어떻게 돌아가는지 전혀 파악할 수가 없었다. 인학은 직장 생활을 하는 동안 상대성이라는 용어를 자주 쓰곤 하였다. 내 부하의 업무 처리 내용이 궁금하면, 내 상사도 나의 업무 처리 내용이 궁금할 것이기 때문이었다.

아내와의 관계에 있어서도 예외가 아니었다. 아내가 무슨 일로 그렇게 발탄강아지처럼 밖으로만 나도는지 인학은 궁금증을 떨칠 길이 없었다. 그렇다고 흥신소 직원처럼 아내가 나갈 때마다 일일이 뒤꽁무니를 졸졸 따라다닐 수

구름잡기

도 없는 노릇이었다.

더욱이 인학은 아내의 자유를 속박할 마음이 전혀 없었다. 나에게 자유가 필요하다면 아내의 자유도 보장해 주는 것이 마땅한 일이었다. 그래서 인학은 가급적 아내를 자유롭게 해 주려고 노력해 온 터였다.

그러나 아내는 인학의 그런 속마음도 모르고 동에 번쩍, 서에 번쩍, 안 돌아다니는 데가 없었다. 그뿐 아니라 이제는 더욱 본격적으로 돌아다니기 위해서 자동차까지 사달라고 졸랐다.

실로 어처구니가 없었다. 아내가 생산적인 일에 종사하기 위하여 자동차가 반드시 필요한 경우라면 빚이라도 내어 사 줄 용의가 있었다.

하지만 아내는 장사를 한다거나 직장에 취직을 한다거나 무슨 생산적인 일을 하기 위해서가 아니라 오로지 친구들과 어울려 놀기 위하여 자동차를 사 내라는 것이었다. 다시 말해서 아내는 친구들과 떼 지어 행동반경을 더 넓히려고 자동차를 필요로 했던 것이다.

며칠 전에도 인학은 자동차 문제로 아내와 대판 말다툼을 벌인 적이 있었다. 인학은 알아듣기 좋게 논리적으로 조목조목 설명했으나, 아내는 막무가내로 생떼를 쓰는 것이었다.

"당신은 자가용 타고, 나는 뭐 노상 버스만 타고 다니라 이건가요?"

"이 사람아. 내가 타고 다니는 자동차는 업무용으로 쓰라고 강 변호사가 빌려 준 거 아닌가. 내 승용차는 그 아가씨를 찾기만 하면 곧 반환할 거라구. 이거 왜 이래?"

"핑계가 좋군요."

"핑계?"

"당신은 그 계집애를 찾는다고 지금까지 신나게 전국 각지를 드라이브하고 다녔잖아요?"

"드라이브?"

"그게 드라이브 아니고 뭐예요?"

"하, 참…… 기가 막혀. 내가 뭐 할 일 없어서 그렇게 전국 각지를 누비고 돌아다닌 줄 알아?"

"어쨌거나 돌아다닌 건 사실이잖아요?"

"이 사람아. 좀 말 같은 소릴 해 봐. 당신 말대로라면 집 안에 가만히 앉아 어떻게 그 여자를 찾으라는 거야?"

"그 여자 찾는다는 구실로 돌아다니기만 하니까 하는 말이잖아요."

"구실?"

구름잡기

“벌써 몇 년째예요? 그래 그동안 뭘 했다는 거죠?”

“뭘 하다니?”

“허탕만 치고 돌아다녔잖아요.”

“사람 찾기가 그렇게 쉬우면 강 변호사가 나에게 이번 일을 맡기지도 않았을 거야.”

“그럼 왜 그렇게 어려운 일을 맡았어요?”

“내가 뭐 맡고 싶어서 맡았나. 강 변호사가 모처럼 어렵게 부탁을 하니까 맡은 거지.”

“이제라도 늦지 않았어요. 그 일을 집어쳐요.”

“어떻게 집어쳐?”

“못 찾겠다고 솔직히 말하면 되잖아요.”

“여태까지 해 오던 일을 어떻게 그만둬? 한 번 착수한 일이면 죽으나 사나 결말을 내야지.”

“결말이 날 것 같지 않아요.”

“그건 걱정하지 마. 내가 알아서 할 일이니까.”

“그 일은 그렇다 치고 자가용이나 한 대 사 주세요.”

“자가용은 뭣하게?”

“나도 다 쓸 데가 있어요.”

그것은 억지에 지나지 않았다. 인학은 속이 부글부글 끓어오름을 느끼지 않을 수 없었다. 그가 말했다.

“자가용 사 가지고 얼마나 더 돌아다닐려고 그래?”

“난 뭐 돌아다니면 안 되나요. 집에서 살림하는 사람도 돌아다닐 데가 많다구요.”

아내는 시종 억지를 부리면서 인학의 신경을 건드렸다. 그런 아내의 생떼 앞에서 인학은 더 이상 참을 수가 없었다. 인학은 참다못해 아내의 뺨을 호되게 후려갈겼다.

“에라이, 개쌍년 같으니라구.”

“왜 때려?”

아내는 부르르 떨면서 인학을 물어뜯으려고 개처럼 이를 들썩거리고 있었다. 그러나 인학은 그 정도의 앙탈에 겁먹을 사람이 아니었다. 인학이 여유만만하게 말했다.

“맞을 짓을 했으니까 때리지.”

“뭐 잘났다고 사람을 때려?”

“요게 그냥……”

인학은 그녀의 턱밑에 주먹을 들이밀었다. 그러자 아내는 더욱 기를 쓰고 덤볐다.

“더 때려라, 더 때려.”

“때리라면 못 때릴 줄 알아?”

“아주 죽여라, 죽여.”

“죽이라면 못 죽일 줄 알아?”

구름잡기

인학은 순간적으로 살의를 느끼지 않을 수 없었다. 아내가 어떻게나 표독스럽게 덤비는지 한 번만 더 앙졸대는 날에는 아예 교도소에 갈 셈 치고 면상을 사그리 부숴 놓을 작정이었다. 그러나 아내는 더 이상 앙졸대지 못했고, 와락 울음을 터뜨리는 것이었다.

"엄마, 엄마……"

아내는 숫제 목 놓아 대성통곡하였다. 인학은 그런 아내를 밟아 죽이고 싶은 충동을 느꼈다. 진짜로 제 모친이 죽었을 때에도 눈물 한 방울 흘리지 않던 인간이 목 놓아 우는 것을 볼 때 참으로 어처구니가 없었다.

인학이 아내의 속마음을 모를 리 없었다. 아내는 인학에게 심리적 압박을 가하기 위하여 일부러 큰소리로 울어댔다. 그때 인학의 결심은 더욱 굳어지고 있었다. 그렇게 속 썩히는 여자를 아내랍시고 데리고 사느니 차라리 다른 길을 택하리라 굳게 결심한 것이었다. 인학이 냅다 고함을 질러댔다.

"누가 뒈졌냐?"

"엄마, 엄마……"

"우리 집에 초상났어? 엉?"

인학은 이번 기회에 아내의 모가지를 비틀어 놓으려고

한 발짝 더 가까이 다가갔다. 그러나 인학은 곧 마음을 고쳐먹었다. 어차피 버려야 할 여자, 그리고 한 주먹거리도 되지 않을 상대라는 생각에 그는 나갔던 손길을 도로 거둬들였다.

"엄마, 엄마……"

아내는 계속 울어 퍼대고 있었다. 처음에는 인학에게 심리적 압박을 가하기 위해 울음을 터뜨렸으나, 이번에는 제 성깔을 이기지 못해 더욱 악을 써대고 있었다.

인학은 그녀가 울거나 말거나 전혀 개의치 않기로 하였다. 제 성깔을 이기지 못해 울어 퍼대는 인간은 내버려 두는 것이 상책이기 때문이었다. 혹여 마음이 약해져 달래기라도 한다면, 아내는 더욱 기를 쓰고 울어댈 것이 틀림없었다.

아니, 곁에만 있어도 그녀는 울음을 그치지 않을 것이었다. 그래도 왕년에 천하의 사기꾼들이나 흉악범만을 다루어 온 인학이 아내의 속마음을 모를 리 없었다. 그는 슬그머니 아파트 밖으로 나왔다. 마음 같아서는 한주먹에 그 여자의 숨통을 끊어 놓고 싶었지만, 그것은 남자로서 할 일이 아니었다.

인학은 치솟아 오르는 울분을 삭이기 위하여 근처 대폿

집에 들어가 쓰디쓴 소주를 마셨다. 소주가 가정 문제를 해결해 줄 것도 아니었지만, 이 부글거리는 울분을 달래기 위해서는 달리 묘안이 없었던 것이다.

그는 신세를 한탄했다. 전생에 무슨 죄를 지어 이 엄청난 업보를 감당해야 하는지 알 수가 없었다. 정말 언제까지 이런 질곡을 겪어야 할지 실로 막막하기만 하였다.

이혼…… 그래, 이혼 이외에는 다른 대안이 없어. 짐승 미운 것은 잡아먹으면 그만이라고 하지만 아내라는 그 여자는 달리 어떻게 해 볼 도리가 없었다. 이혼, 이혼, 이혼…… 인학은 이혼이라는 말을 수없이 되뇌면서 쓰디쓴 소주잔을 기울였다.

술기운이 얼큰하게 올라오고 있었지만, 그러나 인학은 울화통을 잠재울 수가 없었다. 과거 현역 형사 반장 시절에는 아내도 그렇지 않았었는데, 일단 옷을 벗고 나오자 아내도 사람 알기를 우습게 아는 것이었다.

인학은 거의 매일이다시피 그렇게 살지 않을 수 없었다. 사는 건지, 아니면 피를 말리는 건지 단 하루도 마음 편한 날이 없었다.

그런데도 아내는 전혀 달라질 기미를 보이지 않고 있었다. 아니, 달라지기는커녕 갈수록 태산이었다. 문제의 핵

심은 고집이었다. 정말이지 아내의 고집은 아무도 당할 재간이 없었다. 아내는, 자기가 한 번 마음먹은 일이면 어떻게 해서든 관철하고야 마는 성미를 가지고 있었던 것이다.

인학은, 아내가 범죄꾼이었다면 천하제일의 확신범이 되었을 거라는 생각을 지울 수가 없었다. 그녀는 그 어떤 확신범보다도 더 고집이 세었고, 찰고무만큼이나 질기디 질겼다.

본래 확신범이란 아무리 달래고, 어르고, 심지어 모진 고문을 해도 제 잘못을 뉘우치지 않는 특성을 가지고 있었다. 아니, 심문을 하면 할수록 더 악독해지게 마련이었다.

인학은 그날 엄청나게 취해 영등포의 어느 모텔에서 하룻밤을 묵었다. 아내와 싸움판을 벌이고 집에 들어가기도 뭣해서 그는 왕창 취한 다음 외박을 했던 것이다.

인학은 아직도 그날의 앙금을 채 가라앉히지 못하고 있었다. 그래도 인학이 끝내 참았기 망정이지 하마터면 살인이라도 저지를 뻔한 날이었다. 인학이 그날 아내와 대판 싸웠던 일을 회상하며 거실과 안방 사이를 오락가락하고 있을 때 출입문의 초인종이 울렸으므로 그는 곧 현관 쪽으로 나갔다.

"누구십니까."

구름잡기

“접니다, 반장님.”

인학은 출입문의 잠금장치를 풀었다. 그러자 성만이가 큼지막한 수박을 들고 들어왔다. 그의 몸집이 어떻게나 컸던지 현관이 꽉 차는 느낌이었다. 인학이 물었다.

“웬 수박?”

“그냥 맨손으로 오기도 뭣해서 하나 샀습니다.”

성만이는 거실로 들어와 수박을 내려놓았다. 비닐 망으로 싸인 수박은 성만이의 몸집만큼이나 푸짐하였다. 인학이 물었다.

“별일 없었지?”

“그러믄요.”

성만이의 얼굴에는 땀이 번질번질하게 묻어나 있었다. 이제 바야흐로 본격적인 여름에 접어들었다는 느낌이었다. 언젠가 부여로 가는 자동차 안에서 말한 적이 있지만, 이제 봄과 가을은 없어지고 겨울에서 여름으로 직접 건너뛰는 것만 같았다. 인학이 말했다.

“날씨가 많이 더워졌어.”

“그렇습니다. 한데 사모님은 어디 가셨어요?”

“낸들 아나. 아침밥 먹자마자 말도 없이 휘익 나가 버렸으니까.”

“아직도 그렇게 돌아다니시길 좋아하나 봐요.”

“제 버릇 개 주겠나. 저것 좀 보게.”

인학은 주방의 싱크대를 가리켰다. 아니나 다를까, 싱크대에는 온갖 그릇들이 가득 쌓여 있었고, 그뿐 아니라 시궁창 냄새가 풀풀 피어오르고 있었다. 성만이가 물었다.

“설거지도 안 하신 모양이죠?”

“하루 이틀이 아닐세.”

“제가 대신 설거지나 해드릴까요?”

“그냥 둬. 며칠 동안 지켜봐야겠어.”

“사모님은 정말 살림을 잘하실 것 같은데……”

“그전에는 아주 잘했다니까.”

“근데 왜 그렇게 됐을까요?”

“일부는 나한테도 책임이 있지.”

“무슨 책임 말입니까.”

“아무런 대책도 없이 직장을 그만두고 어영부영하니까 자기 딴에는 정서적으로 불안한가 봐.”

“그렇다고 반장님이 놀기만 한 건 아니잖습니까.”

“바로 그거야. 내 딴에는 선희를 찾는다고 얼마나 고생을 하고 있나. 때로는 꿈을 꿀 때도 있으니까.”

“꿈이라구요?”

구름잡기

“선희가 꿈에 나타난 것이 한두 번인 줄 알아?”

“그 아가씨를 한 번 본 일도 없잖습니까.”

“하지만 하루에도 몇 번씩 사진을 들여다보았으니까. 이제는 사진 없이도 그 아가씰 알아볼 수 있을 것 같아. 어제 저녁에도 꿈에 사진과 똑같은 여자가 나타나서 날 괴롭히더군.”

“무슨 말씀이신지 잘 알겠습니다. 일구월심 그 여자만 생각하니까 그러시겠죠.”

“정말이야. 그 여자를 찾기 위해 난 자존심까지 걸었어. 하지만 애들 엄마는 그걸 전혀 모르고 있는 거야.”

“그래도 반장님께서 이해하셔야죠.”

“이해해야지. 그러나 한계라는 게 있잖아. 더 이상 어떻게 참아? 나한테 불만 있으면 얘기하라 이거야. 근데 애들 엄마는 그게 아니야. 도리어 나한테 시위까지 벌이는 거야. 그러나 어림도 없지. 내가 누군가. 여자 한 사람이 시위를 벌인다고 해서 무릎을 꿇을 것 같아? 천만의 말씀이지. 여자가 고집을 부린다면 나는 오기로 맞설 수밖에……”

인학은 그 말을 하면서도 두 눈에서 불꽃이 확확 치솟아 오름을 느끼고 있었다. 성만이가 말했다.

“아이들을 봐서라도 참아야 합니다.”

“내 문제는 내가 알아서 처리할 테니까 너무 걱정하지 마. 이 세상에 그 많은 여자들 중에 어쩌다가 그렇게 고집 센 여자를 만나서 이 고생을 하는지 정말 알다가도 모르겠어. 성만이도 잘 알 거야. 경찰에 몸담고 있을 때 내가 얼마나 열심히 일했는가를……”

“그거야 모르는 사람이 없죠. 반장님은 스타였잖아요. 반장님처럼 특진만으로 진급한 사람도 없을 걸요.”

“그게 다 가족들과 좀 낫게 살아 보자는 뜻에서 그랬던 거야. 열심히 일하면 더 나은 장래가 있을 거 아니겠어? 그것만 믿고 범법자들 다스리는 데는 물불을 가리지 않았어. 근데 요즘에는 마누라 한 사람 제대로 다스리지 못하는 인간이 되고 말았으니 이거 말이나 돼?”

인학은 신세 한탄을 하지 않을 수 없었다. 별로 잘나지도 못한 인간, 별로 똑똑하지도 못한 인간, 별로 아는 것도 없는 인간, 별로 내세울 것도 없는 인간, 그런 바보 같은 인간한테 덜미를 잡혀 이 고통을 받는다고 생각하면 억울하기 짝이 없었다. 성만이가 말했다.

“언젠가는 사모님도 생각을 고쳐먹을 날이 있겠지요.”

“어림도 없는 소리…… 그 여자는 지독한 불감증에 걸려

구름잡기

있어.”

“네?”

“그렇게 말을 해도 전혀 못 알아듣는 인간이 어떻게 제 스스로 버릇을 고치겠어?”

“하지만 반장님께서 좋게 생각하세요.”

“아무리 좋게 생각하려 해도 저 지랄을 해 놓고 돌아다니기에만 정신이 팔려 있으니 낸들 어쩌겠어.”

인학은 ‘저 지랄’이라는 대목에서 싱크대를 가리켰다. 아닌 게 아니라 싱크대는 흡사 고물 상자를 방불케 하였다. 설거지할 그릇들을 담아 놓았는지 버릴 그릇들을 내팽개처 놓았는지 전혀 분간할 수가 없었던 것이다.

인학은 땅이 꺼져라 한숨을 내쉬었다. 여자 한 사람 때문에 이처럼 엄청난 신경을 써야 한다고 생각하면 가슴이 사뭇 벌렁벌렁 뛰었다. 정말이지 빼지도 박지도 못할 더러운 입장에 처해 있었던 것이다.

인학은 진땀을 흘리고 있었다. 정말이지 아내 생각을 하면 뼈마디에서 식은땀이 우러나오곤 하였다. 그것은 뼈마디에서 묻어나는 생명의 액즙液汁과도 같은 것이었다. 성만이가 말했다.

“반장님, 웬 땀을 그렇게 흘리세요?”

"그걸 몰라서 묻나."

"조금 전까지만 해도 그렇지 않았었는데 느닷없이 땀을 흘리시니까 이상한 걸요."

"이건 땀이 아니라 생명의 액즙일세."

인학은 냉장고 곁으로 다가가 싱크대의 서랍을 열고 과도를 꺼냈다. 그는 쟁반을 찾았다. 하지만 쟁반은 어디 두었는지 여간해서 찾을 수가 없었다. 자주 쓰는 가재도구들은 늘상 같은 자리에 두는 것이 상식이었다.

그러나 아내는 한 번 쓴 물건을 제자리에 두는 법이 없었다. 여기저기 제멋대로 물건을 방치해 두기 때문에 그녀가 한 번 쓴 물건은 도저히 찾아낼 수가 없었던 것이다.

인학의 전직은 누구나 알다시피 경찰관, 그것도 수사를 전문으로 하던 형사 반장이었다. 수사를 할 때에는 범행 현장에서 유류품, 즉 범죄의 증거물을 찾아내는 것이 무엇보다도 중요한 대목이었다.

범행에 사용한 흉기는 물론이고, 심지어 머리카락 한 오라기, 겨드랑이나 사타구니에서 나온 음모淫毛까지 찾아내야 할 경우도 없지 않았다. 모든 증거는 현장에 있기 마련이었다. 그렇기 때문에 그는 범행 현장에서 담배 꽁초, 혈흔, 지문에 이르기까지 모든 증거물을 확보하는 데 거의

구름잡기

도통해 있었던 것이다.

그는 그런 경험을 통해서 범죄 현장의 유류품이든, 가정에서의 가재도구든 물건을 찾아내는 데 남다른 육감을 가지고 있었다. 그런 육감이야말로 오랜 경험에서 얻어진 경력의 산물이라 해도 과언이 아니었다.

그러나 아내가 둔 물건을 찾는 데는 여간 애를 먹지 않았다. 아내는 아주 엉뚱한 곳, 전혀 예측하기 어려운 곳에 가재도구를 놓아 두기 때문이었다.

그는 세탁기와 세탁실 벽면 사이에서 가까스로 쟁반을 찾아냈다. 선반 같은 곳에 얹어 두었더라면 단번에 찾을 수 있었을 텐데 아내는 일부러 그랬는지 하필이면 세탁실에 두었던 것이다.

인학은 곧 쟁반 위에 수박을 쩍쩍 갈라놓았다. 수박 속살은 아주 잘 익어 있었는데, 여러 조각으로 갈라놓는 동안 향기로운 냄새가 물씬 풍겼다. 그리고 연분홍빛 단물이 쟁반으로 흘러내리고 있었다. 성만이가 말했다.

"아주 잘 익었는데요."

"그렇군. 한 쪽씩 먹자구."

그들은 한 쪽씩 들고 속살을 물어뜯었다. 아닌 게 아니라 수박은 꿀처럼 달았다. 수박을 불씸불씸 씹으면서 성만이가 말했다.

"부여에서 바로 연락이 와야 할 텐데요."

"그렇지. 하지만 이제 일은 거의 다 됐다고 해도 과언이 아니야. 내 예감이 그래. 김혜란이라는 그 여자…… 실없는 소리 할 사람은 아니거든. 선희의 거처를 알면 대번 연락해 줄 거야."

"그 여자의 제보 이외에 다른 대안도 없잖습니까."

"그런 셈이지. 물론 우리가 천안 근교를 샅샅이 뒤질 수도 있겠지만, 그건 너무 무모한 일인 것 같고……"

"강 변호사님한테는 말씀드렸습니까."

"물론이지."

"강 변호사님은 뭐라고 그러시던가요?"

"기다려 보라고 했어."

"혹시 천안에서는 연락 없었어요?"

"천안 어디……?"

"대정리……"

"아, 용기 말이군? 그렇잖아도 엊그제 전화 왔었어."

"어떻게 지낸답니까?"

"잘 지낸대."

"언제 대정리에도 가 봐야 할 텐데요."

구름잡기

“가 봐야지. 우리가 선희를 찾기만 하면 용기가 강 변호사 다음으로 좋아할 텐데 말이야.”

“그렇죠. 하지만 이제 부여에서 연락만 오면 그 아가씨 찾는 일이야 시간문제 아닙니까.”

“문제는 전화 한 통화야. 이런 때 아이들 엄마라도 집에 있으면서 전화나 잘 받아 주면 얼마나 고마울까.”

인학은 아내를 야속하게 생각하지 않을 수 없었다. 아내야말로 집에만 있어도 이번 일에 크게 도움을 줄 수 있는 입장이었다. 그리고 아내가 전화라도 잘 받아 한몫 크게 하는 날에는 그만한 대가를 줄 수도 있었다. 그러나 아내는 친구들과 어울리기에 눈이 멀어 엉뚱한 짓만 하고 돌아다녔던 것이다.

인학은 다시 한 번 이마에 묻어난 식은땀을 씻어냈다. 달고 시원한 수박을 먹는데도 아내 생각을 하자 저절로 식은땀이 배어나왔다. 그런 인학을 보면서 성만이가 말했다.

“반장님도 많이 곯으신 모양이군요.”

“곯지 않았다면 정상이 아니게? 성만이 말처럼 많이 곯았어. 곯아도 보통 곯은 게 아니야.”

“아, 참……”

“이렇게 시원한 수박을 먹으면서도 식은땀을 흘린다면

알아볼 수 있지 않겠어?”

그는 입가에 묻어난 수박 물을 손바닥으로 쓰윽 훔쳤다.

“정말 큰일이군요.”

“여자 잘못 만나 신세 조진 사람이 어디 한둘이겠나. 하지만 나는 그게 남의 일인 줄만 알았어. 한데 그 불행이 내게 닥칠 줄이야 누가 알았겠나. 아들 가진 사람 남의 아들 흉보지 말고, 딸 가진 사람 남의 딸 흉보지 말라더니 마누라 가진 사람 남의 마누라 흉볼 일이 아니더라구. 내가 이 지경을 당할 줄이야 나 자신인들 알았겠나.”

“사모님이 반장님 마음을 조금만 알아줘도 좋을 텐데 말입니다.”

“틀렸어. 이제는 다 물 건너간 일이야.”

인학은 아내에게 아무것도 기대하지 않을 작정이었다. 다투고 싸우는 것도 하루 이틀이지 이제는 진력이 나서 더 이상 견딜 수가 없었다. 지금이라도 아내가 정신을 차린다면 모르되, 그렇지 않고서는 최후의 수단을 동원할 도리밖에 없었다. 성만이가 물었다.

“점심은 어떻게 하실 생각입니까.”

“글쎄, 중국집에 뭐 시켜 먹을까.”

“그것도 좋지요.”

구름잡기

"아니면 냉면을 시켜 먹든가. 우리 동네 냉면 아주 잘하는 집이 있거든."

"그거야 반장님 좋을 대로 하십시오."

"난 아직 배고픈 줄 모르겠어. 더군다나 수박까지 잔뜩 먹었더니 물배가 차서 그런지 아주 든든한 걸. 성만이는 시장한가 보지?"

"저도 사실은 든든해요."

"그럼 이따가 먹지 뭐."

인학은 벽시계를 올려다보았는데, 분침과 시침이 완만한 각을 이루며 12시 20분을 가리키고 있었다. 그때였다. 전화벨이 요란하게 울렸다. 인학은 몸에 밴 습관대로 벌떡 일어났다. 그러자 성만이가 말했다.

"사모님인가 봐요."

"글쎄……"

인학은 송수화기를 들었다. 그러나 전화를 건 사람은 아내가 아니라 전혀 생각지도 않은 강동석이었다. 상대방이 말했다.

"그동안 안녕하셨습니까."

"물론이오. 강 선생은 어떻게 지냈소."

"염려 덕택에 잘 지내고 있습니다. 하시는 일은 잘 돼

가고 있습니까.”

“그 상태로 엉거주춤하고 있지요 뭐.”

“사실은 아주 중요한 정보를 얻었습니다.”

인학은 귀를 곤두세우며 물었다.

“뭡니까.”

“대양건설이 곧 부도날 것 같습니다.”

“뭐라구……? 그게 사실이오?”

“틀림없습니다. 자금이 고갈돼서 어려운 모양입니다.”

“대양건설이 부도를 내다니 그거 잘 믿어지지 않습니다 그려.”

“두고 보십시오. 제 정보는 비교적 정확합니다. 노조에서도 이미 대비책을 세워 놓고 있는 모양입니다.”

“무슨 대비책?”

“회사가 법정 관리로 넘어갈 경우 노조 조합원에게 불이익이 돌아가지 않도록 각종 대책을 마련한 모양입니다.”

“그렇다고 노조 의사대로 될 것 같습니까.”

“그거야 결과를 더 지켜봐야 되겠지요. 그러나 대양건설이 곧 부도나는 것은 거의 확실한 모양입니다. 이미 증권 시장에도 그 소문이 파다하게 퍼졌습니다.”

“왜 그렇게 됐답니까.”

구름잡기

“그거야 전가 일당이 회사를 잘못 경영했으니까 그렇죠
뭐. 전영우 회장이 오래도록 해외에 나가 있는 건 잘 알고
계시잖습니까.”

“알고 있어요.”

“그 전영우 회장이 회사를 비운 동안 경영 사정이 악화
된 모양입니다. 더욱이 갑식이를 비롯하여 몇몇 친인척들
이 회사 자금을 유용한 것은 물론이고 경영권 싸움까지 벌
여 왔다는 겁니다.”

인학은 그러나 귀를 의심하지 않을 수 없었다. 강동석이
라는 사람이 대양건설 내부 사정을 잘 알고 있을 뿐만 아
니라 절대로 빈말을 할 사람이 아니라는 것도 잘 알고 있
었지만 대양건설이 그처럼 허무하게 무너질 회사로 생각
되지는 않기 때문이었다. 인학이 물었다.

“대양건설이 부도 위기에 몰리다니 그거 잘 실감이 안
가는군……”

“두고 보십시오. 그놈들은 틀림없이 부도를 내고 쓰러
질 겁니다.”

강동석은 아까에 이어 또 다시 ‘두고 보십시오’를 연발
하면서 딱 부러지게 이야기하였다. 더욱이 그는 빈말을 할
사람이 아니었다. 그렇다면 그의 제보가 전혀 근거 없는

낭설만은 아닌 듯했다. 인학이 말했다.

"어쨌든 고맙소."

"그놈들은 당연히 망해야 합니다. 선희 씨도 그놈들이 망하길 기다리고 있었을 겁니다. 전영우 회장은 오죽하면 선희 씨 문제로 노이로제에 걸린 나머지 해외로 나갔던 겁니다. 이제 그놈은 선희 씨에게 정통으로 일격을 당한 셈입니다. 그놈의 몸뚱이에 아무리 더러운 피가 흐르고 있다 할지라도 자기 비밀을 가장 잘 아는 선희 씨가 실종됐는데 놈인들 어찌 겁을 먹지 않겠습니까. 제가 알기로 그놈은 선희 씨를 찾기 위해 여러 경로를 통해 은밀히 잔꾀를 썼던 것 같습니다. 하지만 선희 씨가 나타나지 않음으로써 놈은 양심의 가책을 느꼈다고나 할까, 아니 역사를 두려워하게 되었다고나 할까, 하여간 거의 사업 의욕을 잃었던 게 분명합니다."

강동석은 장황하게 설명하였다. 그러나 인학으로서는 상당 부분 신경이 거슬리는 것도 사실이었다. 그의 주장에는 다분히 감정이 앞서 있었을 뿐만 아니라 특히 '잔꾀'라는 어휘에 대뜸 거부반응이 일어났다.

강동석의 말대로 대양건설에서 극비리에 선희를 찾고 있는 것은 사실이었다. 대양건설은 선희를 찾되, 그러한

구름잡기

사실이 대외적으로 알려지는 것을 철저히 경계하고 있었던 것이다.

그렇다면 강 변호사를 통해 선희를 찾게 된 것도 일종의 '잔꾀'였단 말인가. 그럴 경우 인학은 바로 '잔꾀'를 위해 뛴 꼴이었다. 인학은 그 말이 몹시 귀에 거슬리는 것을 느끼면서 강동석에게 말했다.

"어쨌든 잘 알겠소. 앞으로도 우리 계속 유기적인 연락을 취합시다."

"물론이죠. 또 다른 정보가 있으면 즉각 연락드리겠습니다."

통화를 마친 뒤에도 인학은 잠시 어리둥절함을 느끼지 않을 수 없었다. 대양건설 부도설도 부도설이지만, 선희를 찾기 위해 '잔꾀'를 써 왔다는 대목이 영 께름칙하였다. 성만이가 물었다.

"강동석입니까."

"응."

"대양건설이 어떻게 됐다고 그러는 겁니까."

"부도 위기에 처해 있다는 거야."

"그럼 우리 일은 어떻게 되는 겁니까."

"어떻게 되긴 뭘 어떻게 돼? 부여에서 연락이 오기만 하면 저절로 풀리는 것 아니겠어?”

“대양건설이 부도가 나서 쓰러진다면 굳이 선희를 찾아야 할 필요도 없어지는 것 아닙니까.”

“그렇지는 않을 거야.”

“왜요? 우린 지금 대양건설 때문에 선희를 찾는 거 아닌가요?”

“반드시 그렇다고 말할 수는 없지.”

“강 변호사님은 대양건설로부터 부탁을 받아 우리에게 이번 일을 시켰잖아요? 그렇다면 대양건설이 망할 경우 굳이 그 여자를 찾아야 할 필요가 없어지는 거 아닐까요.”

성만이는 제법 머리를 굴리고 있었다. 평소 그는 우직하기만 했을 뿐 여간해서 논리적으로 따지는 법이 없었는데, 이번에는 사뭇 앞뒤를 따지고 들었다. 인학이 말했다.

“성만이 말을 듣고 보니까 그것도 일리가 있군. 그러나 아직 대양건설이 확실하게 부도가 난 것도 아닐 뿐더러 강 변호사로부터 별도의 지시를 받은 것도 아니잖아. 우린 어디까지나 강 변호사를 믿고 일하는 거지 대양건설을 믿고 일하는 것은 아니니까 귀추를 더 기다려 봐야 할 것 같아.”

“대양건설이 실지로 부도를 내고 쓰러지면 우리 일도 자동적으로 끝날 것 같은데요.”

구름잡기

“글쎄…… 그 문제는 그때 가서 어떻게 되더라도 우리 일은 최선을 다해야겠지. 나야말로 강 변호사를 하루 이틀 알고 지낸 것도 아니니까.”

“아마 제 말이 거의 틀림없을 겁니다.”

인학은 그러나 제발 그런 사태가 오지 않기를 바라고 있었다. 만약 성만이의 가상 시나리오가 사실로 굳어진다면 지금까지 온갖 고생을 하며 돌아다닌 그 세월이 너무 아깝기 때문이었다. 인학이 말했다.

“잠깐만 기다려.”

그는 성기종 기자에게 전화를 걸었다. 뚜우뚜우 신호가 갔고, 누군가가 전화를 받았다.

“네, 사회붑니다.”

“수고하십니다. 성기종 기자 계십니까.”

“지금 자리에 안 계신데요.”

상대방은 아주 무뚝뚝하게 말한 뒤 일방적으로 전화를 끊었다. 그전에도 왕왕 느낀 일이지만, 신문사에 전화를 걸면 아주 특별한 경우를 제외하고는 항상 그런 식으로 전화를 받는 것이었다. 인학이 중얼거렸다.

“어떤 자식인지 전화 한 번 더럽게 받는군.”

“냅다 욕이나 해 주지 그랬어요?”

“점잖은 체면에 그럴 수야 없지. 그랬다간 성 기자 입장
이 뭐가 되겠어?”

“하여간 신문사 사람들은 이상하다니까요.”

성만이는 경찰관 시절 일부 돼먹지 않은 기자들 때문에
여간 애를 먹은 것이 아니었다. 특히 경찰서에 출입하는
기자들 중에는 버릇없는 인간들이 적지 않았던 것이다.

인학은 곧 강재원 변호사를 만나야겠다고 생각했다. 성
만이의 말마따나 대양건설이 부도를 내고 쓰러질 경우 이
번 일 자체가 원천적으로 무산될 수도 있기 때문이었다.

구름잡기

　무더운 날씨였다. 텔레비전
에서는 연일 인산인해를
이루고 있는 해수욕
장 소식을 전해 주고
있었다. 경기가 좋지 않아 아우성을 치면서도 해수욕장이
그처럼 성시를 이루는 것은 무엇을 의미하는 걸까.

　장롱을 열고 인학은 옷을 꺼내 입었다. 아내는 무슨 살
판이 났는지 아침 일찍 집을 나가 돌아오지 않고 있었다.
소희와 재희는 학원에 갔고, 인학은 요때나 조때나 아내
가 돌아오기를 기다리고 있었다. 그러나 아내한테서는 전

화조차 걸려 오지 않았다. 그녀는 고의적으로 연락을 하지 않고 있었던 것이다.

인학이 마악 현관문을 열고 나설 때, 아내가 얼굴을 디밀었다. 그 여자는 무슨 불만이 그렇게도 많은지 부어터진 낯짝을 하고 있었다. 오늘처럼 무덥고 불쾌지수가 높은 날 밝은 표정을 지어도 시원찮을 마당에 아내는 우거지상을 하고 한 채 입술까지 빼물고 있었으므로 인학은 화가 머리 끝까지 치밀어 오름을 느끼지 않을 수 없었다. 인학이 물었다.

"도대체 어디 갔다 오는 거야?"

"......"

아내는 그러나 들은 척도 하지 않았다. 인학이 목소리를 높였다.

"내 말이 안 들려?"

"남이야 어딜 갔다 오든 무슨 상관이에요?"

"뭐야?"

"나도 볼일이 있어서 나갔다 왔어요."

"무슨 볼일?"

"그것까지 꼭 알아야 할 필요는 없잖아요?"

"아까부터 얼마나 기다렸는지 알아?"

구름잡기

“기다리긴 뭐하러 기다려요?”

아내는 줄곧 삐딱하게 되받아치고 있었다. 인학은 피가 거꾸로 흐르는 듯한 착각을 일으켰다. 정말이지 아내가 그런 식으로 어거지를 부리는 데에는 최후의 순간을 재촉하는 것만 같아 더욱 피가 마르는 것이었다. 인학이 물었다.

“당신 정말 그럴 거야?”

“내가 뭘 어쨌길래요?”

“허허…… 이렇게 답답한 사람이 또 있을까.”

“답답하긴 뭐가 답답해요?”

아내는 도끼눈을 뜬 채 계속 앙졸거리고 있었다. 인학은 이제야말로 더 이상 참을 수 없다고 판단했다.

“그 말 다했어?”

“다했어요. 왜요? 뭐가 잘못됐나요?”

아내는 사뭇 도전적이었다.

“좋아. 이제야말로 나도 더는 못 참겠어. 이리 와.”

“할 말 있으면 말로 해요. 왜 오라 가라 하는 거예요. 내가 뭐 죽을죄라도 졌나요.”

“이게 그냥……”

인학은 아내의 턱밑에 주먹을 들이밀었다. 마음 같아서는 냅다 한 대 쥐어박고 싶었지만, 사실은 그럴 수도 없었으므로 두 눈에서 불꽃이 확확 치솟는 것이었다. 만일 한 대 쥐어박는다면 아내는 당장 쭉 뻗어 버릴 것이기 때문이었다. 그런 속마음을 알기라도 하는 듯 아내는 더욱 앙살키고 있었다.

"때려요, 때려!"

"아, 정말……"

"왜 못 때려요?"

인학은 참을 데까지 참다가 책상 서랍에서 서류 양식들을 꺼냈다.

"당신 같은 사람은 손댈 필요도 없어. 이거나 써."

"뭔데요?"

"이리 와서 보면 알아."

인학은 서류 양식들을 흔들어 보였다. 그것은 협의이혼에 필요한 서류 양식들이었다.

"피이…… 누가 그런 거 가지고 겁먹을 줄 알고요?"

아내는 그러나 코웃음을 치고 있었다. 인학이 고함을 질렀다.

"직접 쓰기 싫으면 도장이라도 찍어."

"못 찍어요."

"왜 못 찍어?"

구름잡기

“내가 이혼당할 짓을 했어야 찍죠.”

“뭐야?”

“난 이혼 같은 거 싫어요.”

“안 돼. 당신 같은 여자하고는 더 이상 살 수가 없어.”

“애들은 어떻게 하구요?”

아내는 할 말이 없었던지 아이들 핑계를 대고 있었다. 그녀는 걸핏하면 아이들 핑계를 댔고, 자기 잘못에 대해서는 눈곱만큼도 인정하지 않으려 했다. 인학이 말했다.

“당신이 언제 아이들 생각한 적 있어?”

“그걸 말이라고 하세요? 당신은 날 내쫓지 못해서 안달이 난 모양인데 나 역시 당신 같은 사람하고는 살고 싶지도 않아요. 여지껏 참고 견딘 것도 전부 아이들 때문이었다구요.”

“지랄하고 자빠졌네.”

“지랄?”

“그래, 지랄이다. 정상적인 여편네라면 그런 말을 할 수가 있어? 엉?”

“내가 뭐 어쨌길래?”

아내의 얼굴은 숫제 새파랗게 질려 있었다.

“넌 역시 불감증 환자라니까.”

"내가 볼 때는 너야말로 불감증 환자야. 오죽하면 아내가 무슨 생각을 하고 있는지도 모를까…… 아이구, 바보 천치 같은 인간……"

"너, 그 말 다했어?"

"다했다. 어쩔래?"

아내는 두 눈에 쌍심지를 박고 있었다. 아무리 독종이라고는 하지만, 그녀는 이만저만 표독한 것이 아니었다.

인학은 왕년에 민완형사로 깃발을 날리며 흉악범이란 흉악범을 다룰 만큼 다뤄 온 터였다. 그러나 아내처럼 악독한 인간은 참으로 처음 보는 것이었다.

가령 살인범이나 강도 같은 강력범들에게도 최소한의 양심이 있고, 범행이 들통 난 뒤에는 잘못을 뉘우치게 마련이었지만, 아내는 제 과오는 묻어 둔 채 도리어 기세가 등등하였다. 아니, 그것은 기세라기보다 차라리 살기에 가까웠다.

인학은 그런 아내를 보면서 혀를 내두르지 않을 수 없었다. 인간의 탈을 쓰고 어째서 그렇게 양심조차 없는지 모를 일이었다. 인학이 말했다.

"긴말 필요 없어. 여기 도장이나 찍어."

"못 찍어."

구름잡기

“왜 못 찍어?”

“너나 많이 찍어.”

“너?”

“그래. 너보고 너라고 하지 뭐라고 하니.”

“이년이 마침내 미쳤군.”

“미친 건 내가 아니라 너야. 알았어?”

아내는 입에 거품을 물고 있었다. 인학은 무한한 인내력을 발휘하여 점잖게 타일렀다.

“매일 싸울 필요 없잖아. 이리 와서 도장이나 찍어. 그러면 만사가 다 해결될 거 아냐? 그렇게 간단한 방법이 있는데 무엇 때문에 내 속을 썩이는 거야?”

“나 속 썩인 거 없어.”

아내는 아예 오리발을 내밀고 있었다.

“그 억지 좀 그만 부려.”

“나 억지 부린 것도 없어. 왜 그래?”

아무리 좋게 생각하려 해도 아내는 이미 정상적인 인간이 아니었다. 그녀는 어쩌면 스스로 인간이기를 포기했는지도 몰랐다. 그렇지 않고서야 그렇게 악랄할 수가 없었다. 그녀는 칼만 들지 않았을 뿐 사람을 죽이고도 남을 만한 독기를 품고 있었다.

"이거 봐. 아무리 생떼를 써 봐야 소용없어. 빨리 도장이나 찍어."

"못 찍는다니까 왜 그래?"

"정말 안 찍을 거야?"

"못 찍어."

"그래 봤자 소용없어. 좋게 말할 때 순순히 찍어."

"흥. 웃기네. 죽어도 못 찍으니까 더 이상 말하지 마."

아내는 질겨도 보통 질긴 게 아니었다. 그만큼 타일러도 보고 윽박지르기도 했으면 조금이라도 달라지는 기색이라도 보여야 할 텐데 아내는 날 잡아 잡숴 하는 식으로 줄기차게 고집을 부리고 있었다.

"그렇게 고집만 부리다간 나중에는 위자료도 못 받고 쫓겨나는 수가 있어. 알아?"

"흥. 그까짓 위자료가 몇 푼이나 될까."

아내는 노골적으로 콧방귀를 뀌며 인학을 깔아뭉개려 들고 있었다. 인학은 눈을 부릅뜨고 이를 으드득 갈았다. 아내와의 갈등이 깊어진 뒤로 그는 새로운 습성을 갖게 되었는데, 으드득 이 가는 버릇이 바로 그것이었다.

"이 개쌍년아, 찍으라면 어서 찍지 뭘 하고 있어?"

"이 개 같은 놈이 누구한테 마구 욕지거리를 하고 지랄이야?"

"니 애비를 불러 와라. 니 애비한테도 얼마든지 욕할 수 있으니까."

두 사람의 싸움은 장군멍군이었다. 인학이 지독한 욕설을 내뱉으면 아내 역시 똑같은 욕설로 응수하는 것이었다.

"요 찢어 죽일 년."

인학은 냅다 달려들어 아내의 멱살을 거머쥐었다. 그리고는 손아귀에 조금씩 힘을 가했다. 단번에 힘을 주면 대번 질식해 나자빠질 것이었으므로 인학은 서서히 힘을 넣었다.

그러자 아내는 눈을 까뒤집으며 캑캑거렸다. 인학은 그녀의 목을 단단히 쥔 채 이그지그 두어 번 내둘렀다. 아내는 연약하기 짝이 없었다. 그렇게 연약한 인간이 주둥아리만 살아 가지고 줄창 앙졸댔다고 생각하니 실로 어처구니가 없었다.

인학은 순간적으로 불쌍하다는 느낌을 지울 수 없었다. 한 주먹거리도 안 될 인간이, 그리고 조금만 더 손아귀에 힘을 넣으면 당장 죽어 나자빠질 하찮은 인간이 그렇게도 큰소리를 치고 덤볐나 생각하니 처연한 느낌마저 없지 않았다. 아내는 바리작거리며 안간힘을 쓰고 있었다.

"캐, 캐캑……"

"요 개쌍년아, 나가 뒈져라."

인학은 냅다 그녀를 뒤로 밀쳤다. 그러자 아내는 뒤로 벌렁 나자빠지면서 엉덩방아를 찧었다. 그녀가 벌렁 뒤로 나자빠지는 순간 스커트가 뒤집히면서 두 가랑이 사이로 알록달록한 팬티가 보였다. 아내가 짐승처럼 울부짖었다.

"엄마. 나 살려."

"이 개쌍년. 아직도 정신을 못 차렸군."

인학은 아내의 입을 틀어막았다. 그러자 아내는 인학의 손아귀로부터 빠져나가려고 발악을 해댔으나, 인학은 그녀의 입과 코를 더 억세게 틀어막았다.

아내가 소리를 지르는 이유는 뻔한 것이었다. 그런 식으로 비명을 질러댐으로써 이웃으로부터 도움의 손길이 미치기를 기다리는 것이었고, 아울러 동네 사람들에게 인학을 망신시키기 위해 더 목청을 돋우는 것이었다.

인학이 아내의 그런 심보를 모를 리 없었다. 아내는 인학의 완력에 완전히 제압당해 옴쭉달싹하지 못한 채 비지땀을 삐질삐질 흘리고 있었다.

그러나 인학은 도저히 그녀를 용서할 수가 없었다. 지금까지 속을 썩어 온 것만 해도 용서 못할 일이건만, 감히 남

구름잡기

편에게 욕지거리로 응수하는 그 버르장머리를 가만히 놔
둘 수가 없었던 것이다. 아내가 신음을 토해냈다.

"으, 으으음……"

"개쌍년아. 또 지랄을 해 봐라."

"으으, 으으음……"

"죽어 줄까, 살려 줄까?"

"사, 살려 줘. 으으음……"

"지랄하지 않겠다고 약속할 수 있어?"

"으, 응……"

"정말?"

"으, 음."

"약속하는 거지?"

인학이 물었고, 아내의 얼굴에서는 땀이 비 오듯 흘러
내리고 있었다. 그녀는 이제 완진히 전의를 상실한 것 같
았다. 인학은 그러나 아내를 놓아줄까 말까 거듭 망설이고
있었다.

"으, 으음."

아내는 탈진 상태가 되어 두 다리를 추욱 늘어뜨리고
있었다. 하지만 인학은 아내가 얼마나 악독한 인간인가를
잘 알고 있었으므로 쉽게 풀어 줄 수가 없었다. 만일 어설

피 다루었다간 면역이 생겨 더 거세게 반항할 것이기 때문
이었다.

강아지도 지질 때에는 옹골차게 지질 필요가 있었다. 설
지진 강아지가 날뛰기 시작하면 감당하기 어려운 경우에
처할 수도 있었다. 인학이 물었다.

“살려 주긴 살려 주지. 그 대신 뼉다귀 하나쯤은 꺾어
놔야겠어. 어디를 꺾어 줄까?”

“으, 으……”

“왜 그렇게 고집을 부려?”

“아, 음……”

“고집을 부리는 데는 매밖에 더 있겠어? 순순히 도장을
찍지 않겠다니 이제는 재판으로 가는 수밖에 없지. 그렇다
면 무슨 방법인들 못 쓰겠나.”

“살, 살려 줘요.”

아내는 애원하였다. 그러나 인학의 귀에 그 말이 진실로
들릴 까닭이 없었다. 인학은 순간적으로 미묘한 갈등을 느
끼고 있었다. 풀어 줘야 할 것인가, 아니면 더 혼뜨검을 내
주어야 할 것인가.

상대방이 여자만 아니었어도, 그리고 아이들 엄마만 아
니었어도 갈등이고 자시고 생각할 필요가 없었지만, 그러

구름잡기

나 상대가 상대인 만큼 심정적 동요가 일어나는 것도 사실
이었다.

인학은 그러나 아내의 애원을 진실로 받아들이는 데 무
척 망설이지 않을 수 없었다. 그동안 한두 번 당한 것이 아
니고, 시도 때도 없이 괴로움을 당해 왔으므로 정상참작의
여지가 없었던 것이다. 인학이 물었다.

"진실로 하는 말인가."

"예……"

"그렇다면 좋아."

인학은 못 이기는 척하면서 아내의 입을 틀어막았던 손
아귀를 풀었고, 다른 한편으로 아내의 반격에 철저히 대비
했다. 그러나 아내는 거의 반격 태세를 갖추지 못하고 있
었다. 인학의 입장에서는 적당히 주물러 준 것에 불과했으
나, 아내 입장에서는 힘이 쭉 빠진 모양이었다. 아내가 목
과 입술 언저리를 주무르며 엄살을 부렸다.

"아, 아야야……"

"또다시 소리를 지르는 날에는 진짜 가만두지 않을 거
야. 누가 뒈졌어? 걸핏하면 울어 퍼대고 지랄을 하게? 울
테면 나가서 울어. 왜 내 앞에서 대성통곡을 하고 지랄하
는 거야?"

“아, 나 몰라…… 사람을 그처럼 무자비하게 폭행해도 되는 거예요?”

어느 사이엔가 아내는 꼬리를 사리고 있었다. 조금 전까지만 해도 그렇게 앙탈을 부렸으나 한 번 뜨거운 맛을 보고 나자 기가 한풀 꺾인 모양이었다.

인학은 그렇게 혼내 준 것을 잘한 일이라 생각하고 있었다. 아직도 부아가 덜 풀리긴 했지만, 아내가 더 이상 앙졸거리지만 않는다면 끝내 참을 생각이었다. 그가 말했다.

“내가 얼마나 괴로우면 이혼을 하자고 그랬겠어?”

“나도 언제든지 이혼할 각오가 돼 있어요. 하지만 아이들 때문에 어쩔 수가 없잖아요.”

“그거 봐. 진작 그렇게 순순히 나올 일이지 왜 그렇게 고집을 부리고 지랄을 했어?”

“말끝마다 지랄, 지랄…… 그런 말 하지 마세요.”

“알았어. 험악한 말 쓰지 않을 테니까 도장이나 찍어.”

“지금은 안 돼요. 조금 더 생각해 보고 찍을 테니까 조금만 기다려요.”

“안 돼. 지금 당장 찍어.”

인학은 단호히 말했다. 쇠뿔도 단김에 빼야겠다는 생각으로 인학은 더욱 거세게 몰아세웠다. 아내가 사정하다시

구름잡기

피 말했다.

"이 기분으로 어떻게 도장을 찍으라는 거예요? 나도 내용을 읽어 볼 권리가 있잖아요?"

인학은 그런 아내에게 일말의 측은지심을 느끼지 않을 수 없었다. 그렇게도 허약한 인간이 무엇 때문에 그처럼 시도 때도 없이 옹고집을 부리면서 사람을 부대끼게 했는지 모를 일이었다. 인학이 말했다.

"좋아. 이틀간 시간 여유를 주지. 그때 가서 엉뚱한 소리 하는 거 아니지?"

"믿으세요."

아내는 모든 것을 체념한 듯했다. 그녀는, 도끼눈을 뜨고 앙알앙알 앙탈을 부릴 때와는 아주 다른 모습으로 변해 있었다. 인학은 이제야말로 올 것이 왔다고 생각하면서 서서히 현관으로 나섰다.

우울했다. 그렇잖아도 이 무덥고 지루한 계절에 대판 부부 싸움까지 한 터라 더욱 우울하기만 했다. 아내와의 싸움은 단순한 싸움 정도가 아니라 숫제 전쟁이라는 느낌이 들었다. 다른 가정의 부부 싸움과는 비교할 수도 없는, 문자 그대로 부부 전쟁이었던 것이다.

남편에게 아내란 무엇인가. 그것은 어쩌면 칼과 같은 것인지도 모른다는 생각이 들었다. 칼은 일상생활을 위해 꼭 필요한 물건이었지만, 그럼에도 불구하고 때로는 흉기로 돌변할 때가 있는 것이다.

그렇다면 남편이란 무엇일까. 사랑하는 남편이야말로 아내에게는 하느님 같은 존재이지만, 그러나 꼴 보기 싫은 남편이라면 원수보다도 더 미운 존재겠지.

아내는 지금 인학을 그렇게 생각하고 있었다. 아무리 남편이라고는 하지만, 그처럼 멋대가리 없는 남편과는 더 살아 봤자 희망이 절벽이라는 생각을 지울 수가 없었다. 더욱이 폭력까지 휘두르는 남편이야말로 야만인과 별반 다를 바 없었던 것이다.

인학은 그러나 그런 아내의 속마음을 전혀 모르고 있었다. 그는 오직 자기 자신의 입장만을 생각한 나머지 아내를 죽이고 싶을 정도로 미워하고 있었던 것이다.

인학은 특히 요즘 들어 아내가 보여 준 일련의 언행들에 진저리를 내고 있었다. 아무리 부부 사이라 할지라도, 그리고 아무리 사랑하는 사이라 할지라도 함께 생활하다 보면 실망할 때도 있게 마련이었다. 그렇다면 가까운 사이일수록 서로가 인격을 존중할 필요가 있지 않을까.

한데 아내는 그게 아니었다. 신혼 초에는, 그리고 인학

구름잡기

이 뚜렷한 직장을 가지고 있을 때에는 입에 든 음식까지도 다 빼 줄 듯 사근사근했으나, 최근에는 사나운 암코양이로 돌변해 있었던 것이다.

그렇잖아도 인학은 불안에서 헤어나지 못하고 있었다. 무엇보다도 미래가 불확실하기 때문이었다. 우선 그에게 주어진 최대의 과제는 선희를 찾는 일이었다. 그러나 선희를 찾는 일도 쉽지 않았을 뿐만 아니라 그 이후의 일도 불투명하기 짝이 없었다.

막말로 강재원 변호사가 평생 신분을 보장해 줄 것도 아니었다. 더욱이 하루가 다르게 부쩍부쩍 자라나는 아이들을 볼라치면 이만저만 불안한 것이 아니었다.

아이들만은 잘 가르쳐야 될 텐데…… 인학은 어디를 가나 그 생각을 떨칠 길이 없었고, 자신의 불투명한 미래를 생각할라치면 저절로 불안해지게 마련이었다.

그러나 아내는 허구한 날 엉뚱한 짓만 하고 돌아다니는 것이었다. 골 빈 친구들과 어울려 놀고, 먹고, 마시고, 고스톱이나 벌이면서 인생을 즐기느라 혈안이 되어 있었다.

인학은 목을 매달다시피 간청하기도 하였고, 입에 침이 마르도록 충고도 했었다. 그런가 하면 금방이라도 죽일 것처럼 협박도 했었다. 그러나 아내에게는 어떤 방법도 통하지 않았다.

아내는 숫제 인학의 말을 지나가는 개방귀만큼도 알아주지 않았다. 너는 너, 나는 나…… 그녀는 그런 마음가짐으로 인학의 간청이나 충고, 그리고 협박까지도 사그리 짓밟아 버렸던 것이다.

인학은 자존심이 상할 대로 상해 뭐라 할 말을 잃을 수밖에 없었다. 명색 가장이면서도 아내로부터 핫바지 취급을 당하는 데는 열불이 나서 견딜 수가 없었다. 딴에는 가족들 먹여 살리겠다고 피를 말리며 살아왔건만, 아내가 엉뚱한 짓만 하고 돌아다니자 그는 의욕 상실의 차원을 넘어 거의 자포자기 상태에 이르러 있었던 것이다.

그러나 이제는 모든 것이 정리될 단계에 와 있었다. 아내가 이틀 안으로 도장을 찍겠다고 했으니까 한 번 더 속는 셈치고 이틀간만 기다리면 되지 않을까.

한데 사실은 아내와 이혼을 한다고 해서 무슨 희망이 있는 것도 아니었다. 하지만 죽을 때까지 싸움질을 해가며 억지로 사느니, 차라리 혼자 사는 편이 훨씬 나으리라는 막다른 골목에 다다라 있었던 것이다.

그는 승용차에 올랐다. 승용차 안은 찜통처럼 후끈후끈했는데 금방이라도 숨통이 막힐 것만 같았다. 시트로부터

구름잡기

열기가 치솟아 올라와 엉덩이가 뜨끈뜨끈하였다. 아직 오전인데도 이렇게 찌는 것을 본다면 한낮에는 불볕더위가 쏟아질 것이 거의 확실하였다.

에어컨을 작동시켰으나, 아직은 훅훅 더운 공기만 쏟아져 나오고 있었다. 그는 서서히 주차장을 빠져나와 동네 소방도로를 벗어났다. 도로변의 가로수 잎사귀들도 뜨거운 물에 데쳐서 꺼내 놓은 나물처럼 후줄근해 보였다.

그는 곧 큰길로 나섰는데, 아스팔트길도 눅진해 보였다. 트럭이나 버스 같은 대형 자동차들이 지나간 곳에는 거뭇거뭇 타이어 자국이 묻어나 있었다.

그는 불볕을 헤치며 서소문에 닿았다. 오늘이야말로 강재원 변호사를 만나 중요한 문제를 의논해야 할 판인데, 아침부터 아내가 기분을 잡쳐 놓는 바람에 여간 우울하지 않았다.

그는 주차장에 승용차를 세워 놓고 곧장 강재원 변호사 사무실로 올라갔다. 강 변호사 사무실은 냉방장치가 잘돼 있어서 여간 시원하지 않았다. 인학이 들어서자 미스 고가 반겨 주었다.

"어머나, 반장님. 안녕하세요?"

"물론. 그동안 잘 있었어?"

“그러믄요. 덥지요?”

“엄청 덥네.”

“잠깐만 기다리세요. 변호사님은 지금 손님 만나고 계시거든요.”

인학은 소파에 앉았다. 에어컨으로부터 계속 시원한 공기가 흘러나오고 있었다. 인학은 슬금슬금 미스 고의 몸을 훔쳐보았다. 미스 고는 정말 아름다운 몸매를 가지고 있었다. 짧은 스커트 아래로 드러난 그녀의 다리는 실로 미끈하게 빠져 있었다.

아, 정말…… 인학은 자기도 모르게 탄성을 토해내고 있었다. 중년에 접어든 나이만 아니라면, 그리고 두 아이의 아빠만 아니라면 미스 고에게 목숨 걸고 접근해 볼 수도 있으련만, 그녀와의 사이에는 건너지 못할 강이 있다는 것을 생각할 때 벙어리 냉가슴 앓듯 속으로만 애를 태울 수밖에 없었다.

미스 고는 어느 모로 보나 참 나무랄 데 없는 아가씨였다. 아리따운 외모도 외모였지만, 그녀는 언행에 있어서도 요즘의 여느 아가씨들과는 딴판이었다.

인학은 소위 발랑 까진 아가씨들을 너무 많이 보아 온 터였다. 까져도 적당히 까지면 발랄하게 보일 수 있겠지만, 아주 홀랑 까진 아가씨들은 꼴불견이 아닐 수 없었다.

그런 아가씨들을 연상할 때 미스 고는 단연 돋보이는 존재였다. 어둠이 짙으면 짙을수록 빛이 더욱 강렬하게 나타나는 것처럼 발랑 까진 아가씨들이 푼수 없게 놀면 놀수록 이렇게 조신한 아가씨는 더욱 돋보이게 마련이었던 것이다.

미스 고는 미모와 실력을 다 갖춘 신세대 아가씨였고, 어느 누구한테서도 미움을 받지 않을, 그러면서도 미래의 현모양처라고 말할 수 있었다. 오죽하면 강 변호사가 직접 며느릿감으로 점찍어 놓았을 것인가.

아무튼 인학은 미스 고의 몸매를 훑어보면서 아랫도리가 쩌릿쩌릿한 쾌감을 느끼고 있었다. 쉬어터진 아내와 노상 신경전이나 벌이다가 이렇게 신선한 아가씨와 마주 대하고 있으려니 사막처럼 황폐해진 감정들이 촉촉한 오아시스로 변하는 느낌이었다. 인학이 물었다.

"사무장님은 어디 가셨어?"

"휴가예요."

"휴가?"

"네. 지금쯤 동해안 어디에선가 가족들과 즐거운 시간을 보내고 계실 거예요."

“아, 정말 부럽네.”

“반장님도 다녀오시지 그러세요?”

“그럴 형편이 돼야지.”

“알뜰 피서라는 것도 있잖아요?”

“알뜰 피서?”

“네. 저도 사무장님 돌아오시면 잠깐 바닷가에 나가 바람이나 쐬고 돌아올까 해요.”

“그래?”

“열차를 타고 해변 마을에 가서 민박을 하고 돌아오는 거죠.”

“부럽군.”

“반장님도 가족들하고 잠깐 다녀오시면 되잖아요?”

“그게 어디 쉬운가.”

인학은 짤막하게 한숨을 내쉬었다. 가족들하고 한 번쯤 피서 여행을 가고 싶은 마음이야 누군들 갖지 않을 것인가. 하지만 그 악독스런 아내 생각을 하면 여행이고 나발이고 그저 으드득 이가 갈릴 따름이었다. 희고 고운 치열을 드러내면서 미스 고가 말했다.

“가족들을 위해서 시간을 내세요.”

“생각해 보고……”

구름잡기

인학은 적당히 둘러대었다. 차마 아내와의 갈등이라든가 가정사를 속속들이 털어놓을 수도 없기 때문이었다. 그때였다. 강 변호사 집무실 문이 열리면서 그 안에 있던 손님들이 나왔다. 그 손님들을 엘리베이터 앞까지 배웅하고 돌아온 미스 고가 인학에게 윙크를 해 보였다.

"잠깐만요."

그녀는 강 변호사 집무실의 출입문에 노크하였고, 그 안으로 들어가 찻잔을 꺼내 왔다. 그러면서 인학에게 안으로 들어가라는 눈짓을 보내왔다. 인학은 곧 강 변호사 집무실로 들어갔다.

"안녕하십니까."

"어서 오시오. 이 더위에 얼마나 노고가 많으신가."

"그 뭐 노고랄 것까지야 있습니까."

"앉으시지."

강 변호사가 먼저 소파에 앉기를 기다렸다가 인학은 한 자리 떨어진 곳에 차분히 앉았다. 강 변호사는 곧 인터폰의 버튼을 눌러 미스 고로 하여금 음료수를 가져오도록 지시했다. 인학이 강 변호사에게 물었다.

"그간 별일 없으시죠?"

"물론이오."

미처 그의 말이 떨어지기가 바쁘게 미스 고가 음료수 두 잔을 가져와 탁자 위에 사뿐히 내려놓았다. 미스 고가 음료수를 내려놓느라 허리를 숙였을 때, 목덜미 아래로 터질 듯이 부푼 그녀의 앞가슴이 보일락 말락 하였다.

인학은 잘 익은 백도처럼 흰 그녀의 목덜미와 앞가슴 쪽을 훔쳐보면서 몸이 움찔움찔해짐을 느끼고 있었다. 그는 이 근래 아내를 포함하여 그 어떤 여자 곁에도 가 본 적이 없었고, 거의 홀아비 생활을 하고 있었던 것이다.

인학은 미스 고의 풍만한 육체에 거의 넋을 잃고 있었다. 나이로 보나 가정 사정으로 보나 절대로 그럴 입장이 아니었지만, 그러나 미스 고만 보면 괜히 마음이 싱숭생숭해지는 것이었다.

미스 고가 부속실로 나가기 전까지 인학은 입을 열 수가 없었다. 그녀의 가슴이며, 고운 손길, 향긋한 화장품 냄새라든가 어쨌든 거의 미치고 환장할 노릇이었다. 그는 오로지 미스 고에게 정신이 팔린 나머지 줄곧 침묵을 지키고 있었다. 그러다가 미스 고가 나간 뒤에야 비로소 입을 열었다.

"변호사님께 꼭 드릴 말씀이 있는데요……"

"뭐요?"

구름잡기

"이건 매우 드리기 어려운 말씀입니다만, 항간에는 이상한 소문이 나돌고 있습니다."

"이상한 소문이라니……"

"대양건설이 곧 부도를 낼 거라는 소문입니다."

"아, 나도 알고 있어요. 그 소문이 번지기 시작한 건 어제오늘의 문제가 아니지. 진작부터 그런 소문이 나돌고 있어요. 실지로 대양건설이 어려움을 겪는 것도 사실이고……"

"전혀 근거 없는 소문은 아니군요?"

"모르긴 해도 내부적으로 상당히 어려운가 봐."

"그렇다면 제 일은 어떻게 되는 겁니까."

"어떻게 되긴 뭘 어떻게 돼?"

"부도가 나더라도 '꽃'을 꼭 찾아야 한단 말입니까."

"그야 물론이지. 부도가 난다 해서 전영우 회장 일가가 모두 죽는 것은 아니잖소? 더욱이 실종된 사람을 찾는 것은 누군가가 반드시 해야 할 일이구…… 대양건설 부도는 전혀 의식할 필요가 없어요. 우리는 우리 일만 하면 되니까. 한 번 시작한 일은 끝장을 봐야지. 김 반장도 당초 각오한 바가 있잖소?"

강 변호사는 '끝장'이라는 단어에 유난히 힘을 주었다.

지금까지 겪어 봐서 잘 아는 일이지만, 강 변호사처럼 집념이 강한 인물도 드물 것이었다. 검찰에 몸담고 있던 시절, 강재원 검사라면 강력 사건의 해결사로 명성이 높았는데, 그 명성이야말로 그의 집념이 일구어 낸 결실 중의 결실이라고 말할 수 있었다. 인학이 말했다.

"대양건설이 부도를 내고 쓰러질 경우 '꽃'을 찾는 일도 수포로 돌아가는 것이 아닐까 해서 여쭤 본 겁니다."

"천만의 말씀…… 나도 '꽃'이라는 그 아가씨가 도대체 어떤 인물인지 알고 싶어요. 그 아가씨를 찾는 동안 내가 모든 후원을 아끼지 않을 테니까 김 반장은 하던 일을 계속해요. 설령 대양건설이 자금난을 겪는다 해도 그렇게 큰 회사가 당장 부도를 내고 쓰러지지는 않을 거요. 정부에서도 모종의 지원 대책을 마련 중인 것으로 알고 있어요."

"잘 알겠습니다."

인학은 그 어디엔가 있을 선희를 생각했다. 그러나 대양건설의 부도설이 선희의 잠적과 무슨 함수관계에 있는 것만 같아 기분이 영 께름칙하였다. 강동석이 말했듯 전영우 회장은 선희가 잠적함으로써 일종의 노이로제에 걸려 있는지도 모를 일이었다.

그가 해외에 나가 장기간 체류하면서 회사에 나타나지

구름잡기

않는 것 또한 수상쩍은 일이 아닐 수 없었다. 회사가 위험 수위에 이르렀으면 당장 달려와 수습에 나서야 할 텐데 그는 부도설에 휘말린 회사를 방치한 채 아직도 해외에 머무르고 있었던 것이다. 강 변호사가 말했다.

"대양건설 문제는 신경 쓰지 말고 그 아가씨를 찾는 데까지 찾아봅시다."

"알겠습니다. 그럼 전 이만 나가 보겠습니다."

인학은 자리에서 일어났다. 그러자 강 변호사가 손짓을 보내면서 말했다.

"잠깐."

인학은 무슨 일인가 싶어 잠시 머뭇거리고 서 있었다. 에어컨에서는 여전히 시원한 바람이 흘러나오고 있었으므로 땀도 말끔히 가셨고, 이제는 오히려 서늘하다 못해 추워지는 느낌이었다. 강 변호사가 서랍에서 두툼한 봉투 한 개를 꺼내 인학에게 건넸다. 인학이 물었다.

"뭡니까."

"활동비에 보태 쓰시오."

인학은 그 봉투를 받아 주머니에 넣은 뒤 곧 사무실을 나섰다. 그런데 문을 열고 밖으로 나서는 순간, 실로 우연히 미스 고와 눈이 마주쳤다. 미스 고의 눈에는 웃음기가 배어 있었다. 그런 미스 고를 보자 그의 마음은 다시 술렁대기 시작하였다. 미스 고가 물었다.

"가시게요?"

"가야지. 음료수 잘 마셨어."

"뭘요. 그럼 또 오세요."

미스 고는 상냥하게 말했다. 정말이지 그녀의 목소리는 은쟁반에 구슬을 굴러가듯 투명하였다. 인학은 그런 미스 고를 남겨두고 복도로 나섰다. 복도에는 무더운 공기가 가득 넘치고 있었으므로 온몸이 후끈후끈하였다. 참으로 무더운 여름날이었다.

구름잡기

서늘한 바람이 불어오
고 있었다. 지난여름, 그렇게도
무더운 날씨가 연일 계속되었건만, 이
제 계절은 어느덧 가을의 한복판으
로 들어서고 있었다.

눈부신 햇살이 부서지고 있었다. 눈물겹도록 찬란한 햇
빛이었다. 인학은 문득 천안의 용기를 생각했다. 지금쯤
저수지 수면 위에도 이 찬란한 가을 햇살이 번지고 있겠
지. 인학은 그런 생각을 하며 용기에게 전화를 걸었다.

그러나 아무도 전화를 받지 않았다. 용기는 천성적으로

부지런했으므로 이른 아침부터 일하러 나간 모양이었다.

인학은 그런 생각을 하면서 힘없이 송수화기를 내려놓았다. 아쉬웠다. 용기와 연결이 되었더라면 즐거운 대화를 나눌 수 있었을 텐데 그렇지 못한 것이 못내 아쉽기만 하였다.

용기는 이번 추석에도 성거 양반 묘소 벌초를 했겠지. 용기 같은 사람이 있었기에 망정이지 그렇지 않았더라면 성거 양반 묘소는 진작 폐허로 변했겠지. 인학은 진정한 애국자가 누구인지를 생각하지 않을 수 없었다. 입으로만 애국이 어떻고, 민족이 어떻고 나불대는 인간들은 어디를 가나 지천으로 깔려 있게 마련이었다.

과거 경찰관 생활을 할 때에도 고위 간부들은 걸핏하면 나라 걱정을 하곤 하였다. 하지만 그들의 내면을 들여다보면 그들이 얼마나 위선에 차 있는가를 얼마든지 엿볼 수 있었다.

겉 다르고 속 다른 인간들. 겉으로는 나라를 위해 기꺼이 신명을 바칠 듯한 인간들이 자기 자신의 티끌만 한 이익을 도모하기 위하여 두 눈에 쌍심지를 박고 덤비는 꼴이란 실로 아니꼽고 더러워서 못 볼 지경이었다.

인학은 타락할 대로 타락한 간부들을 너무 많이 보아

구름잡기

왔다. 그중에는 저런 인간이 어떻게 공직 사회에 몸담게 되었을까 싶을 정도로 덜떨어진 인간들도 수두룩하였다.

그 가운데 염생이란 놈은 두고두고 잊을 수가 없었다. 그놈에게도 분명 이름이 있었다. 하지만 경찰서에 함께 근무한 직원들은 애시당초 놈의 이름을 뒷전으로 집어던진 터였고, 염생이라는 별명을 더 즐겨 불렀던 것이다.

염생이는 염소의 방언이지만, 하여간 놈의 구질구질한 작태는 일개 동물인 염소보다 별로 나을 것이 없었다. 놈은 상사 앞에 서면 절절 기면서도 하급 직원들 앞에서는 시도 때도 없이 직권을 남용하였다. 한마디로 저질이었던 것이다.

그런데도 놈은 기회 있을 때마다 제 놈이 마치 최고의 애국자인 양 떠들어대곤 하였다. 실로 어처구니없는 희대의 코미디가 아닐 수 없었다. 시거든 떫지나 말지, 놈은 제 분수조차 모르고 괜히 설레발을 쳐대는 것이었다.

사실 이 세상에는 그런 인간들이 수두룩하였다. 그러나 어둠이 짙으면 빛이 더 찬연한 것과 마찬가지로 세상이 혼탁하면 혼탁할수록 용기 같은 인물이 더 돋보이게 마련이었다.

용기는 아무것도 가진 것 없는, 그리하여 자기 자신과

식솔들의 입에 풀칠하기도 바쁜 가난한 농민일 따름이었다. 더욱이 그는 육신마저 온전치 못한 장애자였던 것이다.

농촌에서 힘든 일을 하자면 육신이라도 성해야 할 텐데, 그는 안타깝게도 한쪽 다리를 절고 있었다. 그렇기 때문에 아무 일이나 닥치는 대로 할 수 있는 형편도 못 되었다.

그는 텃밭 일구면서 동네에 일손이 모자랄 때 품이나 팔며 살아갈 수밖에 없었다. 그런데도 그는 항상 마음에 여유가 있었고, 남을 위해 기꺼이 자기 한 몸 던질 줄 알고 있었던 것이다.

인학은 창가에 기대어 뒷산으로 눈길을 던졌다. 숲은 아직도 푸르게 빛나고 있었다. 머지않아 누렇게 단풍이 들겠지. 인학은 그런 생각을 하면서 다시금 세월이 무상하다는 생각을 되풀이하고 있었다.

그가 쓸쓸히 상념에 잠겨 있을 때, 난데없이 전화벨이 울렸다. 누굴까. 인학은 내심 궁금해하면서 송수화기를 들었다.

"여보세요."

"아, 나예요."

아내였다. 인학은 그러나 별로 달갑잖게 생각했다. 이른

구름잡기

아침부터 집을 나간 여자가 무엇 때문에 집으로 전화를 걸었는지 모를 일이었다. 한 번 나갔다 하면 소식이 없는 그녀가 오늘을 무슨 일로 전화까지 걸었는지 참으로 해가 서쪽에서 뜰 판이었다. 인학이 물었다.

"어쩐 일야?"

"그냥 궁금해서 전화했어요."

"거기 어딘데?"

"그걸 꼭 알아야 하나요?"

아내는 사뭇 시비조로 나왔다. 그뿐 아니라 자꾸만 남의 궁금증을 증폭시키는 것이었다. 인학이 말했다.

"반드시 그런 것은 아니지만……"

"언제 나갈 거예요?"

"조금 있다 나갈 거야."

"알았어요."

그러더니 아내는 일방적으로 전화를 끊어 버렸다. 인학은 그런 아내의 속마음을 훤히 들여다보고 있었다. 아내는 특별한 용건이 있다거나 가정일이 궁금해서가 아니라, 겨우 인학의 외출 여부를 확인하기 위하여 전화를 걸었던 것이다.

지난번, 인학은 아내와의 이혼을 결심하고 해당 서류에

도장을 찍도록 협박한 적이 있었다. 그때 아내는 이틀간의 여유를 달라고 애원했었지.

그러나 그 이틀 동안 인학은 생각을 고쳐먹었다. 어린 두 딸의 장래를 생각하여 이혼 결심을 철회하였고, 자신의 잘못을 사과하면서 아내를 따뜻이 위로해 주었다.

"내가 잘못했어. 앞으로는 당신한테 잘해 줄게. 내가 너무 감정을 앞세웠던 것 같아. 용서해. 지금까지의 감정 대립은 없었던 일로 해. 아이들 장래를 봐서라도 우리가 오손도손 잘 살아야지."

"소희 아빠. 제가 잘못했어요."

그날, 아내는 인학의 품에 안겼다. 그녀는 진심으로 자신의 과오를 뉘우치는 듯했다. 인학은 아내의 머리칼을 쓸어 주면서 그녀를 어루만져 주었다.

때마침 아내의 머리칼에서는 향긋한 향수 냄새가 솔솔 풍겨 나오고 있었다. 인학은 그런 아내에게서 모처럼 인간의 냄새를 맡을 수 있었다. 인학이 말했다.

"과거지사는 모두 잊고 미래를 위해 잘 살아 보자구."

"정말이죠?"

"그럼. 정말이고 말고."

"소희 아빠."

구름잡기

아내는 울먹울먹하더니 이내 와락 울음을 터뜨렸다. 그녀는 인학의 가슴에 얼굴을 묻고 서럽게 흐느꼈다. 인학이 말했다.

"그동안 내가 당신한테 너무 못할 일을 많이 한 거야. 정말 미안해."

"아니에요. 절대로 그렇지 않아요. 내가 잘못했어요."

"당신이 잘못한 게 뭐가 있다구……"

"소희 아빠를 제대로 도와주지 못했잖아요?"

"그렇지 않아. 우리가 이만큼 살 수 있는 것도 모두 당신 덕분이었어. 문제는 내 능력이었어. 내가 능력이 부족한 탓으로 당신을 고생시킨 거야."

인학은 성의를 다해 아내를 따뜻이 위로해 주었다. 그동안 일이 꼬이기도 했지만, 아내에게 너무 구박을 당했다는 생각이 들었으므로 그는 진심으로 아내를 위로해 주었던 것이다.

그의 진실한 사과 앞에 아내도 감복해 마지않았다. 아내는 모처럼 남편으로부터 따뜻한 위로의 말을 듣고는 이내 뜨거운 눈물을 흘렸다. 아내가 울먹이면서 말했다.

"소희 아빠. 제가 너무 당신 속을 썩여서 미안해요."

"괜찮아. 모든 책임은 나에게 있어. 명색 가장이면서도 당신 하나 제대로 꾸리지 못한 내 책임이지 뭐."

인학은 다시 한 번 아내의 머리를 쓰다듬어 주었다. 아내의 머릿결은 비단처럼 부드럽기만 하였다.

사실 아내와의 신경전을 벌여오는 동안 인학은 아내 곁에 가는 것조차 꺼려했었다. 아내가 어떻게 청개구리 성질을 부리는지 확 질려 버렸기 때문이었다.

그러나 막상 이혼을 결심하고, 서류에 도장을 찍도록 윽박지른 다음에는 무엇인가 가슴에 켕기는 것이 있었다. 그동안 아내한테 별로 해 준 것도 없으면서 그렇게 윽박지른 데 대한 죄책감이라고나 할까, 아무튼 인학은 괴로운 시간을 보내지 않을 수 없었던 것이다.

인학은 그날 이후 아내에게 좀 더 관심을 기울여 주기로 작심하였다. 아내 역시 그동안 빗나가기만 했던 자신의 행동을 뉘우치면서 앞으로는 보다 더 가정에 신경을 쓰겠노라고 굳게 다짐하였다.

그러나 아내의 약속은 오래가지 않았다. 그로부터 며칠 안 있어 아내는 여전히 아침 식사를 마치기가 바쁘게 어디론가 사라지는 것이었다. 도대체 무슨 일이 있어 그렇게 밖으로만 나도는 것일까.

인학은 아내한테 더 이상 기대할 것이 없다고 단정하였

구름잡기

다. 이제 아내에 대한 기대는 실망의 차원을 넘어 체념의 단계에 이르고 있었다. 그렇게 화해를 하고 새 출발을 하자고 굳게 다짐했건만, 아내는 불과 1주일도 못 되어 그 다짐을 까맣게 잊은 모양이었다.

통화를 마친 뒤, 인학은 침실과 거실 사이를 오락가락하였다. 그런 아내와 평생 살아야 할 것인가, 아니면 지금이라도 당장 헤어져야 할 것인가 뚜렷한 방향을 설정할 수가 없었다.

단념해야지. 인학은 최종적으로 그렇게 결심하였다. 그토록 갈등을 겪을 만큼 겪어 왔고, 또 앞으로는 가정생활에 충실하겠다고 철석같이 약속을 했으면서도 보란 듯이 밖으로만 나도는 아내에 대하여 그는 한없이 절망하고 있었던 것이다.

인학은 현관 쪽으로 나와 신발을 꿰면서 이제야말로 두 번 다시 아내를 돌아보지 않으리라 굳게 결심하였다. 그런 여자를 아내라 믿고 살아 봤자 아이들 말마따나 희망이 절벽일 따름이었다.

현관 출입문을 열고 복도로 나서려 할 때, 돌연 전화벨이 울렸으므로 그는 발걸음을 주춤하였다. 누굴까. 그는 전화를 받을까 말까 망설이다가 신발을 도로 벗고 거실로 올라섰다. 그는 전화를 건 사람이 누구일까 궁금해하면서 송수화기를 들었다.

"여보세요."

"아, 반장님이시군요. 안녕하십니까?"

성만이의 목소리가 들려왔다. 성만이는 언제나 그랬던 것처럼 느긋하게 말했다. 그는 바쁠 때나 그렇지 않을 때나 항상 느긋하였다. 최소한 그에게 있어서 급한 일이라곤 없는 모양이었다. 운동할 때는 비호처럼 빠른 그였으나, 말투는 답답할 지경으로 느려터졌던 것이다. 인학이 물었다.

"별일 없었어?"

"그러믄요. 뭐하세요?"

"지금 마악 나가려던 참이었지."

"그러셨군요. 부여에서는 연락 없었어요?"

"아직……"

"어쩐 일일까요?"

"그러게 말야. 요때나 조때나 기다리고 있는데, 아직 아무 연락이 없군."

"반장님께서 먼저 연락을 해 보시면 안 될까요?"

"그런 생각도 했었지. 하지만 그쪽 생각도 해야잖아. 지

구름잡기

난번 물난리도 있었겠다, 추석도 끼었겠다…… 복잡한 일이 많을 텐데 이쪽 생각만 하고 전화질을 해대는 것도 예의가 아닌 것 같아."

"김 여사네도 수해를 입었답니까."

"그것까진 잘 모르겠지만, 부여 일대가 온통 물에 잠겼다잖아. 필경 김 여사네 병원에도 수해가 있었을 거야. 그쪽도 지대가 낮은 곳이니까."

"반장님 고향 동네는 어떻답니까?"

"대단했었나 봐. 저수지 제방이 무너지는 바람에 동네에 피해가 큰 모양이야. 다 지은 농사를 망쳤으니 정말 큰일이지 뭔가."

"직접 가 보셨나요?"

"아니. 그럴 겨를이 없었어. 무사분주라더니 내가 바로 그런 꼴이야. 별로 바쁜 일도 없으면서 시간이 나질 않더군. 그러나저러나 지금 어디 있어?"

"동네에 있어요."

"내가 그쪽으로 갈까?"

"일 보러 나가시려던 참이라면서요……?"

"특별한 일이 있어서 나가려던 건 아니었어. 집에 있으려니까 답답하고 우울해서 나가려고 했던 것뿐이야. 사실은 문래동에 가서 친구나 좀 만나 볼까 했었지.”

“그 가구점 하시는 분 말씀인가요?”

“그렇지. 거기 가서 시간이나 보낼까 했었어. 심심하면 그쪽으로 나와도 좋겠군 그래.”

“그것보다 차라리 신길동이 어떻겠어요? 강동석 씨를 만나면 무슨 정보라도 얻을 수 있지 않을까요?”

“그 사람은 내일이나 모레쯤 만날 생각이야. 문래동이 싫으면 목동 사거리 쪽에서 만나도 좋고……”

“그때 거기 말씀하시는 거죠?”

성만이가 말하는 ‘그때 거기’란 바로 목동 사거리에 있는 레스토랑을 의미했다. 인학과 성만이는 과거 몇 번인가 그 레스토랑에서 만난 적이 있었다. 그 레스토랑은 분위기가 그런 대로 괜찮은 편이었고, 무엇보다도 주인이 친절해서 부담 없이 드나들 수 있는 곳이었다. 인학이 말했다.

“거기 아주 좋잖아?”

“그쪽이라면 저도 좋지요. 거리상으로도 가깝구요.”

“그래. 그럼 거기서 만나.”

“몇 시에 뵐까요?”

“여기서 한 30분쯤 걸리겠지.”

“좋습니다. 30분 뒤에 제가 그쪽으로 나가죠.”

구름잡기

통화를 마쳤다. 인학은 곧 현관을 나섰고, 주차장으로 가서 자동차의 시동을 걸었다. 별로 할 일도 없는 데다 아내마저 외출한 터라 문래동 친구 집에 가서 한담이나 나눌 작정이었는데, 성만이가 전화를 걸어옴으로써 돌연 행선지가 바뀐 셈이었다.

그가 자동차를 몰고 나설 때, 저만큼 떨어진 곳에서 아내가 아기작거리며 걸어오고 있었다. 아내는 무슨 생각을 하는지 인학을 발견하지 못한 채 한눈을 팔고 있었다.

바보 같은 여자. 인학은 아내를 사그리 무시하고 있었다. 눈물을 흘리면서까지 가정에 충실할 것을 다짐했으면서도 제멋대로 나도는 아내야말로 아무리 생각해도 정상적인 인간이라고 말할 수가 없었던 것이다.

본래 아내는 집중력이 부족한 편이었다. 길을 갈 때에도 정신을 팔 때가 한두 번이 아니었다. 무슨 생각을 하는지 아내는 길을 더듬기 일쑤였고, 횡단보도라든가 좁은 골목길 같은 곳에서는 곧잘 다른 사람과 부딪치곤 하였다.

지금까지 살아오면서 인학은 그런 아내에게 누차 주의를 주었다. 그러나 아내의 버릇은 쉽게 고쳐지지 않았다. 아니나 다를까, 아내는 지금도 한눈을 파느라 인학을 발견하지 못하고 있었다. 인학은 정문 쪽으로 자동차를 몰고 있었는데, 아내는 줄곧 여전히 먼 산을 바라보며 걷고 있었다.

인학은 아내 쪽으로 자동차를 몰아 나갔다. 그런데도 아내는 엉뚱한 곳으로 눈을 돌린 채 이쪽을 거들떠보지도 않았다. 이상했다. 불과 1미터도 안 되는 거리이건만 아내는 남편의 등장을 전혀 감지하지 못하고 있었던 것이다.

인학은 일부러 클랙슨을 눌러대며 그녀 앞으로 자동차의 범퍼를 들이밀었고, 그녀의 발치 앞에 이르러 브레이크를 밟았다.

"어머나."

그제서야 아내는 화들짝 놀라 몸을 움찔하며 뒤로 물러서는 것이었다. 아무리 감각이 무디다 한들 그럴 수가 있을까. 자동차 문을 열고, 인학이 물었다.

"어딜 갔다 오는 거야?"

"요 앞에……"

아내는 엉겁결에 더듬거리고 있었다.

"무슨 일로……?"

"그냥……"

아내는 분명 무엇인가를 숨기고 있었다. 항상 투명하지 못한 아내는 이번에도 가슴을 열어 놓지 못하고 있었다.

구름잡기

아내는 언제나 그런 식이었다. 무슨 일로, 어디를 나다니는지 그것만 명쾌하게 밝힌다면 별로 문제될 것이 없으련만, 아내는 여지껏 단 한 번도 자기가 나가는 곳을 밝힌 적이 없었다.

무슨 꿍꿍이속이 있어서 그러는 것일까. 아내의 투명하지 못한, 그리하여 음흉하게 느껴지기까지 하는 그 처신 때문에 인학의 궁금증은 날로 증폭돼 왔던 것이다.

그리고 그 궁금증은 인학의 짜증이랄까, 신경질을 더욱 부채질하였다. 실로 답답한 노릇이 아닐 수 없었다. 더욱이 며칠 전 아내는 보다 더 가정에 충실하겠다고 분명하게 약속을 했으면서도 그 버릇을 고치지 못하고 있었으므로 더욱 복장 터지게 하였다. 인학이 말했다.

"나 좀 나갔다 올게."

"또 나간단 말예요?"

아내는, 자기 자신의 방랑벽에 대해서는 전혀 의식을 하지 않았고, 인학의 외출에 대해서는 거의 병적이다 싶을 만큼 신경질적인 반응을 나타내고 있었다. 인학이 말했다.

"성만이를 만나기로 했거든."

"알았어요. 잘해 보세요."

아내는 대번 앵돌아지면서 특유의 도끼눈을 뜨고 있었

다. 인학은 그 순간 가슴에서 울컥 불덩이가 치솟아 오름을 느끼지 않을 수 없었다. 한마디로 김이 확 새면서 어깨에서 힘이 쭉 빠져나가는 것이었다.

"일 때문에 어쩔 수 없잖아."

"일, 일…… 당신은 노상 일 때문에 나간다고 하지요. 하지만 난 도무지 이해할 수 없어요."

"그래. 조금만 봐줘. 머지않아 해결될 거니까."

인학은 사정하다시피 말했다. 막말로 길거리에서 아내와 이러쿵저러쿵 말다툼을 벌일 수도 없었을 뿐만 아니라, 이혼 결심을 철회한 이상 아내를 다독거리는 것이 상책이라는 생각 때문이었다. 그러나 아내는 대번 코웃음으로 응수하였다.

"피이."

"가급적 일찍 들어올게."

인학은 무슨 약점이라도 잡힌 사람처럼 아내의 비위를 맞추려고 저자세를 취했다. 조금이라도 가정의 평화를 도모하기 위한 일종의 전략이었다. 그러나 아내는 특유의 습성대로 입술을 삐죽 빼물고 있었다.

이럴 수가…… 아내는 왜 그렇게도 남편의 행동에 사사건건 제동을 걸려는 것일까. 아내가 비아냥거렸다.

구름잡기

"들어오든 말든 맘대로 하세요."

"왜 그러시나."

인학은 목구멍까지 치밀어 오르는 욕지거리를 참으면서 좋게 구슬렀다. 하지만 한 번 토라진 아내의 마음은 여간해서 돌아설 기미를 보이지 않고 있었다. 설령 아무리 달래 본들 아내가 마음을 고쳐먹을 리도 만무했다.

인학은 긴말을 하기도 뭣해서 곧 자동차를 몰고 정문 쪽으로 나갔는데, 기분은 이미 잡칠 대로 잡친 터였다. 아내의 앙탈이 왕장창 기분을 잡치게 했던 것이다.

아내는 도대체 무엇을 믿고 저렇게 나오는 걸까. 지금까지 아내를 위해 고심도 많이 하고, 또 아내에게 소홀했던 점에 대해 나름대로 반성도 많이 했건만, 그러나 아내의 그 오만불손한 태도 앞에서는 그만 입맛이 싹 달아나는 것이었다.

인학은 자신의 몰골이 얼마나 초라한가에 대해 한심한 마음을 금할 길 없었다. 아내 하나 제대로 구스르지 못하는 자신의 처지가 너무 가련하게 느껴졌으므로 그는 어느 날 갑자기 아내 곁에서 사라지고 싶은 충동까지 느껴야 했던 것이다.

아내의 마음을 어루만져 줄 무슨 묘책은 없는 것일까.

마파람에 봄눈 녹듯 아내의 마음을 녹여 줄 방도만 있다면 얼마나 좋을까만 그것이 얼른 떠오르지 않아 그저 막막하고 답답할 따름이었다.

후유…… 인학은 자기도 모르게 한숨을 홀홀 내쉬었다. 정말이지 아내 생각을 하면 당장이라도 백치가 될 것만 같았다. 그녀와 워낙 오래, 그리고 너무 깊이 갈등을 겪다 보니 모든 감각이 무뎌지는 것은 물론, 머리가 띠잉해져서 금방이라도 바보 멍청이가 될 것만 같았던 것이다.

인학은 환각제라도 마신 듯 의식이 몽롱한 상태에서 자동차를 운전하고 있었다. 그는 몸에 밴 습성대로 마치 로봇처럼 자동차를 운전하고 있었을 뿐 무슨 감각이 있는 것도 아니었다.

아내 생각을 하면 언제나 그런 식이었다. 언제부턴가 그의 정서는 몹시 황폐화되어 있었다. 호되게 속을 썩다 보면 누구나 그렇게 되는 모양이었다. 그는 과거 경찰관 시절, 피의자 가운데 백치에 가까울 정도로 넋 나간 사람들을 종종 상대했었는데 범죄를 저지를 정도에 이르면 정신 상태가 그처럼 피폐해지는 듯했다.

그는 목동 사거리에 있는 단골 레스토랑에 다다랐다. 여기까지 어떻게 왔을까. 인학은 자신이 여기까지 어떻게 왔

구름잡기

는지 잘 분간할 수가 없었다. 오는 동안 운전에는 신경을 쓰지 않고 온통 엉뚱한 생각을 했기 때문이었다.

다른 곳에 정신을 팔면서 운전한다는 것은 위험천만한 일이었다. 하지만 아내와의 극심한 갈등을 겪어 오는 동안 그는 그런 경우를 한두 번 겪어 온 것이 아니었다.

운전할 때는 오직 운전에만 전념하자 하면서도 모든 생각이 아내에게로 쏠리게 되면, 저절로 머릿속이 뒤숭숭해지면서 종당에는 거의 백치 상태가 되곤 하였다. 정말이지 아내 때문에 골치를 앓으며 살아야 한다는 것은 그야말로 고난의 가시밭길이 아닐 수 없었던 것이다.

한데 그 레스토랑 앞 주차장은 승용차들이 가득 들어차서 자동차를 세울 만한 공간이 없었다. 오나가나 주차난은 심각했다. 우리나라가 언제부터 이처럼 자동차 천국이 되었는지 모를 일이었다.

그는 레스토랑을 끼고 사거리 근처를 몇 바퀴 돌았다. 관제탑으로부터 착륙 허가를 받지 못한 항공기가 비행장 상공을 선회하듯 그는 사거리 부근을 몇 바퀴 빙빙 돌다가 겨우 이면도로 주택가의 한 공간에 가까스로 자동차를 세울 수 있었다.

손목시계를 보면서 그는 레스토랑의 층계를 내려섰는데

레스토랑 안은 조용하였다. 감미로운 음악이 흐르고 있었다. 젊은 남녀 한 쌍이 칸막이 옆에서 음료수를 마시고 있었을 뿐 손님도 별로 눈에 띄지 않았다. 인학이 들어섰을 때 종업원이 반겨 주었다.

"어서 오십쇼."

"오랜만이군. 그간 별일 없었어?"

"네."

"사장은……?"

"시골에 가셨어요."

"시골 어디……?"

"고향에 다녀오신다구 하셨어요."

"온양 말이지?"

인학은 레스토랑 사장의 고향이 충남 온양이라는 것을 잘 알고 있었다. 온양은 왕년에 경찰 동료였던 현수의 고향으로 인학은 그 고장에 대해 잘 알고 있었다.

선희를 처음 찾아 나섰을 때, 인학은 독립기념관에서 우연히 현수를 만난 적이 있었다. 그날, 인학과 성만이는 현수를 따라 온양에 가서 융숭한 대접을 받았었다. 당시 현수는 식당을 운영하고 있었는데, 장사가 써억 잘되는 편이었다. 더욱이 그는 억척스런 부인을 만나 그 덕에 별로 하

구름잡기

는 일 없이 신선 같은 생활을 하고 있었던 것이다.

식당 운영도 사실상 현수 부인이 다 맡고 있었다. 현수는 이따금 식당에 들러 볼 뿐이었고, 거의 매일이다시피 지역 유지들과 어울려 다니며 팔자 좋은 생활을 하고 있었다. 그는 등산에다 낚시에다 갖가지 취미 생활을 즐기면서 여유로운 나날을 보내고 있었던 것이다.

아내를 잘 만나 그처럼 유유자적하며 지내는 친구가 있는가 하면, 인학은 아내와의 갈등으로 피를 말리고 있었다. 인학은 현수 생각을 하면서 엉거주춤 서 있었다. 그러자 종업원이 말했다.

"앉으세요."

"그래."

종업원은 화병이 놓인 테이블로 안내해 주었다. 화병은 가을의 정취가 물씬 풍겨 나오는 억새풀과 아그배나무 가지로 연출돼 있었다. 아그배나무 가지에는 잘 익은 아그배가 다닥다닥 열려 있었다.

인학이 자리를 잡고 앉아 종업원이 가져다준 생수 한 잔을 마시고 있을 때, 성만이가 뒤우뚱거리며 층계를 내려서고 있었다. 그는 오늘따라 울긋불긋한, 그리하여 매우 화려해 보이는 점퍼를 걸치고 있었다. 성만이가 인사했다.

"안녕하셨어요?"

"물론."

"오래 기다리셨습니까?"

"아니. 조금 전에 왔어."

"얼굴이 그전만 못하신 것 같네요."

"운동을 안 해서 그런 모양이지?"

인학은 혼잣말처럼 중얼거렸고, 성만이가 맞은편에 앉았다. 인학은 성만이의 말에 일리 있다고 생각했다. 기분이나 좋다면 모를까, 안색이 좋을 까닭이 없었다. 성만이가 말했다.

"운동 좀 하시지 그러세요."

"운동도 마음이 편해야 하는 거 아닌가."

"하긴 그래요. 저도 근래에는 운동을 토옹 못했거든요."

"체육관을 경영하면서도 운동을 못 하다니 그게 무슨 말이야?"

"신경 쓰는 일이 많아서 그런지 요즘에는 운동할 마음도 없더라구요."

"신경 쓰는 일이라니…… 그동안 무슨 일이 있었길래 그래?"

"민철이하고 좀 다퉜어요."

구름잡기

“다투다니……?”

“장사가 잘 안되거든요.”

“저런……”

인학은 혀를 끌끌 차고 있었다. 당초 성만이가 민철이와 동업을 하겠다고 말했을 때, 인학은 내심 마땅찮게 생각해 온 터였고, 언젠가는 두 사람 사이가 불편해질 수도 있을 거라고 우려했었다.

전직 경찰관 출신과 전과자 출신이 동업한다는 것부터가 어딘지 이가 잘 안 맞는 일이었다. 다른 사람들 눈에도 좋게 보일 리 만무했고, 자칫 잘못하면 구설에 오를 개연성이 다분했던 것이다.

성만이가 민철이와 동업 이야기를 꺼냈을 때, 인학은 성만이가 아직도 철이 없다고 생각했다. 한때 수사 경찰로 활약하던 사람치고 자존심도 없는 모양이었다. 하필이면 전과자와 동업할 게 뭐람.

그뿐 아니라 화곡동에서 룸살롱을 운영해 봤자 큰 손님이 몰려들 것 같지도 않았다. 룸살롱이라면 그래도 강남에서나 인기를 끌게 마련이었고, 화곡동 같은 곳에서는 호화로운 술집이 잘될 리 만무했다. 성만이가 말했다.

“그때 반장님 말씀을 들었어야 하는 건데 제가 순간적

으로 잘못 판단했던 겁니다.”

“지금이라도 늦지 않았어. 하루라도 빨리 손을 떼는 게
나을 거야.”

“손해가 막심합니다.”

“사업이라는 것이 어디 쉬운가. 크든 작든 사업을 벌였
다 하면 일단 손해 볼 각오도 해야지.”

“민철이 말만 믿고 덤볐다가 큰코다쳤지 뭡니까.”

“그렇다고 민철이만 원망해도 안 되지. 처음에 동업을
시작할 때는 서로 관계가 좋았었잖아. 이제 와서 민철이를
일방적으로 원망한다면 무슨 꼴이 되겠어? 도리어 성만이
가 우습게 보일 수도 있으니까 조심하라구.”

“알겠습니다.”

성만이는 한숨을 홀홀 내쉬었다. 처음 동업을 시작할 때
는 상당한 기대에 부풀어 있었으나, 결과는 그렇지 못한
모양이었다. 인학이 말했다.

“동업이 말이나 생각처럼 쉬운 게 아니라구.”

“저도 이제야 그걸 알았습니다.”

인학은 동업하다가 실패한 사람들을 수없이 보아 온 터
였다. 처음에는 목숨이라도 바꿀 듯이 좋아하던 사람들도
일단 동업으로 인연을 맺으면 언젠가는 서로 아웅다웅하

구름잡기

면서 헤어지게 마련이었다. 인학이 물었다.

"그래서 민철이와 헤어지기로 했어?"

"룸살롱을 다른 사람에게 넘기기로 했어요."

"민철이는……?"

"제 몫만 챙겨 가지고 나가겠다는 겁니다."

"성만이는 어떻게 하고……?"

"제 몫이야 그동안 다 까먹은 셈이죠 뭐."

"아니, 그럼 민철이는 본전치기라도 했다는 건가."

"그렇지도 않아요. 처음 투자한 돈을 절반도 못 건진 셈입니다."

"결과적으로 많이 까먹었다는 얘기군?"

"그동안 줄창 적자만 봤으니까요."

"그것 봐. 돈 벌기가 그렇게 어렵다니까."

성만이가 구체적인 설명을 하지 않아도 인학은 사태의 추이를 충분히 짐작할 수 있었다. 성만이가 물었다.

"반장님은 어떻게 되셨어요?"

"뭐가?"

"사모님과의 관계 말입니다."

"막막해."

"아직도 불편하게 지내십니까?"

"불편한 정도가 아니야. 한때는 화해도 했었지만, 여편네가 어떻게나 길을 잃고 헤매는지 정말 미치고 환장할 지경이라니까. 죽일 수도 없고, 살릴 수도 없고 진퇴양난이야. 이대로 살다가는 머리가 헤까닥 돌아 버릴 것만 같아."

"그래서 어떻게 하죠?"

"여자 하나 잘못 만나 이 고통을 받아야 하다니…… 형벌치고는 너무 가혹한 형벌이야. 한마디로 말해서 죽을 지경이야. 왜 이렇게 속을 썩여야 하는지. 전생에 무슨 죄를 지어 이 고통을 받아야 하는지 날이면 날마다 신세 한탄이 절로 난다니까."

인학은 가슴이 무너질 정도로 한숨을 내쉬었다. 아내를 잘 만나 행복하게 사는 사람들을 보면 그렇게 부러울 수가 없었다. 그러나 그런 애물단지를 만나 고통받는 자신의 처지를 생각하면 너무 한심하다는 생각뿐이었다. 성만이가 말했다.

"그래도 반장님께서 이해를 하서야죠."

"나도 노력할 만큼 했어. 하지만 여자가 고집이 이만저만 세어야지. 이해할 수 있을 정도로 이야기해도 계속 삐딱하게만 나가는 데는 정말 환장할 지경이라니까."

"전 두 분 사이가 그전처럼 화목해지리라 믿습니다."

구름잡기

성만이가 위로했다. 그러나 인학은 결코 그런 일이 없을 것으로 단정하고 있었다. 아내가 그처럼 삐딱하게 나가는 한, 그리고 그 고집불통의 성격을 고치지 않는 한 화해니 나발이니 그런 것은 꿈속에서조차 기대할 수 없으리라는 판단 때문이었다.

인학은 어떤 경찰서장이 하던 말을 떠올렸다. 그 서장의 말인즉, 머리 나쁜 사람이 참모 자리에 앉아 고집 피우면 그 조직은 망하게 마련이라고 하였다.

당시 그 서장은 휘하 직원들의 복종을 강요하느라 그런 말을 자주 입에 올렸는지도 모를 일이었다. 그러나 그 말의 참뜻을 깊이 음미해 보면 반드시 그렇지도 않은 듯했다. 그 말속에는 나름대로 뼈가 있기 때문이었다.

인학이 자신도 형사 반장으로 근무하는 동안 몇몇 고집 센 부하 직원들 때문에 여간 애를 먹은 것이 아니었다. 항용 머리 나쁜 녀석일수록 고집만 앞세우게 마련이었다.

머리 좋은 직원들은 두뇌 회전이 빨라 모든 사안을 합리적으로 해석하는 것이었지만, 그러나 머리 나쁜 직원일수록 제 고집만 앞세워 남의 오장육부를 뒤집어 놓는 것이었다. 말하자면 머리가 나빠 다른 사람에게 뒤지는 약점을 옹고집으로 보상받으려 하는 것이었다.

천만의 말씀이었다. 머리가 나쁘면 나쁠수록 자기 일에 더 열성을 보여도 시원찮을 판이건만, 옹고집으로 맞서 봤자 보상은커녕 도리어 미움만 사게 마련이었다.

역시 우둔한 녀석은 평생 우둔할 수밖에 없었다. 그처럼 우둔한 녀석들일수록 전혀 예상치 않은 일을 저질러 사람을 피곤하게 하는 것이었다. 제 딴에는 공로를 세우겠답시고 설쳐대는 것이겠지만, 그러나 그 결과는 항상 조직원들을 곤경으로 몰아넣곤 했던 것이다.

아내가 그런 스타일이었다. 아내의 머리는 돌멩이보다 별로 나을 것이 없었다. 생각하는 것이 거의 대부분 제 눈앞에 보이는 작은 이익에만 초점이 모아지고 있었다.

미래라든가 다른 사람에 대한 생각은 전혀 없고, 오로지 지금 당장 자기 한 몸 편하면 그만이라는 생각이었다. 남이야 죽든 살든 제 한 몸 편히 살아야겠다는 그 근시안적 발상과 소아병적 발상 앞에서 인학은 진력을 내지 않을 수 없었던 것이다.

과거 인학은 공직에 있으면서 나름대로 이웃과 사회, 더 나아가 국가와 민족을 위해 작은 힘이라도 보태야겠다는 긍지와 사명감을 가지고 있었다. 그러나 아내는 남편의 직업에 대해 늘 불만을 터뜨리곤 하였다. 그녀는, 다른 남편

구름잡기

들은 돈을 잘도 벌어 오는데 월급봉투가 너무 얄팍하다고 투덜대는 것이었다.

결혼 당시에도 그녀는 말단 경찰관의 봉급이 어떻다는 것을 모를 리 없었다. 그런 사정을 뻔히 알고 결혼을 했으면서도 그녀는 남편의 직업 자체에 대해서는 전혀 관심을 두지 않았고, 시종일관 다른 남편들의 돈벌이와 비교를 하면서 수입의 많고 적음에만 관심을 집중시키고 있었던 것이다.

그나마 경찰관 생활을 그만두고 실업자가 된 뒤에는, 아니 강 변호사의 부탁을 받아 선희를 찾아 나선 뒤로는 아내가 남편 알기를 홍어 뭣처럼 아는 것이었다. 인학은 이 근래 숫제 똥 친 막대기 취급을 받고 있었던 것이다.

인학은 가슴에서 불덩이가 치솟아 오름을 느꼈다. 아내는 인학의 작은 실수까지 들춰내 노골적으로 바가지를 긁어대곤 하였다. 그녀는 심지어 인학의 말 한마디까지 예사로 넘기지 않았다. 사사건건 인학의 말꼬리를 붙잡고 늘어지며 흠을 보는 것이었다.

요 며칠 전이었다. 인학은 저녁에 텔레비전 드라마 속에서 아주 마음씨 곱고 상냥한 여인을 보았다. 비록 가진 것은 없지만, 시부모를 극진히 봉양하면서 남편을 하늘처럼 모시는 것은 물론 아이들을 따뜻이 보살피는 어느 여인이 그 드라마의 주인공이었다.

인학은 그런 여인을 보면서 눈시울이 뜨끈해짐을 느꼈다. 비록 드라마라고는 하지만, 그런 여인을 만날 수 있다는 것은 부럽다 못해 너무 감동적이어서 저절로 콧날이 시큰해지는 것이었다. 그 여인상이 하도 인상적이어서 인학은 혼잣말로 중얼거렸다.

"정말 멋진 여인이군."

그러자 곁에 앉아 있던 아내가 중뿔나게 톡 불거져 나와 말꼬리를 잡고 늘어졌다.

"그렇게 멋진 여자 데려다 살아 보지 그래요."

아내의 볼멘소리 앞에 인학은 그만 살이 내리는 것만 같았다. 성질대로 할 수만 있다면 그런 아내의 주둥이를 짓이겨 버리고 싶었다. 아내의 그 못된 성깔과 버르장머리는 과연 어디서 나오는 것일까.

인학은 성만이와 이런저런 얘기들을 나누다가 헤어졌다. 모처럼 성만이를 만나 반갑기는 했지만, 그러나 허구헌날 속 썩이는 아내가 머릿속에서 떠나지 않았으므로 창자가 썩어 문드러지는 듯한 아픔을 느끼지 않을 수 없었다. 참으로 우울한 날이었다.

구름잡기

11

"잘 있어."

인학은 아내의 어깨를 어루
만져 주었다. 그러자 아내
는 이내 콧방귀를 뀌
는 것이었다.

"흥."

"헤어지는 순간까지 정말 이럴 거야?"

"내가 뭘 어쨌길래요?"

아내는 도리어 쏘가리처럼 톡 쏘아댔다. 인학은 하도 어
처구니가 없어 고개를 끄덕거렸다.

"알았어."

그러나 인학은 두 어깨에서 힘이 쫘악 빠져나가는 것을 느끼지 않을 수 없었다. 실로 아내는 냉혈동물보다도 더 차가운 인간이었다. 아니, 그녀의 불감증은 가위 불치의 단계에 이르러 있었던 것이다.

인학은 가방 하나를 덜렁 들고 문간을 나섰다. 어제 저녁, 아이들에게 피자와 치킨을 사 주긴 했지만, 아이들의 장래를 생각하면 콧날이 시큰해지면서 눈시울이 화끈해 왔다.

그는 가방을 자동차의 트렁크에 실었다. 이제 이 길로 떠나면 다시는 아내를 돌아보지 않으리라. 그는 모진 마음을 다잡으면서 자동차의 시동을 걸었고, 잠시 후 주차장을 벗어났다.

낙엽이 지고 있었다. 지난여름 그렇게도 푸르렀던 가로수 이파리들이 바람결에 소리 없이 지고 있었다.

사랑도 저런 것일까. 한때 아내를 사랑했고, 아내 역시 가정을 위해 알뜰히 살림을 했었지. 그러나 모두가 남가일몽이었고, 이제는 이혼이라는 절차만 남겨 놓고 있었다.

쓸쓸하고 허전했다. 다른 사람들은 검은 머리 파뿌리 되도록 잘도 살건만 이렇게 별거에 들어간다고 생각하자 저

구름잡기

절로 가슴이 아려 왔다. 이에 아내에 대해서는 티끌만 한 미련도 남아 있지 않았지만, 그러나 아이들의 장래가 사뭇 걱정되어 가슴이 답답할 뿐이었다.

그는 단숨에 영등포까지 달려 나갔다. 그리고 미리 잡아 둔 여관방에 가방을 던져 넣었고, 신발을 벗은 다음 방으로 들어가 벌렁 드러누웠다. 온몸이 나른해 왔다.

그러나 아내와 따로 지내게 되었다는 것을 생각하면 그렇게 홀가분할 수가 없었다. 그토록 속 썩이는 인간과 한 지붕 아래 사는 것도 하루이틀이지 정말 말라 죽을 지경이었다.

후회, 후회…… 이제 와서 돌이켜지는 것은 후회뿐이었다. 어쩌다 그 여자를 아내로 맞아 이 모양 이 꼴이 되었을까. 어떤 일이 있어도 이혼만은 피하려 했었는데, 결국 이런 방법 이외에 다른 대안이 찾아지지 않았던 것이다.

인학은 아내와의 갈등이 심화되는 과정에서 모친의 가르침을 골백번도 더 되새기곤 하였다. '참을 인忍'자 셋이면 살인도 면한다는 그 가르침…… 그러나 막판에는 도저히 더 참고 견딜 수가 없었다.

정말 변질이란 무서운 것이었다. 그렇게도 알뜰했던 여자가 한 번 샛길로 나가기 시작하자 걷잡을 수 없이 빗나가는 것이었다.

그런 아내를 믿고 어떻게 살 것인가. 실의와 좌절, 그리고 절망…… 그 어떤 의욕을 가지고 가정을 꾸려 보리라 생각했다가도 아내의 변질을 생각할라치면 저절로 의기가 소침해지곤 하였다.

그러나 이제는 마음이 가벼웠다. 집을 나와 별거에 들어가게 됨으로써 서로 신경전을 벌이며 아등바등 싸워야 할 일도 소멸된 셈이었다. 진작 이렇게 헤어지지 못한 것이 후회스럽기까지 하였다. 좀 더 일찍 이런 길을 택할 수도 있었을 텐데, 왜 한 지붕 아래 살면서 그토록 지겨운 나날을 살아야 했을까.

그는 문득 부부라는 관계에 대해 생각했다. 부부 관계란, 특히 사랑이 식어 버린 부부 관계란 아무런 의미도 없다는 결론이었다.

그동안 얼마나 많은 시간과 정력을 낭비했던가. 별로 대단치도 않은 일을 가지고 신경전을 벌여야 했고, 죽자 살자 싸웠던 일들이 그저 어리석게만 느껴졌다.

아, 이 자유…… 인학은 가정이라는 굴레, 아니 아내의 속박으로부터 벗어났다는 생각에 무한한 자유를 느끼고 있었다. 아내와 다투던 나날들이 지옥에서의 생활이었다

구름잡기

면, 지금 이 순간이야말로 천국에 와 있는 셈이었다.

이제는 두 번 다시 결혼이라는 이름의 굴레를 쓰지 않으리라. 여자 생각이 나면 차라리 어디 가서 오입을 하는 한이 있더라도 결혼이라는 이름으로 여자의 속박에 얽매이지 않으리라.

인학은 그런 생각을 하면서 하루빨리 선희를 찾아내고야 말리라 거듭 다짐했다. 아내와의 기나긴 전쟁이 일차적으로 정리된 지금, 그가 해결해야 할 최대의 당면 과제는 바로 선희를 찾아내는 일, 바로 그것이었던 것이다.

그는 갖가지 상념에 사로잡혀 있다가 얼마 후 밖으로 나왔다. 거리는 쓸쓸했다. 이 쓸쓸한 가을, 아이들을 떼 놓고 혼자 집을 나왔다고 생각하자 돌연 가슴이 아려왔다.

그는 공중전화 부스로 다가갔다. 부스 앞은 의외로 한산했다. 그는 전화기에 카드를 넣고 천안 용기에게로 전화를 걸었다. 이 허허로운 가슴을 달래기 위해 그는 용기의 목소리를 듣고 싶었던 것이다.

딸깍, 신호가 끊기면서 상대방의 목소리가 들려왔다. 상대방은 그러나 용기가 아니라 그의 아들이었다. 인학이 물었다.

"종태냐?"

“야, 누구신데유?”

“나, 서울 김인학 아저씨야.”

“안녕하세유?”

“그래. 잘 있었니?”

“야.”

“아빠 계시냐?”

“안 계신데유.”

“엄마는?”

“엄마두 안 계세유.”

“어디들 가셨어?”

“몰라유. 학교 갔다 오니께 아무도 안 계시구먼유.”

“알았다. 아버지 들어오시면 서울 아저씨한테 전화 왔었다고 말씀드려라. 알겠지?”

“야.”

그러면서 종태는 일방적으로 전화를 끊어 버렸다. 아직 철이 덜 들어 전화 예절을 모르기 때문이었다. 좀 예절을 안다거나 상냥한 아이 같으면 전화를 끊기 전에 작별 인사라도 하는 것이 상식일진대, 종태는 아직 그 정도 수준에는 이르지 못하고 있었던 것이다.

빌어먹을…… 모처럼 용기의 목소리라도 들어 볼까 했

구름잡기

더니, 그것조차 마음대로 되지 않았다.

인학은 내친 김에 부여 김혜란에게 전화를 걸었다. 그동안 요때나 조때나 연락이 오기만을 기다렸으나 그녀에게서는 전혀 소식이 없었다. 인학은 밑져야 본전이라는 생각으로 전화기의 숫자판을 눌렀다. 뚜우뚜우 신호가 가더니 이윽고 상대방이 나왔다. 김혜란이었다.

"여보세요."

그녀의 목소리가 또랑또랑하게 들려왔다.

"안녕하십니까. 서울 김인학입니다."

"아, 안녕하세요?"

"오랜만입니다. 그동안 별고 없으셨습니까?"

"저야 잘 지냈지요."

"지난여름 홍수 때 피해는 없으셨는지요?"

"다행히 저희 집에는 큰 피해가 없었습니다. 지하실에 조금 물이 들었을 뿐이니까요. 하시는 일은 잘 되십니까."

"김 여사한테서 연락 오기만을 기다리고 있었습니다. 그동안 선희 씨한테서 전혀 기별이 없었습니까."

"있었죠."

"네? 그게 정말입니까."

인학은 순간적으로 귀를 의심하지 않을 수 없었다. 그토

록 기를 쓰고 찾아다녔던 선희…… 그러나 끝내 소식을 알
수 없었던 선희…… 김혜란이 말했다.

"제가 전화드리기로 해 놓고 미처 연락드리지 못해 죄
송합니다."

"아, 괜찮습니다."

내심으로는 약속을 지키지 않은 그녀가 원망스럽기도
하였다. 그러나 지금은 그녀를 원망하거나 탓할 일이 아니
었다. 선희에게서 기별이 왔었다는 사실만으로도 인학의
가슴은 사뭇 벌렁벌렁 뛰고 있었다. 김혜란이 물었다.

"지금 어디 계십니까?"

"여기 서울입니다."

"아, 그러세요? 그럼 선희가 있는 곳을 알려 드릴까요?"

"고, 고맙습니다."

인학은 말까지 더듬거리고 있었다. 이게 도대체 꿈인지
생시인지 잘 분간되지도 않았다. 그는 얼마나 흥분했던지
자기도 모르게 얼굴이 벌겋게 상기돼 있었다. 통화 중 인
학은 재빨리 수첩과 볼펜을 꺼내 들었다. 김혜란이 말했
다.

"메모하시겠어요?"

"준비됐습니다."

구름잡기

그러자 김혜란은 선희의 주소를 불러 주었다. 인학은 대충 알아볼 수 있을 정도의 글씨로 휘갈겨 메모했다. 하도 감격스러운 나머지 메모를 하는 동안에도 그의 손은 부들부들 떨리고 있었다. 주소를 다 불러 주고 나서 그녀가 말했다.

"그쪽에 가서 만나 보세요."

"혹시 전화번호는 모르십니까?"

"전화는 없는 모양이에요."

"아, 그렇군요. 아무튼 감사합니다."

너무 놀라고 당황한 터라 그의 목소리는 아직도 흥분에 들떠 있었다.

"선희를 만나거든 안부나 전해 주세요."

"그야 물론이죠. 근데 김 여사께서는 이 주소 어떻게 알아냈습니까."

"며칠 전 전화가 걸려 왔었어요."

"아, 그랬었군요."

"통화 중 전화가 끊기는 바람에 긴 이야기는 나눌 수 없었구요. 그러나 주소만이라도 알아 놓은 게 다행이지 뭐예요. 걔가 주소를 불러 준 직후 대번 전화가 끊기더군요."

"어쨌든 고맙습니다. 선희 씨를 만나면 다시 전화드리

라고 말씀 전하겠습니다. 저도 부여에 가면 찾아뵙도록 하죠."

통화를 마치고 나서 인학은 공중전화 부스 밖으로 나와 담배 한 대를 피워 물었다. 이게 정녕 꿈이 아니기를……그는 아직도 꿈속을 헤매는 듯 몽롱한 기분에 사로잡혀 있었다. 그동안 그렇게나 애타게 찾던 선희가 아니었던가.

이제 선희를 찾는 것은 시간문제일 따름이었다. 그는 넋 나간 사람처럼 선희의 주소가 적힌 메모지를 뚫어져라 들여다보고 있었다.

충남 천안시 광덕면 광덕리 ○○○번지

손꼽아 헤어보니 선희를 찾아 나선 지도 어느덧 햇수로 4년이라는 세월이 흘렀다. 어떻게 보면 허망하기 짝이 없었다. 아가씨 한 사람을 찾기 위해 그 숱한 나날들을 헤맸다고 생각하자 억울한 마음까지 들었다.

그 아가씨를 찾아 나선 동안 인학의 신변에는 많은 변화들이 있었다. 특히 전국 곳곳에서 만난 여러 계층의 사람들을 통해 삶의 편린들을 곁눈질할 수 있었던 것은 큰 소득이라고 말할 수 있었다.

구름잡기

그러나 인학은 무엇보다도 역사에 눈뜨기 시작하면서 선희를 찾는 일이 결코 헛된 일만은 아니라는 것을 깨달을 수 있었다. 솔직히 말해서 그는 그 이전까지 역사에 대해 별로 아는 것이 없었다. 그러나 선희를 찾아다니는 동안 그는 역사의 준엄함을 새삼 깊이 깨닫게 되었던 것이다.

한 번 역사 앞에 죄를 지으면 영원히 헤어날 수 없다는 것을 알았을 때, 인학은 이번 일이야말로 어쩌면 가장 값지고 보람 있는 일이라고 생각하지 않을 수 없었다. 과거 잡범들이나 잡아들이던 것과는 그 성격이 근본적으로 달랐던 것이다.

선희를 찾으면, 그리하여 대양건설에 얽힌 모든 비밀들이 밝혀지기만 하면 언젠가는 대양건설 창업주와 그 일가의 친일 행각도 백일하에 드러날 것이고, 그렇게 되면 대양건설의 실세들은 기를 못 펴게 될 것이었다. 특히 강동석 같은 사람이 대양건설의 뿌리를 송두리째 흔들어 놓을지도 모른다는 생각이 들었다.

언젠가는 전일석 일가의 친일 행각, 아니 민족 반역 행위가 속속들이 밝혀지는 가운데 박인환 선생 일가의 애국 행적들이 밝혀지겠지. 인학은 강동석처럼 훌륭한 청년이 반드시 그런 일을 해낼 수 있으리라 확신했다.

인학은 강동석의 역사의식으로부터 많은 것을 배운 터였다. 인학이 볼 때, 강동석이야말로 두 눈 똑바로 뜨고 살아가는 당찬 청년이었다. 그런 양심 세력이 많으면 많을수록 이 사회가 올바로 설 수 있으리라는 생각에 인학은 그에게 무한한 신뢰를 보내 온 터였다.

이제 곧 선희를 만나게 되겠지. 그러면 양파 껍질이 한 겹씩 벗겨지듯 대양건설의 비밀들이 하나하나 속살을 드러내게 되겠지. 인학은 그런 생각을 하며 불쑥 인연이라는 것을 생각해 냈다.

선희와는 전생에 무슨 인연이 있었던 것일까. 좋은 인연이었을까, 아니면 나쁜 인연이었을까. 옷깃 한 번 스친 일도 없는 아가씨를 찾아 헤맸던 그 숱한 나날들……

그녀를 찾기 위해 얼마나 고생했던가. 천안으로, 온양으로, 부산으로, 포항으로, 광주로, 부여로…… 인학은 그녀와 조금이라도 연고가 있는 곳이면 전국 방방곡곡 안 다닌 곳이 없었다.

그녀를 찾아다니는 동안 인학은 별의별 희한한 꼴도 많이 겪었다. 간첩으로 오인 받아 경찰관서에 연행된 적도 있었고, 자동차가 진수렁에 빠지거나 타이어에 펑크가 나서 애를 먹은 적도 한두 번이 아니었다.

구름잡기

그런가 하면 언젠가는 차령 휴게소 내리막길에서 화물 자동차 운전사가 욕설을 퍼붓는 바람에 놈을 단단히 혼내 준 적도 있었다. 물론 인학은 구경만 하였고, 성만이가 그 놈을 옴짝달싹 못하게 손을 보아 주었던 것이다.

낯선 시골에 갔다가 길을 잘못 들어서는 바람에 골탕을 먹은 적도 있었고, 천안 신정진 선생이 작고했다는 소식을 들었을 때는 인생이 너무 서러워 가슴이 무너지는 듯한 아픔을 느껴야 했었다. 선희의 소재를 알아낸 지금 인학의 내면에는 참으로 만감이 교차하고 있었다.

인학은 역사의 준엄함을 다시 생각했다. 대양건설이 제 아무리 민족 기업 어쩌구 떠들어도 종당에는 역사의 준엄한 심판을 받게 되겠지. 왜곡된 역사가 해체되고, 바른 역사가 제대로 자리매김할 날도 멀지 않았다는 생각에 인학은 몇 번씩이나 선희의 주소를 들여다보며 흥분을 감추지 못하고 있었다.

이 일을 강재원 변호사가 알면 얼마나 기뻐할까. 그는 다시 공중전화 부스로 들어갔고, 강재원 변호사 사무실로 전화를 걸었다.

딸깍, 신호가 떨어지자 짐작했던 대로 미스 고의 목소리가 들려왔다. 그녀의 목소리는 언제나 신선했다.

"강 변호사 사무실입니다."

"미스 고?"

"아, 안녕하세요?"

그녀는 대뜸 인학의 목소리를 알아채고 있었다. 참으로 영리한 아가씨라는 생각에 인학은 더욱 기분이 산뜻해짐을 느끼고 있었다. 그처럼 영리한 아가씨와 대화를 나누다 보면 언제나 무감각하기 짝이 없는 아내가 더욱 미워지는 것이었다. 인학이 물었다.

"그동안 잘 있었어?"

"그러믄요. 반장님도 별일 없으셨죠?"

"물론."

인학은 적당히 둘러대었다. 아내와의 별거라는 비극적인 사태가 있었지만, 그러나 구구하게 그런 이야기를 늘어놓을 수가 없었다. 미스 고가 말했다.

"변호사님 지금 안 계신데 어쩌면 좋죠?"

"어디 멀리 가셨나?"

"아뇨. 손님 만나러 잠깐 외출하셨어요. 아마 두 시간쯤 후면 들어오실 거예요."

"그렇다면 내가 두 시간쯤 후에 다시 전화를 하거나 그쪽으로 갈게."

구름잡기

"그럼 그렇게 하세요."

"자, 그럼 또 연락하자구……"

인학은 힘없이 송수화기를 내려놓았다. 그 아리따운, 그 상냥한 아가씨와 장시간 대화를 나눌 수 없는 것이 못내 아쉽기만 하였다.

사람의 마음이란 그런 것일까. 한 번 마음으로부터 떠나 버린 사람, 이를테면 아내와 같은 사람을 가까이 대한다는 것은 죽을 맛이 아닐 수 없었지만, 그러나 미스 고처럼 예쁘고 상냥한 아가씨와 얼굴을 마주 대하거나 대화를 나눌 라치면 저절로 기분이 상쾌해지는 것이었다.

인학은 문득 팝콘에 대해 생각했다. 카페나 레스토랑 같은 곳에서 서비스 안주로 내놓는 팝콘…… 마누라와 팝콘은 공통점이 있다는 어느 친구의 너스레가 떠올라 인학은 피식 가벼운 웃음을 흘렸다. 그 친구가 말한 공통점이란 이러했다.

첫째, 심심할 때 먹는 것.

둘째, 공짜로 먹을 수 있는 것.

셋째, 그러나 다른 안주가 나오면 쳐다보지도 않는 것.

이 세상의 아내들이 들으면 어떤 여자라도 화를 내겠지만, 그러나 그 내용을 곱씹어 보면 그럴 듯한 말이라고 생각되었다. 정상적인 남자라면, 그리고 정상적인 가정이라면 그런 논법은 통할 수가 없었다.

하지만 아내로부터 엄청난 시달림을 받아 온 인학의 입장에서는 그 말이 가슴에 와 닿았다. 더욱이 미스 고처럼 참신한 아가씨를 대할라치면 쉬어터진 아내가 더욱 밉게 느껴지곤 했던 것이다.

그는 종종 자신의 오기와 음심에 대해서도 깊이 반성하곤 하였다. 아내의 고집 앞에서 오기를 부린 것은, 아무리 생각해도 못난 자의 처사가 아닐 수 없었다. 좀 더 도량이 넓었더라면 아내의 고집과 덜떨어진 행동을 아량으로 포용할 수도 있었다.

하지만 그는 아내의 행동거지를 도저히 받아들일 수가 없었다. 자신의 속이 좁다는 것을 잘 알면서도, 그리고 그래서는 안 된다는 것을 잘 알면서도 시종 샛길로만 나가 남의 오장육부를 발칵발칵 뒤집어 놓는 아내의 그 빗나간 사고방식과 행동 앞에서는 그저 진절머리를 내지 않을 수 없었던 것이다.

인학은 다른 여자를 곁눈질한 것에 대해서도 깊이 뉘우쳤다. 이를테면 미스 고에 대한 감정도 예사로운 것이 아니었다. 그는 미스 고를 대하되, 강 변호사 사무실의 여직

구름잡기

원 정도로 가볍게 대한 것이 아니었고, 그녀와 통화를 하거나 마주 대할 때마다 은근히 이성으로서 연정을 느끼곤 했던 것이다.

부끄러운 노릇이 아닐 수 없었다. 한 사람의 남편으로서, 아녀자 마음 하나 제대로 다스리지 못하고 엉뚱한 여자, 그것도 도저히 연인이 될 수 없는 새파란 아가씨에게 연정을 품고 있다는 그 자체가 낯 뜨거운 노릇이 아닐 수 없었던 것이다.

그는 자기도 모르게 얼굴이 화끈 달아오름을 느꼈다. 그러나 아내와의 별거가 기정사실화된 이 마당에서는 인생을 새롭게 시작할 도리밖에 없었다. 어찌할 것인가, 이 괴로운 심사를……

그는 또 다시 담배 한 대를 피워 물었고, 이번에는 화곡동 성만이에게 전화를 걸었다. 마음 같아서는 당장 선희가 있다는 천안시 광덕면으로 달려가고 싶었지만, 그러나 일이 다 풀린 이 시점에서 혼자서 나설 수는 없었다. 그것은 공로를 가로채기 위한 행동이나 다름없기 때문이었다.

어떤 일을 추진할 때 명예는 상사에게, 공로는 부하에게 돌리되, 모든 책임은 내가 짊어진다…… 이것은 인학이 공직 생활을 할 때부터 몸에 밴 소신이자 철학이었다. 이제 일이 해결 단계로 들어선 이 마당에 그 성과를 혼자 가로챌 수는 없었으므로 천안 현지로 내려갈 때에는 꼭 성만이와 동행하고 싶었던 것이다.

신호음이 끊기자 성만이의 목소리가 들려왔다. 그의 목소리는 오늘따라 더욱 묵직하게 들렸다.

"예, 화곡동입니다."

"예끼 이 사람. 어떻게 화곡동이 전화를 받나. 이름을 화곡동으로 바꾼 것도 아닐 테고…… 하하……"

"아, 반장님이시군요. 이거 죄송합니다."

"죄송이고 뭐고 당장 만나야겠어."

"왜요? 무슨 일이 생겼습니까?"

"왜요라니…… 아주 좋은 일이야. 드디어 선희의 소재를 알아냈어."

"네에? 그게 정말입니까?"

"내가 지금 농담하게 생겼나. 농담할 일이 따로 있지. 이제 그 아가씨를 찾는 것은 시간문제란 말일세."

"어떻게 그 아가씨 소재를 알아냈단 말입니까."

"지성이면 감천이라고 다 알아내는 수가 있지. 긴말 생략하고 어디서 만나는 게 좋을까."

"지금 어디 계신데요?"

구름잡기

"영등포."

"그럼 제가 영등포로 나가면 어떨까요?"

"그것도 좋겠군. 영등포 거기서 만나지."

'거기'란 바로 그 호텔 커피숍을 의미했다. 성만이가 그곳을 모를 리 없었다. 현역 때는 말할 것도 없고, 최근에도 성만이와 만날 때에는 그곳을 자주 이용했기 때문이었다.

인학은 통화를 마치자마자 자동차를 몰고 곧장 호텔로 향했다. 화곡동으로부터 성만이가 오려면 꽤 시간이 걸릴 것이었지만, 마땅히 시간을 보낼 곳도 없었으므로 그는 호텔에 가서 그를 기다리기로 했던 것이다.

그는 단숨에 호텔에 도착했고, 곧 커피숍으로 들어갔다. 커피숍의 분위기는 그동안 꽤 변해 있었다. 계절이 바뀌면서 인테리어 공사를 새로 했기 때문이었다.

인학은 창가에 자리를 정하고 앉아 있다가 문득 강동석을 떠올렸다. 이쯤에 이르러 강동석에게도 소식을 전하는 것이 도리가 아닐까 싶었다. 선희의 소재를 알아냈다고 하면 강동석 역시 누구 못지않게 기뻐할 것이었다.

수첩을 뒤적였다. 그러자 강동석의 전화번호가 얼른 눈에 들어왔다. 그는 곧 공중전화 있는 곳으로 가서 강동석에게 전화를 걸었다.

　　그러나 신호만 갈 뿐 아무도 전화를 받지 않았다. 아마도 그의 집은 비어 있는 모양이었다. 그가 얼마나 기뻐할까 기대하면서 전화를 걸었으나, 상대방이 부재중이었으므로 짐짓 서운하기 짝이 없었다.

　　이번 일을 진행하는 과정에서 강동석은 큰 힘이 되어주었다. 무엇보다도 인학은 그에게서 많은 것을 배울 수 있었다. 비록 나이는 얼마 되지 않았지만, 강동석에게서는 배울 점이 많았다.

　　그는 놀라울 만큼 역사의식이 투철했다. 대부분의 사람들이 역사 어쩌구 하면 고개부터 내두르는 것이 우리의 현실이었다. 너도 나도 돈 버는 일, 그리고 돈 쓰는 일이 아니면 관심조차 보이지 않는 오늘날의 세태에 비추어 강동석 같은 인물이 있다는 것은 대견한 일이 아닐 수 없었다.

　　인학은 거듭 손목시계를 들여다보았다. 오늘처럼 시계가 더딘 적도 드물었다. 여느 때 같으면 시간이 모자라 길길 매는 형국이었으나, 오늘따라 시간은 몹시 지루했다.

　　얼마나 기다렸을까, 드디어 성만이가 우람한 몸집을 드러냈다. 그는 헤벌쭉 웃으면서 인학의 테이블 곁으로 다가왔다. 여간해서 표정을 드러내지 않는 그였으나, 오늘은 어딘지 모르게 희색이 만면해 있었다. 의자에 앉기도 전에

구름잡기

그가 물었다.

"도대체 어떻게 알아냈다는 겁니까."

"아무래도 하느님이 도와주시는 것 같아."

인학은 김혜란과 통화한 이야기를 들려주면서 메모지를 꺼내 보였다. 그러자 성만이는 좋아서 어쩔 줄 모르며 싱글벙글하였다. 그가 말했다.

"지금이라도 당장 내려가시죠."

"마음 같아서는 나도 그러고 싶어. 하지만 모든 일에는 순서가 있게 마련이잖아. 강 변호사에게 보고를 하고 떠나는 것이 순서일 것 같아."

"아, 그렇군요. 한데 강 변호사님한테는 아직 말씀 안 드렸습니까?"

"전화를 걸었더니 자리에 안 계시더군."

"강 변호사님도 얼마나 기뻐하실까요?"

"기뻐하시겠지."

"반장님. 드디어 해내셨군요. 누가 지었는지 모르지만 반장님 별명 하나는 잘 지었다니까요."

"내 별명이 뭔데?"

"찰거머리 아닙니까?"

"찰거머리?"

“왕년에 어디 찰거머리 모르는 사람 있었습니까.”

맞는 말이었다. 과거 민완형사로 깃발을 날리던 시절, 범죄꾼들은 인학을 찰거머리라 불렀고, 동료들은 포도대장이라고 불렀다. 어떤 사건이든 그는 한 번 배당을 받았다 하면 끝까지 물고 늘어져 기필코 해결해 내고야 말았다. 그래야만 직성이 풀렸던 것이다.

인학은 이상야릇한 느낌을 받고 있었다. 실로 오랜만에 자신의 별명을 들은 탓일까, 하여간 기분이 이상했다. 그러고 보면 과거 그의 손에 걸려들어 교도소에 간 범죄꾼들 수백 명에 이르렀다.

그들은 지금쯤 어디서 무엇을 하고 있을까. 오형래 같은 사람은 교도소에 다녀온 뒤 완전히 개과천선하여 새사람으로 거듭나 있었다. 그는 남대문시장에서 아내와 함께 분식점을 내 열심히 살아가고 있었다.

그러나 다른 한편으로는 그가 잡아들인 범죄꾼들 중에 아직도 정신을 못 차린 인간들이 수두룩하였다. 들리는 소문에 의하면 범죄꾼들 중에 상당수는 아직도 교도소를 들락거리고 있다는 것이었다.

제 버릇 개 못 준다는 말도 있지만, 한 번 범죄의 길로 들어서면 그 속에서 빠져나오기 힘든 모양이었다. 그런 전

구름잡기

과자들을 생각할라치면 이 근래에는 저절로 대양건설과 전일석, 그리고 그의 아들 전영우와 그에게 빌붙어 사는 군상들이 먼저 떠오르곤 하였다.

전일석은 이미 오래 전에 고인이 되었다고 하지만, 그의 반민족 행위마저 역사에 묻혀진 것은 아니었다. 아니, 세인들의 관심에서 멀어져 가는 그의 행각은 강동석처럼 똑똑한 청년에 의해 철저히 파헤쳐질 것이었다.

전일석은 친일 단체 중에서도 가장 악랄했던 상애회와 깊은 연관을 맺고 있었다. 특히 박춘금 같은 모리배의 하수인이었다면 그가 어떤 인물이었던가를 짐작하고도 남음이 있었다. 커피를 한 모금 마시고 나서 인학이 말했다.

"잠깐만…… 나 전화 좀 하고 올게."

그는 의자에서 일어나 공중전화 있는 곳으로 다가갔고, 다시금 강동식에게 전화를 걸었다. 여전히 신호만 갈 뿐 전화를 받지 않았다.

어쩐 일일까. 인학은 강동석이 멀리 나간 모양이라고 생각하면서 다시 강재원 변호사 사무실로 전화를 걸었다. 그러자 대번 미스 고가 전화를 받았다.

"네, 강 변호사 사무실입니다."

"미스 고? 변호사님 들어오셨나?"

"아직 안 들어오셨는데 어쩌면 좋지요?"

"할 수 없지 뭐. 내가 다시 연락할게."

"그렇게 하세요."

"그럼 안녕."

통화를 마치고, 인학은 아쉬움을 머금은 채 성만이가 기다리고 있는 테이블로 돌아왔다. 성만이는 아직도 커피를 짤끔짤끔 마시고 있었다. 그가 물었다.

"그럼 천안에는 언제쯤 가실 거예요?"

"내일 오전에 일찍 출발할까 하는데 어떻겠어?"

"저야 뭐 오늘 당장 떠나도 좋습니다. 도대체 선희라는 그 아가씨가 어떻게 생겼는지 궁금해서 못 살겠는데요."

"그럴 거야. 나도 한시바삐 그 아가씨를 만나고 싶어."

"햐, 정말 이상한 일입니다. 우리가 천안에 얼마나 자주 다녔습니까. 그 아가씨를 바로 곁에 두고 그렇게 멀리 엉뚱한 데만 누비고 다녔다고 생각하니 정말 어처구니가 없지 뭡니까."

"세상일이란 본래 그런 건지도 모르지. 속담에 업은 아기 3년 동안 찾는다는 말이 있어. 바로 등에 업고 있는 아기를 3년 동안 찾는다면 어떻겠어? 우리가 그런 꼴이었어. 등잔 밑이 어둡다는 말이 실감나는군. 바로 천안에 있는

구름잡기

아가씨를 찾기 위해 동서남북을 휘젓고 돌아다녔으니 이게 무슨 운명의 장난인지.”

“그 여자는 천안에서 무슨 일을 한답니까?”

“낸들 아나. 현지에 가서 직접 만나 봐야 알겠지.”

“어쨌거나 내일이면 모든 것이 결판나겠군요?”

“그래. 이제 사실상 일이 다 끝난 거나 다름없다고 생각하니 어쩐지 허탈해지는군.”

인학은 번갈아 가며 두 팔을 주물렀다. 이제 그녀를 다 찾은 거나 마찬가지라고 생각하자 두 팔에서 힘이 좌악 빠져나가는 듯한 느낌이었으므로 그는 연신 팔을 주무르고 있었다. 성만이가 물었다.

“내일 몇 시쯤 떠나실 거예요?”

“글쎄…… 몇 시쯤이 좋을까……”

인학은 혼잣말처럼 중얼거렸다.

“일곱 시쯤이면 어떻겠습니까.”

“그것도 좋지.”

“그럼 일곱 시에 어디서 뵐까요?”

“여기서 만나면 어떨까.”

“반장님은 그 시간까지 나오실 수 있겠습니까?”

“내가 누군가. 나는 도리어 성만이가 걱정되는군.”

“저야 얼마든지 나올 수 있습니다.”

“좋아. 특별한 연락이 없는 한 내일 아침 일곱 시에 여기서 만나자구.”

그들은 지금까지 전국 각지를 누비며 겪었던 일들을 화제로 삼아 기나긴 대화를 나눴다. 이제껏 선희를 찾아다니면서 겪었던 일들을 글로 옮겨 놓는다면 책을 엮어도 여러 권 분량이 될 것이었다.

대화 도중 인학은 다시 강 변호사에게 전화를 걸었다. 이번에도 미스 고가 전화를 받았다. 역시 미스 고의 목소리를 듣는다는 것은 즐거운 일이 아닐 수 없었다. 미스 고가 말했다.

“변호사님 조금 전에 들어오셨어요.”

“그래?”

“바꿔 드리겠습니다. 잠깐만 기다려 주세요.”

“오케이.”

인학은 잠시 기다렸다. 그러자 이윽고 강 변호사의 목소리가 들려왔다.

“아, 여보세요.”

“저 김인학입니다.”

“요오, 김 반장. 얼마나 노고가 많으시오?”

구름잡기

"그 뭐 노고랄 것까지야 있습니까. 변호사님, 저어 오늘 아주 희망적인 소식을 들었습니다."

"뭡니까?"

"변호사님께서 그토록 애타게 찾던 '꽃'이라는 그 아가씨 말입니다. 드디어 소재를 알아냈습니다."

"그래요?"

그러나 강 변호사의 반응은 오히려 무덤덤하였다. 그 소식을 전하면 강 변호사가 무척 반가워할 줄 알았는데, 정작 상대방의 반응은 심드렁한 느낌이었다. 이상한 일이 아닐 수 없었다. 인학이 말했다.

"내일 당장 그 아가씨가 있는 곳으로 내려갈까 합니다."

"그야 김 반장 좋을 대로 하시구려."

이게 웬일일까. 강 변호사는 자신의 일이면서도 도리어 남의 말 하듯 하고 있었다. 실로 김새는 노릇이었다. 그런 강 변호사의 심증을 헤아릴 길이 없었으므로 인학은 머쓱해지지 않을 수 없었다. 인학이 말했다.

"지금 변호사님을 찾아뵈어도 좋겠습니까?"

"아, 나 지금 좀 바빠요."

강 변호사는 시큰둥하다 못해 오히려 냉담한 반응을 보이고 있었다. 그토록 애타게 찾던 인물을 찾아냈건만 그가 이처럼 무미건조하게 나올 줄이야…… 인학이 물었다.

"그럼 일단 그 아가씨를 만난 뒤에 찾아뵐까요?"

"그게 좋겠소."

"네, 그럼 내일 곧바로 천안에 다녀와서 연락드리겠습니다."

"그렇게 합시다."

통화를 마치고 나서도 인학은 얼마 동안 어리둥절하였다. 이건 뭐 완전히 주객이 전도된 느낌이었다. 선희를 찾는 일, 그것은 인학의 일이 아니라 바로 강 변호사의 일이건만, 강 변호사는 별로 달가워하지 않는 듯했다. 성만이가 물었다.

"변호사님께 말씀드렸어요?"

"응."

"뭐라고 하시던가요?"

"내일 잘 다녀오라구……"

인학은 우물쭈물하였다. 강 변호사와의 통화 내용을 그대로 전달하면 성만이도 실망할 것이기 때문이었다. 성만이가 말했다.

"내친김에 오늘 내려가면 안 될까요."

"오늘은 좀 피곤해."

구름잡기

　인학은 슬그머니 한 발자국 뒤로 물러섰다. 아내와의 이별, 강 변호사의 뜨뜻미지근한 반응이라든가 어쨌든 오늘은 별로 기분이 내키지 않았던 것이다. 성만이가 말했다.

　"그러고 보니까 반장님 무척 피곤해 보이시는데요."

　"음. 조금 피곤해."

　"그럼 들어가 쉬세요."

　"그럴까……"

　인학은 먼저 자리에서 일어나 카운터에 찻값을 치렀고, 성만이도 엉거주춤 그 뒤를 따라나섰다. 성만이가 물었다.

　"어디로 가실 거예요?"

　"집으로……"

　거짓말이었다. 아내와의 별거를 당분간 숨겨야 한다는 생각에 인학은 본의 아니게 거짓말을 하였다. 성만이와 헤어진 뒤 인학은 자동차를 몰고 여관으로 향했다. 어느 사이엔가 해가 설핏해지고 있었다.

12

날씨가 여간 쌀쌀하지 않
았다. 자동차 유리문에 연신 부연 김이
서리고 있었다. 히터를 조절해 가며 김을 지워 내
려 해도 마음대로 되지 않았다. 인학이 말했다.

"이제 자동차도 고물이 돼 가는 모양이군."

"그동안 많이 뛰었잖아요?"

"아니야. 아직 10만 킬로도 못 뛰었어. 그런데도 계기가
제대로 말을 안 들어."

"10만 킬로면 적게 뛴 것도 아니죠? 더욱이 험한 길을
많이 다닌 데다 반장님이 자동차를 마구 다뤘잖아요."

구름잡기

성만이가 인학을 힐끔 쳐다보았다. 아닌 게 아니라 인학은 그동안 자동차를 험하게 써 온 것이 사실이었다. 자동차를 제대로 쓰려면 종종 잔손질을 보아야 하는데, 인학은 자동차를 쓰기만 했을 뿐 정비에는 전혀 신경을 쓰지 않았던 것이다.

가령 언제 엔진 오일과 브레이크 오일을 갈았는지도 모를 지경이었다. 영하의 날씨가 계속되는데도 부동액 따위에 신경을 쓴 적도 없었다. 그저 자동차가 굴러가기만 하면 그만이라는 식이었다. 그가 말했다.

"하긴 그래."

"아마 반장님처럼 차를 험하게 쓰는 사람도 드물 거예요."

"차에 신경 쓸 겨를이 있어야지."

"그러다가 큰 고장이라도 나면 어쩔려고 그러세요?"

"아직까지는 고장 난 일이 없었으니까."

인학은 혼잣말처럼 중얼거렸고, 액셀러레이터를 더욱 세게 밟았다. 이제 그는 하도 천안을 자주 오르내려 어디쯤에 무엇이 있다는 것을 훤히 알고 있었다. 심지어 고속도로변의 마을은 물론 나무들의 생김새까지도 전부 기억하고 있었다.

지난 가을 인학은 김혜란으로부터 결정적인 제보를 받고 그 이튿날 즉각 성만이와 함께 광덕리로 달려갔었다. 그리고 물어물어 그 번지수를 찾아갔지만, 그러나 선희는 이미 이틀 전 그곳을 떠나 어디론가 여행을 갔다는 것이었다.

그러나 선희의 소재를 확실히 알아냈다는 것만으로도 인학은 쾌재를 부르지 않을 수 없었다. 그녀의 거처를 알아낸 이상 일은 다 끝난 거나 마찬가지였다. 하지만 일은 그리 간단치 않았다. 성만이가 말했다.

"오늘 또 헛걸음질을 치는 거 아닐까요?"

"예끼, 이 사람. 거 초장부터 김빠지는 소리 그만하게."

"전들 헛걸음질을 치고 싶어서 이런 말씀드리는 게 아닙니다. 한두 번 골탕을 먹었어야죠."

"하긴……"

인학과 성만은 지난 두 달 동안 1주일이 멀다 하고 광덕리를 찾아갔었는데, 그때마다 번번이 허탕을 치고 돌아서지 않을 수 없었다. 선희는 며칠 전까지도 돌아오지 않은 터였다.

선희가 묵고 있는 곳은 광덕사 입구의 여염집이었다. 선희는 그 집의 문간방을 얻어 지나간 몇 해 동안 그곳에 기

구름잡기

거하고 있었다. 그러나 집 주인인 김씨의 말인즉, 그녀는 종종 어디론가 바람처럼 떠났다가 구름처럼 돌아오곤 한다는 것이었다.

김씨는 50대의 남자로서 마음씨 좋게 생긴 사람이었다. 한때는 절에 들어가 수도 생활을 했었다는데, 파계하고 환속하여 자기의 고향인 이곳에 돌아와 살고 있었다.

인학은 그동안 그 마을을 뻔질나게 드나들면서 김씨는 물론 몇몇 주민들과도 얼굴을 익혀 놓은 터였다. 그 마을 주민들은 거의 모두가 순진해 보였고, 어느 누구를 막론하고 어디에선가 자주 어울렸던 사람들처럼 친근감을 안겨 주었다.

어쩌면 그 자신 이곳에서 멀지 않은 부여 출신이어서 그런지도 몰랐다. 그는 그전에도 충청도 사람들을 만나면 어느 누구를 가릴 것 없이 오랜 지기 같은 느낌을 받곤 했던 것이다.

인학은 천안 톨게이트를 빠져 외곽도로를 향해 달려 나갔다. 좌측으로 경부고속도로가 보였고, 우측으로는 천안 시가지의 일각이 시야에 들어왔다. 성만이가 말했다.

"정말 이 길로 엄청나게 다녔군요."

"누가 아니래."

“이제 여기는 눈 감고도 찾아다닐 수 있겠어요.”

“정말로 눈 감고도 찾을 수 있겠어?”

“좀 과장해서 말하면 그렇다는 거죠.”

어느 사이엔가 솜털 같은 눈송이가 날리고 있었다. 아까 평택 부근을 지나면서부터 날씨가 흐려진다 했더니 눈이 내리려고 그런 모양이었다. 인학이 말했다.

“눈이 오는군.”

“앞이 캄캄한 걸 보면 많이 내릴 것 같아요.”

“그러게 말야. 하기야 겨울에는 눈이 오는 게 좋지. 그렇잖아도 남부 지방에는 가뭄이 극심해 식수까지 모자란 모양이던데……”

텔레비전이나 라디오, 그리고 신문에서는 벌써 오래전부터 남부 지방의 가뭄에 대해 크게 보도하고 있었다. 여컨대 날씨가 너무 가물어 먹을 물까지 모자란다는 것이었다. 성만이가 말했다.

“아이구, 눈발이 점점 거칠어지잖아요.”

아닌 게 아니라 눈발은 사뭇 거칠어지고 있었다. 한 송이씩 드문드문 흩날리던 눈송이는 어느덧 함박눈으로 변하고 있었다. 하늘을 가득 메운 굵직굵직한 눈송이들이 앞 유리로 휘익휘익 줄기차게 날아들면서 시야를 어지럽히고

구름잡기

있었다.

"이거 큰일 났네. 앞이 안 보일 지경이잖아."

인학은 와이퍼를 작동시켰다. 그러자 와이퍼가 앞 유리에 묻어난 눈송이들을 열심히 지워 내고 있었다.

"좀 천천히 가세요."

"괜찮아. 눈이 쌓여서 빙판 지기 전에 조금이라도 더 가야겠어."

인학은 오히려 자동차의 속력을 더 높였다. 어느 사이엔가 길가에는 눈이 소복소복 쌓이고 있었으며, 앙상한 나뭇가지에도 눈꽃이 피어나고 있었다.

그들은 새로 난 도로를 향해 질주했다. 자동차의 바퀴가 지나간 노면에는 까맣게 아스팔트가 드러나 있었다. 백미러를 보면 타이어에서 묻어난 눈송이들이 뒤로 풀풀 날아가고 있었다. 성만이가 말했다.

"정말 모처럼 눈다운 눈이 내리는군요. 이렇게 탐스러운 눈도 오랜만에 보는 것 같은데요."

"내년 농사철에는 풍년 들겠어."

"옛날 어른들이 그런 말씀을 하셨죠. 겨울에 눈이 많이 내리면 여름에 물이 충분해 농사가 잘 된다구요."

"성만이도 그런 이야기를 알고 있어?"

“그럼요.”

“대단한데…… 나는 성만이가 신세대인 줄로만 알고 있었는데 말야.”

“신세대는 신세대죠. 하지만 농촌에서 자랐잖아요. 어렸을 때 어른들로부터 농사짓는 이야기를 많이 들었어요.”

“도회지 신세대들도 그런 걸 알까.”

“아마 모를 거예요.”

“모르겠지.”

인학은 독백처럼 중얼거리면서 소희와 재희를 생각하였다. 그 아이들은 어떻게 지내는지 모를 일이었다. 지난 크리스마스 때 잠깐 만난 뒤로 얼굴조차 못 본 지가 한 달 가까이 지나고 있었다.

아내와의 별거 이후 인학은 두 아이들을 하루도 잊은 적이 없었다. 특히 하루해가 저물어 잠자리에 들 때에는 그 아이들의 모습이 눈앞에 삼삼하였다.

지난 크리스마스 때 인학은 집 근처에 가서 아이들을 불러내었고, 그 아이들이 좋아하는 피자와 켄터키치킨을 사 주었다. 그러자 아이들은 좋아서 어쩔 줄을 모르는 것이었다. 그 아이들과 헤어질 때 소희가 물었었지.

“아빠, 언제 집에 들어오실 거예요?”

구름잡기

그때 인학은 눈시울이 뜨끈해짐을 느끼지 않을 수 없었다. 아내와의 갈등만 아니었더라면 아이들과 오손도손 살 수 있었으련만, 그렇지 못해 못내 안타깝기만 하였다.

인학은 마땅히 할 말이 없었다. 아이들을 생각할라치면 당장에라도 집에 들어가고 싶었지만, 아내와 마주칠 일을 생각할라치면 온몸에 닭살이 돋아나는 느낌이었다.

"글쎄…… 조금만 기다려 봐."

"엄마는 봄이 오기를 기다리라고 하셨어요. 봄이 오면 아빠가 꼭 들어오실 거라구요."

"그랬니?"

"네. 정말 아빠가 보고 싶어요. 친구들이 너희 아빠 어디 가셨느냐고 물으면 뭐라고 할 말이 없단 말예요."

인학은 그때 뼈마디가 저려 오는 듯한 아픔을 느끼지 않을 수 없었다. 부모들의 불화 때문에 아이들만 상처를 입는다고 생각하자 더욱 가슴이 쓰려 오는 것이었다. 아이들과 헤어지면서 인학이 말했다.

"그럼 이 다음에 또 만나자."

"네, 아빠. 안녕히 가세요."

인학은 하마터면 눈물을 흘릴 뻔했다. 그전에는 '안녕히 다녀오세요' 하던 아이들이 이제는 '안녕히 가세요' 하는 것이었다. 인학은 그날 일을 생각할 때마다 마음이 무거워짐을 느끼지 않을 수 없었다.

그는 그날 아이들과 헤어지던 일을 생각하면서 핸들 잡은 손에 약간 더 힘을 주었다. 어느 사이엔가 길이 미끄러워지고 있었다. 성만이가 물었다.

"반장님. 무슨 생각을 하고 계셨어요?"

"아, 아냐. 아무것도……"

인학은 차마 가정 이야기를 입에 담을 수가 없었다. 언젠가는 성만이도 알게 되겠지만, 아내와의 별거 사실을 스스로 털어놓는다는 것은 죽기보다도 더 싫었다. 그것은 자신의 수치이자 집안의 부끄러움일 뿐만 아니라 바로 자존심과도 직결된 문제였던 것이다.

그는 행정리 삼거리에서 여유 있게 오른쪽으로 꺾어 돌았다. 그곳부터는 노폭이 좁아지면서 길도 이리저리 휘어 있었다. 길가 야산의 소나무에는 눈꽃이 더욱 푸짐하게 피어나고 있었다.

맞은편에서 승용차 한 대가 오고 있었다. 승용차는 미끄러질까 봐 엉금엉금 거북이걸음을 하고 있었다. 성만이가 물었다.

"트렁크에 월동 장구는 있습니까?"

구름잡기

“아니.”

인학은 그러나 간단히 대답해 버렸다. 엔진 오일이나 브레이크 오일도 제때에 갈아 넣지 않은 터에 그런 것인들 제대로 챙겼을 리가 만무했다.

“그럼 이따가 어떻게 돌아가죠?”

“별걸 다 걱정하고 있네. 그거야 나중 문제 아닌가. 저엉 길이 막혀 돌아가지 못하면 광덕리에서 민박을 할 수도 있잖아?”

그들은 눈이 하얗게 덮인 고갯길을 지나서 줄기차게 달려 나갔다. 인학은 힐끔힐끔 백미러를 쳐다보곤 했는데, 하얀 길 위에는 타이어 자국이 줄기차게 따라오고 있었다.

그들은 선돌을 지나서 곧 풍세천 뚝방으로 올라섰다. 그곳에도 눈은 펄펄 쏟아지고 있었다. 순백의 산야가 끝없이 펼쳐져 있었다. 나다니는 사람이나 자동차도 보이지 않았고, 어쩌다 떼 지어 노는 동네 개들만 눈에 들어왔다. 성만이가 감탄했다.

“햐, 정말 멋지군요.”

“그렇군. 영화 속의 한 장면을 보는 것 같아.”

“그러게 말입니다. 오늘 같은 날, 멋진 여인을 만나 데이트라도 하면 얼마나 좋을까요.”

“데이트?”

“네. 이렇게 멋질 줄 알았으면 우리 동네 손 마담이라도 데려오는 건데 말입니다.”

“손 마담 아직도 있어?”

“그러믄요.”

“그 여자 고향이 포항이라고 했지?”

“맞아요. 괜찮은 여자예요.”

“어떤 점에서……?”

“그만하면 얼굴도 미인형이지요. 얼굴 못지않게 마음씨도 착해요.”

“성만이가 그 여잘 좋아하는 모양이지?”

“꼭 좋아한다는 것보다도 한 동네에 오래 살았으니까 친구처럼 지내는 거죠 뭐.”

“그동안 다방에 들락거리면서 슬쩍 한 거 아냐?”

“그럴 리가 있겠습니까. 저는 동네에서 그런 짓 절대로 않습니다.”

“조심해야지. 여자한테 한 번 잘못 물리면 신세를 조지는 수가 있어.”

“저야 뭐 조지고 자시고 할 거나 있습니까?”

“그래도 그렇지 않아. 여자 때문에 신세를 조진 사람이

구름잡기

어디 한두 사람인 줄 알아?"

인학은 아내를 의식하면서 그렇게 말했다. 아내가 조금만 충실했더라도 그런 일은 없었을 텐데, 아내 때문에 모든 걸 그르쳤다고 생각하면 분통이 터져 견딜 수가 없었다. 그러나 성만이는 전혀 엉뚱한 뜻으로 받아들이고 있었다. 그는 아직 인학의 가정생활을 깊이 모르고 있었으므로 일반적인 이야기로 알아듣는 것이었다. 그가 말했다.

"여자 때문에 인생을 망친 사람은 그래도 행복한 편 아닐까요? 그보다는 사업하다 실패한 사람이 훨씬 더 불쌍하지 않을까 싶어요."

그들은 얼마 후 광덕리에 도착했다. 그 마을은 지난번에 보았던 그대로 거기 있었다. 지난번에 왔을 때에는 흙먼지가 펄펄 날리는 것이었지만, 지금은 온통 흰 눈에 뒤덮여 있었다.

인학은 종점 부근에서 일단 자동차를 멈추었다. 이미 김씨와는 구면이 된 터에 김씨네 집을 방문하면서 맨손으로 들어가기가 뭣해서 그는 주스 한 박스를 샀다.

그러고 나서 그는 다시 운전석에 올라 김씨네 집 앞으로 다가갔고, 무궁화나무 울타리 앞에 자동차를 세웠다. 어쩐지 오늘은 일이 잘 풀릴 것 같은 예감을 맛보면서 그는 김씨네 문간으로 들어섰다.

누런 개가 마루 밑에서 게으른 낮잠을 자다가 컹컹 두어 번 짖었다. 그러더니 개는 꼬리를 설레설레 흔들면서 갸웃거리고 있었다. 덩치로 보아서는 제법 사나울 것 같았지만, 그러나 그 개는 여간 순하지 않았다. 어쩌면 주인을 닮아서 그런지도 몰랐다.

인학은 두어 번 헛기침을 뱉으며 안채 쪽으로 성큼성큼 다가갔다. 그러자 밀창 문이 드르륵 열리면서 김씨가 얼굴을 내밀었다. 인학이 인사했다.

"안녕하십니까. 또 찾아뵙게 됐지 뭡니까."

"어서 오시오. 마침 잘 왔소이다. 조금 있으면 보살님이 돌아올 겁니다."

그 말에 인학은 하마터면 으악! 하고 소리를 지를 뻔했다. 지나간 몇 해 동안 그렇게나 애타게 찾아다녔던 상대가 조금 있으면 돌아온다니 이건 뭐라고 표현할 수가 없었다. 김씨의 말이 미처 끝나기도 전에 성만이가 반사적으로 물었다.

"네에? 조금 있으면 돌아온다구요?"

"그렇소. 두어 시간 전에 절에 갔다 온다면서 올라갔거든. 아마 조금 있으면 내려올 거요."

구름잡기

“어떤 절에 갔는데요?”

“요 위에 비구니 스님들만 사시는 암자가 있소이다. 일을 도와 드리겠다고 갔는데 올 때가 됐지요. 그러나저러나 일루 들어오시오. 거 참 눈도 푸짐하게 내리는군.”

김씨는 들어오라는 손짓을 해 보였고, 인학과 성만이는 서로 얼굴을 번갈아 쳐다보고는 곧 마루 위로 올라섰다. 밀창 문을 낸 마루는, 마루라기보다 아파트 거실 같은 구조로 되어 있었다. 그들이 신발을 벗고 마루로 올라서는 바로 그 순간 문간으로 묘령의 여인이 나타났다. 그녀를 발견하는 순간, 인학은 머리끝이 찌뭇거림을 느끼지 않을 수 없었다. 인학은 그녀가 곧 선희라는 것을 직감했다.

“아니……?”

인학의 눈에서는 불꽃이 확 튀고 있었다. 그녀 역시 인학과 성만이를 발견하고는 이내 발걸음을 주춤하면서 경이의 눈길을 보내오고 있었다. 그녀가 중얼거렸다.

“누구신지……?”

“보살님. 이분들이 오래전부터 보살님을 찾아왔던 분들이외다.”

김씨가 드디어 그녀에게 말했다. 선희는 스님들이나 보살들이 입는 법복을 입고 있었다. 그녀의 머리 위에도 흰 눈이 내리고 있었다. 인학은 마치 선녀를 만난 듯한 착각을 일으키고 있었다. 그가 조심스럽게 물었다.

"박선희 씨 맞습니까?"

"그렇습니다만……"

"본적이 목천면 교촌리 맞습니까?"

"그런데요……"

인학은 그녀가 틀림없는 박선희라고 확신하면서도 확인 절차를 거쳤다. 그것은 어쩌면 오랜 세월 아주 몸에 배어 버린 직업의식 때문인지도 몰랐다.

역시 직업이란 묘한 것이었다. 직업을 통해 몸에 밴 습성은 그 직업으로부터 떠난 뒤에도 줄곧 따라다니는 모양이었다. 인학은 현역이 아니라 어디까지나 퇴역 경찰관이었다. 그뿐 아니라 그는 가급적 전직을 노출시키지 않으려고 잔신경을 써 온 터였다.

경찰관 출신이었다는 것이 그렇게 부끄러운 일은 아니었지만, 그렇다고 어디 가서 자랑스럽게 떠벌이고 싶지도 않았다. 그 생활을 통해서 크게 성공을 했다거나 또 영광스럽게 은퇴했다면 모르지만, 그의 이력은 그렇지 못했기 때문이었다.

남들은 하지 좋은 말로 포도대장이니 뭐니 그럴싸한 별

명을 붙여 주기도 했지만, 그러나 그는 현역 시절 그 사회에서 너무 많은 시달림을 받아야 했었다. 더욱이 공직자로서의 작은 자긍심마저 망각한 채 기고만장하게 놀아나던 인간들 때문에 그는 엄청난 상처를 입지 않을 수 없었던 것이다.

그는 알고 있었다. 사회에서 경찰을 바라보는 시선이 곱지만은 않다는 것을…… 특히 스스로 잘났다고 생각하는 시민들 중에는 아예 경찰들을 성가시고 귀찮은 천덕꾸러기 정도로 취급하는 경우도 없지 않았다.

사실 경찰 사회에는 동료들의 명예에 먹칠하는 줄도 모르고 날뛰는 무리들이 적지 않았다. 인학은 그런 바보 얼간이들을 볼 때마다 배알이 뒤틀려 견딜 수가 없었다.

그래서 그는 그만둔 직장에 대해 티끌만 한 미련도 두지 않고 있었다. 아니, 도리어 경찰관 출신이라는 것을 드러내지 않으려고 노력해 왔다. 한데 부지불식간에 경찰관 시절의 용어들이 불쑥불쑥 튀어나오곤 하였다. 그가 말했다.

"불쑥 이것저것 물어서 죄송합니다."

"근데 남의 본적지를 알아서 무엇하겠다는 겁니까?"

선희는 시종 경계의 눈초리를 거두지 않고 있었다.

“네, 뭐…… 너무 긴장하지 않으셔도 됩니다. 저희들도 나쁜 사람들은 아니니까요.”

선희는 그 용모가 말해 주듯 당찬 데가 있었다. 독립운동가의 후예답게, 그리고 국내 굴지의 재벌회사 비서 출신답게 아주 당당하기만 하였다. 그녀가 말했다.

“누구시길래 날 찾아다니는 겁니까?”

“차암, 그러고 보니까 순서가 뒤바뀐 꼴이 되었군요. 혹시 말씀 들으셨는지 모르겠습니다만, 저는 김인학이라고 합니다.”

“아, 바로 그분이시군요.”

“말씀을 들으신 모양이군요?”

“부여 친구한테 대충 들었어요.”

인학의 가슴은 쿵쿵 뛰고 있었다. 그는 본래 담력이 센 편이었고, 여간해서 놀라거나 당황한 적이 없었다. 그러나 지금은 사정이 다를 수밖에 없었다. 지나간 몇 해 동안의 일들이 주마등처럼 뇌리를 스치고 지나갔다. 그가 말했다.

“아, 여기서 이렇게 만날 줄이야 누가 알았겠습니까. 우리는 선희 씨를 찾느라 얼마나 고생했는지 모릅니다.”

“절 찾는 이유가 뭐죠?”

“그럴 일이 있습니다.”

구름잡기

"그럴 일이라뇨?"

"선희 씨는 독립운동가 후손 아닙니까?"

인학은 유도 심문을 할 때처럼 화제를 다른 곳으로 몰아 나갔다. 즉흥적인 임기응변이었다. 선희가 말했다.

"그거하고 김 선생님하고 무슨 연관이 있다는 겁니까?"

"글쎄요…… 뭐라고 말씀드릴까요…… 인연이라면 인연일 수도 있겠죠. 어쨌든 나는 꼭 선희 씨를 찾고 싶었습니다. 독립운동가의 후손만 아니었어도 나는 중도에 선희 씨 찾는 일을 포기했을 겁니다. 그러나 선희 씨가 그처럼 고매하신 박인환 선생님의 유일한 혈육이라는 사실을 알았을 때 남의 일로 생각할 수는 없었습니다."

그러나 선희는 잔잔한 미소를 머금은 채 인학의 눈동자를 똑바로 쳐다보았다. 그녀의 눈동자는 호수처럼 맑았으므로 인학은 몸을 움찔하였다. 아마 이렇게 맑은 눈동자를 본 것은 이번이 처음인 듯했다. 그녀가 말했다.

"혹시 대양건설 사람들한테 무슨 부탁을 받은 거 아닌가요?"

"그렇지 않습니다."

"과연 그럴까요. 제가 알기로 두 분은 필경 대양건설 사람들한테 고용되었을 거예요."

선희는 인학과 성만이를 번갈아 쳐다보고 있었다. 그녀의 눈동자는 단순히 맑기만 한 것이 아니라 형형하게 빛나고 있었다. 4년 전, 그녀를 처음 찾아 나설 때부터 이거 예사로운 일이 아니라고 생각한 게 사실이었고, 그녀가 상식적으로는 도저히 납득할 수 없는, 그리하여 세간의 여느 아가씨들과는 근본적으로 다른 데가 있을 거라고 추측하고 있었지만, 역시 그녀는 아무 데서나 흔히 대할 수 있는 그런 인물이 아니었던 것이다. 인학이 말했다.

"그렇게 생각하실 수도 있겠죠. 그러나 우린 대양건설과는 아무런 관련도 없습니다. 다만……"

"괜찮습니다. 대양건설과 관련이 있으면 뭐가 어때요? 어쨌거나 절 찾아오셨다니 방으로 들어가서 말씀하시죠."

선희는 자신이 기거하고 있는 문간방을 가리켰다. 인학은 힐끗 성만이의 눈치를 살폈다. 성만이는 다소 멋쩍은 표정을 지으면서 들어가자는 눈짓을 보내왔다.

선희가 먼저 방으로 들어섰고, 인학과 성만이도 그녀를 따라 방으로 들어섰다. 방에는 그윽한 향기가 번지고 있었다. 화장품이나 향수가 놓여 있는 것도 아니었지만, 방 안에는 향내음이 가득 고여 있었다. 꾸어다 놓은 보릿자루처럼 멀뚱거리고 있던 성만이가 선희에게 말했다.

“우리를 나쁜 사람으로 보지 마세요.”

“호호호…… 제가 언제 선생님들을 나쁜 사람으로 보았나요?”

“지나치게 경계하는 것 같아서……”

“그렇지 않아요. 이 세상에 어디 나쁜 사람만 있나요. 나는 나쁜 사람보다 좋은 사람이 더 많다고 생각해요.”

선희는 환한 미소를 머금고 있었다. 하지만 인학은 어색함을 달랠 길 없었다. 사람을 찾기만 하면 할 이야기도 많을 것 같았지만, 그러나 막상 당사자를 만나자 마치 꿈결 속을 헤매는 듯 어리둥절할 따름이었다. 인학이 물었다.

“성남면 대정리에 사는 용기라는 사람을 아시겠죠?”

“알죠. 아주 좋은 분이에요.”

“그 집에는 왜 연락도 않고 지냈습니까? 여기서 그리 멀지도 않은데 말입니다.”

“그분이 절 찾던가요?”

“말도 마십시오. 용기는 선희 씨를 눈이 빠지도록 기다리고 있습니다.”

“하긴…… 산소는 어떻게 되었는지……”

선희가 중얼거렸고, 인학은 태호고개에 있는 성거 양반의 초라한 묘소를 생각하였다. 몇 해 전 봄, 성남면 대정리를 찾아갔을 때, 그는 용기의 안내를 받아 성거 양반의 묘소를 찾은 적이 있었다.

그때 인학은 실망의 차원을 넘어 참담한 심경을 금할 길 없었다. 동네 사람들이 성거 양반, 성거 양반…… 하기에 무덤도 그럴싸할 줄 알았는데, 그분의 묘소는 의외로 초라하기 짝이 없었다.

성거 양반은 살아생전 이웃들로부터 존경받던 인물이었건만 변변한 후손을 두지 못했다고 해서 묘소마저 그 모양으로 방치돼 있다니 실로 안타깝기 짝이 없었다. 흙이 흘러내려 납작코가 되어 버린 봉분, 붉은 흙이 드러나 뭉툭뭉툭 잘라져 나간 사성이라든가 어쨌든 성거 양반의 무덤은 비참한 상태로 방치돼 있었던 것이다.

그 대신 건너편 산기슭에는 석물로 치장한 호화로운 분묘들이 일직선으로 늘어서 있었다. 그 호화 분묘들은 바로 대양건설 상무로 있는 갑식이의 선대 묘소였던 것이다.

인학은 갑식이에 대해서도 알 만큼 알고 있었는데, 그의 부친은 조치원에서 성남한의원을 내고 있었다. 인학은 성만이와 함께 그 한의원을 방문한 적이 있었고, 갑식이 부친과 대양건설의 끈적끈적한 관계를 잘 알고 있었다.

갑식이 할아버지는 대양건설 창업주 전일석과 한 통속

구름잡기

으로 놀아나던 사람이었다. 전일석은 일본 제국주의자들의 앞잡이 노릇을 하였고, 갑식이 할아버지 역시 왜놈들에게 빌붙어 한 시절 떵떵거리고 살았던 위인이었다.

그런데 믿어지지 않는 사실이 있었다. 갑식이 부친은 더러운 집안에서 태어났으면서도 비교적 깨끗하게 살아온 터였다. 그는 한의사로서 아주 기품 있게 늙어 가고 있었던 것이다.

그러나 갑식이는 속물 중에도 속물이었다. 그는 한때 암캐 궁둥이에 따라붙는 수캐처럼 선희의 꽁무니를 졸졸 따라다녔던 모양인데, 종당에는 대양건설 전일석 회장의 손주 사위이자 창업 2세인 전영우 회장의 사위가 되었던 것이다.

그것은 분명 정략적인 결혼이었다. 사랑이고 나발이고 그런 것은 안중에도 없었다. 그는 오직 출세를 위해 전영우 회장의 딸, 별로 잘 생기지도 못하고 그리 똑똑할 것도 없는 그 여자와 냉큼 결혼한 것이었다. 결과적으로 그는 선희를 배신한 셈이었다.

전영우 회장의 딸과 결혼한 이후 갑식이는 대양건설 안에서 고속 출세의 길을 달렸다. 전영우 회장은 자신의 사위에게 잇따라 승진의 기회를 만들어 주었고, 갑식이는 다른 동료들을 훨씬 앞질러 급기야 젊디젊은 나이에 상무 자리에 올랐다. 인학이 말했다.

"우리도 사실은 태호고개 성거 양반 산소에 간 적이 있습니다."

"그래요?"

"솔직히 말씀드려서 훌륭한 어른의 산소치고는 너무 초라하다는 생각을 지울 수 없었습니다."

"일단 돌아가신 다음에야 초라한들 어떻겠습니까만……하여간 저는 용기 아저씨만 믿고 있지요."

선희의 눈에는 잠깐 영롱한 이슬이 맺혔다가 사라졌다. 뭐라고 꼭 꼬집어 말하기는 힘들지만, 어쨌든 그녀에게는 말 못할 사연이 많은 듯했다. 인학이 말했다.

"선희 씨를 찾아다니는 동안 참으로 많은 사람들을 만났습니다. 신정진 선생님께서 외롭게 투병 생활을 하시다가 돌아가셨죠."

"알고 있습니다. 참, 훌륭한 선생님이셨는데……"

그러면서 선희는 찻잔에 녹차를 따랐다. 찻잔에서는 곰실곰실 피어오르는 김과 어우러져 그윽한 향기가 치솟고 있었다. 선희는 정맥이 파르라니 내비치는 고운 손으로 인학과 성만이 앞에 찻잔을 옮겨 놓고 있었다.

구름잡기

인학은 찻잔을 들었다. 그동안 여러 곳에서 녹차를 마셔
보았지만, 선희가 내놓은 차는 시중의 그런 차가 아니라
신선들이나 마실 법한 것이었다. 인학이 말했다.

"한 가지 묻고 싶은 게 있습니다."

"뭔데요?"

"왜 하필이면 이런 산골에 와 계십니까?"

"여기가 뭐 어때서요?"

"상식적으로는 이해가 잘 안 돼서 그럽니다."

"그러시겠죠. 하지만 저는 이렇게 살기를 원했어요."

"뭐가 뭔지 잘 모르겠군요."

"그러세요? 그렇지만 저는 가장 보람 있게 살고 있다고
생각합니다. 이 맑은 공기, 아무도 간섭하지 않는 자유……
얼마나 좋은지 모릅니다."

그녀는 아주 잔잔한 미소를 머금고 있었다. 그런 그녀의
모습은 마치 해탈의 경지에 이른 생불과도 같았다. 인학이
물었다.

"한때는 대양건설에 근무한 적도 있었잖습니까?"

"그랬었죠."

"서울 한복판, 그것도 굴지의 재벌회사에 근무하던 분
이 어째서 이런 생활을 택했는지 잘 납득이 안 갑니다."

“그럴 수도 있겠죠. 하지만 저는 복잡한 생활을 싫어했어요. 회사에 근무하던 시절, 어떻게 하면 복잡한 생활에서 탈피할 수 있을까 하고 노상 생각했었죠. 도대체 서울 생활이라는 것, 복잡한 회사 생활이라는 것이 제 적성에 맞지 않았거든요.”

“하긴……”

인학은 문득 경찰관 생활을 그만두기로 결심하던 때를 회상했다. 그 무렵, 직장으로부터 마음이 떠나자 출근한다는 것 자체부터 괴로워지는 것이었다. 이른 아침, 경찰서 문을 들어설 때마다 도축장에 들어가는 소나 돼지의 심정을 십분 이해하고도 남음이 있었다. 선희가 말했다.

“직장을 그만두면 어떻게 하나 하고 고민도 많이 했었죠. 하지만 그건 쓸데없는 기우에 불과했어요. 이렇게 신상 편한 세계도 있으니까요. 저는 이 세상의 누구도 부럽지 않을 만큼 편안한 생활을 하고 있죠.”

사실 선희의 얼굴은 평화롭기 짝이 없었다. 길에 나가면 아귀다툼을 벌이는 사람들이 지천으로 널려 있고, 그리하여 피가 팍팍 튀는 살벌함이 넘쳐나고 있지만, 그러나 그녀의 얼굴에는 속세에서는 보기 어려운 평화가 가득 배어 있었다. 인학이 말했다.

구름잡기

“그러면 한 가지만 더 물어보기로 할까요.”

“뭡니까.”

“왜 다른 사람에게는 거처를 알리지 않았습니까.”

“번거로운 것이 싫어서 이 길을 택했는데, 누구한테 거처를 알린단 말씀입니까. 그건 당치도 않은 말씀입니다.”

“과연 그럴까요?”

“내 생각에는 지금도 변함이 없습니다. 나는 이런 곳에서 조용히, 아주 조용히 살고 싶을 뿐입니다. 그런데 선생님들은 무엇 때문에 절 찾아다니는 겁니까? 아무래도 이해가 되지 않습니다.”

“그거야 이미 말씀드렸잖습니까.”

“하지만 저는 아직도 잘 이해할 수 없습니다. 선생님들과 저는 평소 아무런 인연도 없었잖습니까? 아마 선생님들은 대양건설에서 보낸 분들일 거예요. 대양건설 사람들이나 제 친구들이 아니라면 절 찾을 사람이 아무도 없거든요.”

“그렇지 않습니다. 선희 씨를 찾는 사람은 의외로 많습니다.”

“그건 어디까지나 선생님 생각일 뿐이겠죠.”

선희는 거의 단정적으로 말했다. 인학은 참으로 난감했

다. 천신만고 끝에 선희를 찾긴 했으나, 그렇다고 강재원 변호사와의 관계를 전부 털어놓을 수도 없는 입장이었다. 인학이 말했다.

"지금이라도 당장 용기한테 전화를 걸어 보십시오. 얼마나 애타게 기다리고 있는지 모릅니다."

"그분이야 그럴 수도 있겠죠. 하지만 선생님들이 그전부터 그분을 알고 지낸 건 아니잖아요?"

선희는 역시 총명했다. 인학은 당초 이 아가씨야말로 보통 여자가 아닐 거라고 예측했었는데, 아니나 다를까 선희는 그 빼어난 용모 못지않게 웬만한 남자쯤이야 뺨치고도 남을 만큼 야무진 데가 있었다.

특히 그녀에게는 상대방의 마음을 꿰뚫어 보는 매서운 눈이 있었다. 그녀의 그 호수처럼 맑은 눈망울을 보면서 인학은 자기도 모르게 한풀 꺾이지 않을 수 없었다.

인학은 지금까지 어느 누구한테도 의지를 굴복당한 적이 없었다. 아니, 아무리 흉악한 인간이라 할지라도 인학은 여지없이 상대방의 의지를 꺾어 놓곤 했었다.

그러나 선희한테만은 섣불리 덤빌 수가 없었다. 인학은 그녀의 날카로운 질문 앞에서 도리어 답변을 찾기가 궁색한 형편이었다. 인학이 말했다.

구름잡기

“그럼 강동석 씨에 대해서 말씀드려 볼까요? 그 사람에 대해 어떻게 생각하십니까?”

“글쎄요. 제가 어떻게 다른 사람에 대해 함부로 평가를 내릴 수 있겠습니까. 김 선생님은 그분을 잘 아십니까?”

“역시 선희 씨를 찾아다니다가 알게 됐죠. 아주 똑똑한 청년이라는 인상을 받았습니다. 강동석 씨도 선희 씨를 무척 찾고 있더군요.”

“그럴 리가 없을 텐데요. 강동석 씨는 대양건설에서 노동운동을 하던 분이에요. 그분은 나 같은 비서실 직원을 우습게 알았을 겁니다. 그분은 본래 강골이었으니까요.”

“내가 볼 때에도 강동석 씨는 대단한 강골이더군요. 더욱이 역사의식에도 투철하고 말입니다.”

“잘 보셨습니다. 제가 알기로도 투사 기질을 가진 분이 아닌가 합니다.”

선희는 창문 쪽으로 눈길을 던졌다. 문풍지가 바람에 떨고 있었으며, 창밖으로부터 참새들 우짖는 소리가 들려오고 있었다. 인학이 말했다.

“강동석 씨가 선희 씨 이야기를 많이 하더군요.”

“무슨 얘길 했다는 겁니까?”

“주로 집안 내력에 대해 많은 이야기를 들려주더군요.”

“뭐 내세울 만한 것도 없어요.”

인학은 갑식이 이야기를 할까 하다가 그만두었다. 갑식이 이야기를 꺼내면 그녀에게 큰 결례가 될지도 모른다는 생각 때문이었다. 인학이 말했다.

“집안 어른들이 나라와 민족을 위해 살다 가셨는데, 내세울 만한 것도 없다니 겸손이 지나치십니다.”

“그 어른들 역시 누군가가 알아주기를 바라면서 그런 일을 하신 건 아니라고 봐요. 훗날 누군가가 역사를 제대로 정리하면 몰라도 현재로서는 별로 알려지지 않은 분들이에요.”

“안타까운 일입니다.”

인학은 문득 박인환 선생 일가의 활동 무대가 천안이었다는 사실과, 바로 그 땅에 독립기념관이 세워져 있음에도 불구하고 그분들의 독립 운동 사실이 아직 역사의 뒷전에 묻혀 있다는 것을 생각하고는 송구한 마음을 머금지 않을 수 없었다. 선희가 말했다.

“저는 집안 내력에 대해 별로 아는 것이 없어요. 어린 시절, 어른들로부터 귀동냥으로 들은 이야기들이 있지만, 그걸 뒷받침할 만한 근거나 자료들을 가지고 있는 것도 아니에요. 저희 집안은 제가 태어나기도 전에 완전히 몰락했

구름잡기

어요. 할아버지 때만 해도 목천이나 병천 일대에서는 알아
주는 집안이었던 모양이던데…… 그러나 그것도 제가 자신
있게 말할 수는 없어요. 제가 직접 본 것도 아니니까요. 동
네 어른들이 그런 말씀을 하시면서 저에게 동정을 보내기
도 했었죠. 하지만 그건 어디까지나 옛날 일에 불과할 뿐
이고, 저는 제 생각대로 살아가면 그만이죠. 지금 이렇게
마음 편케 살아갈 수 있는 것만으로도 얼마나 행복한지 몰
라요.”

“그런데 아무래도 이해하지 못할 점이 있어요.”

“뭔데요?”

“대양건설에서는 왜 온다 간다 말도 없이 갑자기 나온
겁니까?”

“글쎄요. 별걸 다 물으시는군요. 하지만 궁극적으로는
그런 질문을 던지실 줄 알았어요. 김 선생님이 대양건설
쪽의 부탁을 받고 온 분이라 추측한 것도 사실은 그런 질
문이 나올 거라는 짐작 때문이었어요. 물론 궁금하시겠지
요. 하지만 저로서는 어쩔 수 없는 선택이었어요. 제가 만
약 다른 사원들처럼 사직서를 쓰고 퇴사할 뜻을 비치면 그
사람들이 순순히 보내 줄 것 같지 않았어요. 왜 그러느냐,
무엇 때문에 그러느냐…… 혹시 다른 회사로 가려느냐……

제가 사표를 쓰면 그런 것까지 꼬치꼬치 캐물을 거 아네
요? 그런 질문에 일일이 답변한다는 것이 얼마나 피곤한
일이에요? 으음…… 회사 생활을 하는 동안 죄책감도 많이
느꼈구요.”

“죄책감이라뇨?”

“처음에는 잘 몰랐어요. 오로지 먹고 살기 위해 취직에
만 급급했었으니까요. 하지만 차츰 철이 들었다고나 할까
요…… 돌아가신 조상들을 생각하게 되면서 다른 회사도
아니고 대양건설에서 월급을 탄다는 사실이 그렇게 부끄
러울 수가 없었어요. 말씀을 들으셨는지 모르지만, 대양건
설 창업주 일가는 바로 일제 침략자들에게 협력한 사람들
이었어요. 좀 더 과격하게 말씀드리자면 제 할아버지를 타
도의 대상으로 삼았던 사람들이죠. 그 집안은 큰 부자가
되었고, 저희 집안은 오래전에 비참할 정도로 몰락했어요.
아무리 그렇다고 하지만, 제가 그 회사에서 밥을 먹는다는
것은 조상들을 욕되게 하는 처사가 아니고 무엇이겠어요?
회사 사람들은 저를 필요 이상으로 각별히 대우해 주었습
니다. 그 사람들에게도 조그만 양심이 있었던 모양이에요.
그러나 그 사람들이 제게 관심을 가져 주면 가져 줄수록
저는 더 많은 죄책감에 사로잡히지 않을 수 없었습니다.

구름잡기

어디 간들 제 목숨 하나 부지하지 못하랴 하는 생각과 함께 왜 하필이면 대양건설에서 밥을 먹어야 하는지 깊은 회의가 들더군요. 그때부터 저는 조상님들께 참회하기 시작했죠. 정식으로 퇴사 절차를 밟았더라면 당연히 퇴직금도 받았을 겁니다. 하지만 그 회사에서 월급을 타 먹은 것도 부끄러운 마당에 무슨 퇴직금 따위가 필요하겠어요? 그보다는 조용한 곳에서 참회의 길을 걷기로 했죠."

"그래서 훌쩍 떠났다는 말씀입니까?"

"그렇습니다. 저는 아무런 미련도 없이 그저 훌쩍 떠나고 싶었습니다. 저는 어느 누구와도 의논하고 싶지 않았고, 또 의논할 필요가 있는 것도 아니었어요. 김 선생님 말씀대로 그냥 훌쩍 떠나고 싶었을 뿐입니다."

"아무리 그렇더라도 누군가에게는 알렸어야 하는 거 아닙니까?"

"천만에요. 저는 복잡한 세상이 싫었어요. 그보다는 저 혼자 조용히 살기를 원했던 겁니다."

인학은 부여에서 김혜란이 들려준 말을 회상했다. 그녀의 말마따나 선희는 역시 보통 사람의 평범한 상식으로는 이해하기 힘든 면을 간직하고 있었기 때문이었다. 인학이 물었다.

"서울에는 가시지 않을 겁니까?"

"물론입니다. 제가 왜 다시 그 복잡한 서울에 가겠습니까. 전 이대로 마음 편히 살 겁니다."

"알겠습니다. 그럼 우린 이만 일어나겠습니다."

인학은 자리에서 일어났다. 선희를 찾아낸 지금 더 이상 뭉그적거릴 필요가 없다고 생각되었기 때문이었다. 인학은 성만이와 함께 밖으로 나왔는데, 눈발은 그쳤으나 울창한 송림에는 현란한 눈꽃이 피어나 실로 장관을 연출하고 있었다.

13

“네, 변호사 사무실입니다.”

미스 고의 낭랑한 목소

리가 들려왔다.

“아, 미스 고?”

“네, 접니다. 반장님이시군요.”

요게 대번 내 목소리를 알아듣는군. 여우같은 가시

내…… 인학은 마음속으로 그런 생각을 하면서 조용히 물

었다.

“변호사님 계신가.”

“아뇨. 며칠 동안 못 나오실 것 같은데 어쩌면 좋죠?”

“외국에 가셨나.”

“아뇨. 지방에 가셨어요.”

“지방 어디?”

“제주도에 가신다고 말씀하셨습니다.”

“거긴 왜?”

“그것까진 잘 모르겠어요.”

“쉬러 가신 모양이군?”

“아마 그럴 거예요.”

“언제쯤 오실까.”

“아마 목요일이나 금요일쯤 오실 거예요.”

“오늘이 무슨 요일이더라……?”

인학은 혼잣말처럼 중얼거렸다.

“오머, 반장님. 요일 바뀌는 것도 모르세요? 오늘이 월요일이잖아요?”

“아이쿠, 내 정신 좀 봐. 요즘 내 정신이 그렇다니까.”

“지금 어디 계세요?”

“밖이야.”

인학은 막연하게 그냥 ‘밖’이라고 얼버무렸다. 집을 나온 이후 그는 누군가가 상대방이 거처나 연락처를 물을 때마다 대충 우물쭈물 얼버무릴 수밖에 없었다. 미스 고가 말했다.

"변호사님 오시면 연락 드릴까요."

"아니. 내가 다시 연락할게. 자, 그럼 이만 끊겠어."

"네. 수고하세요."

인학은 힘없이 송수화기를 내려놓았다. 어딘지 모르게 허전했다. 강 변호사가 지방에 갔다는 것도 그렇지만, 미스 고를 향한 울렁거림 때문에 더욱 허전함을 느끼지 않을 수 없었다.

그러나 지금 미스 고만을 그리워하고 있을 수만은 없었다. 그는 곧 신길동 강동석에게 전화를 걸었다. 선희를 찾았다고 하면 그 역시 얼마나 반가워할 것인가. 마침 강동석이 직접 전화를 받았다.

"아, 강동석 씨?"

"그렇습니다만……"

"나 김인학이오."

"정말 오랜만이군요. 지금 어디 계십니까."

"영등포에 있소이다."

"혹시 오늘 신문 못 보셨습니까."

"아직 못 봤는데…… 뭐 좋은 기사라도 나왔소?"

"햐, 드디어 올 것이 오고야 말았습니다. 마침내 대양건설이 쓰러졌지 뭡니까."

강동석은 아예 쾌재를 부르고 있었다. 인학은 강동석과 대양건설의 관계를 잘 알고 있었다. 강동석은 바로 대양건설에서 노동운동을 하다가 해고된 몸이었다.

그는 대양건설의 역사에 대해서도 훤히 꿰뚫고 있었다. 대양건설은 바로 민족 반역자에 의해 세워진 기업이었다. 그런데도 그들은 걸핏하면 민족기업 어쩌구 하면서 역사에 대해 잘 모르거나 별로 관심 없는 국민들을 송두리째 기만하고 있었다. 인학이 물었다.

"신문에 그 기사가 나왔단 말입니까."

"그럼요. 당장 신문을 보세요."

신문 이야기가 나오자 인학의 머릿속에는 얼핏 성기종 기자의 얼굴이 스쳐 지나갔다. 어쩌면 강동석보다도 성기종 기자가 그 내막을 더 자세히 알고 있을지도 모른다는 생각이 들었다. 인학이 말했다.

"당장 신문을 사 보겠소."

"그렇게 하세요. 그놈들은 진작 망했어야 하는 건데 여지껏 잘 먹고 잘 살았지 뭡니까. 요즘 독도 문제를 보세요. 일본이 어떤 나라입니까. 지금 일본 제국주의가 되살아나고 있습니다. 마침 이럴 때 대양건설이 망했다는 것은

구름잡기

더 통쾌한 일입니다. 일본 놈들 앞에서 주구 노릇이나 하던 작자들이 아직도 버젓이 거리를 활보하고 있습니다. 이거 안 될 말입니다. 민족을 팔아 일신의 영달만을 추구했던 무리들은 가차 없이 단죄돼야 합니다. 다행히 대양건설은 저희들 스스로 망했습니다. 그런 놈들은 진작 망했어야 하는데 권력에 빌붙어 정경유착으로 아직까지 살아 나왔던 거 아닙니까.”

인학은 선희 이야기를 하고 싶었지만, 강동석은 흥분한 나머지 인학에게 말할 기회도 주지 않은 채 일방적으로 따발총처럼 쏘아대고 있었다. 그는 역시 다혈질이었고, 여전히 정의감에 불타고 있었다. 인학이 말했다.

“강동석 씨. 이번에는 내 얘기 좀 들어 보겠소?”

“제 얘기보다 더 좋은 일이라도 있습니까.”

“있지요……”

“뭡니까.”

“드디어 박선희 씨를 찾았어요.”

“네에?”

아니나 다를까, 강동석은 화들짝 놀라고 있었다. 인학이 물었다.

“기분이 어떻소?”

“아주 대단한 일을 하셨군요. 선희 씨도 대양건설 부도 사태를 알면 얼마나 기뻐하겠습니까.”

그러나 강동석은 분명 뭔가 잘못 짚고 있었다. 인학이 볼 때, 선희는 적어도 대양건설의 흥망성쇠에 관심을 가질 인물이 아니었다. 그녀는 이미 대양건설과는 무관한, 아니 세속적인 일에 관해서는 거의 초탈의 경지에 이르러 있었다. 인학이 말했다.

“자, 그럼 오늘은 바빠서 이만 끊읍시다. 며칠 내로 내가 다시 연락하겠소.”

“잠깐만요…… 그래 선희 씨가 어디서 무슨 일을 하고 있던가요.”

“천안의 한 산골에서 조용히 지내고 있습디다.”

“천안이라면 바로 선희 씨 고향 아닙니까.”

“고향에서는 제법 떨어진 곳이지만, 어쨌든 조용히 잘 지내고 있었소. 강동석 씨가 말한 대로 보통 사람하고는 다른 데가 있습디다.”

“다시 말씀드리지만, 정말 큰일을 하셨습니다. 지금이라도 당장 선희 씨를 만나 보고 싶습니다.”

“그거야 어렵지 않소. 마음만 먹으면 언제라도 만날 수 있으니까. 그 문제는 우리 별도로 이야기합시다. 내가 다

구름잡기

시 연락을 하지요."

"네, 꼭 좀 그렇게 해 주세요."

"자, 그럼 이만 끊읍시다. 다른 데도 급히 연락할 일이
있거든……"

그들은 통화를 마쳤다. 인학은 신문에 무슨 기사가 났
는지 궁금했지만, 그보다는 성남면 대정리에 살고 있는 용
기에게 먼저 연락을 취하기로 했다. 그는 이내 용기에게로
전화를 걸었다. 드디어 상대방의 목소리가 들려왔다.

"여보세유."

용기의 아내였다. 그녀는 충청도 특유의 느린 말투를 쓰
고 있었다. 인학이 말했다.

"종태네 집이죠?"

"그런디유. 누구시래유?"

"오랜만입니다. 나 서울 김인학입니다."

"안녕하세유? 종태 아부지는 지금 마당에 나가 있는디
유……"

그녀는 시종 무뚝뚝하게 전화를 받고 있었다.

"좀 바꿔 주셨으면 합니다."

"야, 쬐끔만 기다리세유."

그러고 나서 잠시 후 '여기 전화 받어유' 하는 소리가 들

려왔다. 그녀는 마당에 있는 자신의 남편, 즉 용기를 부르는 것이었는데, 마치 무엇엔가 비위가 뒤틀려 골 난 사람을 연상케 하였다.

용기 아내는 본시 상냥한 맛이라곤 전혀 찾아볼 수 없는, 그리하여 아주 무식하게 느껴지는 그런 여자였다. 마음속으로 무슨 악의가 있어서 그런 것이 아니라, 별로 배운 것도 없는 데다 산골 한 구석에서만 살아온 터라 그녀 자신의 말투와 생활양식이 굳어진 탓이었다.

잠시 후 '누구여?' 하는 용기의 목소리가 들려왔고, 이어서 '받어보믄 알 거 아뉴' 하는 용기 아내의 볼멘소리가 들려왔다. 그들 부부의 짧막한 대화를 엿들으면서 인학은 피식 웃음을 머금고 있었다. 드디어 용기의 목소리가 들려왔다.

"전화 바꿨는디 누구시래유?"

"나야. 서울 김인학……"

"아이구, 형님. 이거 얼마만이래유. 대관절 지금 어디 계신대유?"

"서울에 있지."

"천안에 온 게 아니구믄유."

"며칠 전에 다녀왔어."

구름잡기

"야? 그게 무슨 말씀이래유? 천안까지 왔다믄서 우리 집에 안 들렀다 이건가유?"

"그렇게 됐어. 저어, 다름이 아니구…… 선희를 찾았어."

"오메, 그게 참말유?"

아니나 다를까, 용기는 깜짝 놀라고 있었다.

"참말이지. 근데 지금은 공중전화여서 긴말 하기가 어려워. 다시 연락할게."

인학은 힐끗 전화 부스 밖을 내다봤다. 부스 바깥에는 아까부터 어떤 아가씨가 대기하고 있었다. 머리에 노랑 물을 들인 그 아가씨는 뭐가 그리도 불만이 많은지 부어터질 대로 부어터져 있었다.

여자들이란 본래 그렇고 그런 모양이었다. 자기들이 한 번 전화기를 붙들었다 하면 뒤에서 누가 기다리거나 말거나 몇 십 분씩 노닥거리면서도, 다른 사람이 좀 길게 통화한다 싶으면 그 꼴을 못 보는 것이었다. 용기가 물었다.

"도대체 어디서 아가씨를 찾았단 말여유?"

"바로 천안 땅에 있더군."

"야? 그건 또 무슨 말씀이래유?"

"광덕면 광덕리에서 찾았어."

"그럼 광덕산 아래 아닌가유?"

“그래. 그곳에 아주 큰 산이 있더군. 절도 있고 말야.”

“그 아가씨가 지금도 그 동네에 있나유?”

“물론이지.”

“야, 정말 등잔 밑이 어둡다더니 그 말이 맞네유. 근디 그 아가씨가 거기서 뭘하고 있던가유?”

“일일이 설명하자면 좀 길어. 나중에 만나거든 자세히 얘기해 줄게. 오늘은 이만 끊어.”

“아, 이거 정말 미치겠네유.”

“미안해. 오늘은 어쩔 수 없으니까 이만 끊자구.”

인학은 다시 부스 밖을 내다보았다. 아니나 다를까, 노랑머리 아가씨는 도끼눈을 부릅뜨고 있었다. 인학은 아쉬움을 느끼면서 전화를 끊지 않을 수 없었다.

그가 부스에서 나오자 노랑머리 아가씨는 인학을 아래위로 훑어보며 부스 안으로 들어가 출입문을 신경질적으로 쿠당탕 닫았다. 싸가지 없는 계집애. 인학은 냅다 욕이나 퍼부어 줄까 하다가, 인간 같지 않은 것은 애당초 상대하지 않는 것이 상책이라는 생각에 애써 참았다. 소갈머리 없는 계집애 따위와 상대해 봤자 사람 품위만 떨어질 것이기 때문이었다.

어느 사이엔가 인학의 눈앞에는 용기의 모습이 어른거

구름잡기

리고 있었다. 아마 이 살벌하고 험악한 세상에 용기 같은 인간도 드물 것이었다. 지금까지 선희를 찾아다니는 동안 여러 사람들을 만났지만, 그중에서도 용기는 가장 잊을 수 없는 인물이었다. 그는 몸도 성치 않은 장애인이었지만, 어느 모로 보나 한 점 나무랄 데가 없었다.

그는 인간의 원형을 그대로 간직한 순종이었다. 인간들끼리 서로 피가 팍팍 튀는 아귀다툼을 벌이며 살아감으로써 세상 자체가 아주 험악하게 변해 버렸고, 얼마나 더 살벌하게 변할지 모르지만, 용기는 그런 와중에서도 인간 사회의 그 어떤 악에도 오염되지 않은 순수함을 고스란히 간직하고 있었던 것이다.

인학은 곧 버스정류장 부근 가판대로 가서 신문부터 한 부 사 들었다. 그러고 나서 그는 근처 다방으로 들어갔다. 커피 한 잔을 주문해 놓고 그는 신문을 훑어보았다.

아니나 다를까, 강동석이 말한 대로 대양건설에 관한 기사가 큼지막하게 나와 있었다. 그는 잠시 후 종업원이 가져온 커피를 마시면서 굵직굵직한 제목부터 살펴보았다.

- 대양건설 그룹 거액 부도
- 관련업체 연쇄 부도 우려

　이런 제목 밑에 기사가 길게 이어지고 있었다. 인학은 그 기사를 읽으면서 강재원 변호사를 생각했다. 강 변호사는 대양건설과 밀접한 연고를 맺고 있기 때문이었다. 모르긴 해도 대양건설이 쓰러지면 강 변호사에게도 모종의 영향이 있을 것이라는 어림짐작이 들었다.

　그 다음으로 생각나는 사람은 상무 김갑식과 비서실장 임준길이었다. 이제 그들의 장래랄까 운명은 어떻게 바뀔 것인지 궁금했다. 갑식이와 임 실장은 순전히 대양건설에 목을 매달고 있는 사람들이었다.

　더욱이 갑식이는 전영우 회장의 사위로서 대양건설을 움직여 온 실세라고 말할 수 있었다. 한데 대양건설이 부도를 내고 쓰러진 이 마당에서 그는 끈 떨어진 두레박 신세로 전락한 것이 분명했다.

　임준길 비서실장은 어떻게 될 것인가. 그는 능력 있는 사람이니까 다른 회사에 취직하면 그만이겠지만 그것도 간단치는 않을 것이었다. 내가 왜 남의 일을 걱정하고 있을까. 인학은 그들의 앞날을 걱정하다가 실없이 웃고 말았다.

　거참 이상도 하지. 내가 왜 쓸데없는 걱정에 휘말려야 할까. 그는 엉뚱한 생각을 떨쳐 버리려고 애쓰면서 신문

기사를 자세히 들여다보았다.

– 대양건설을 비롯 대양요업, 대양유화, 대양식품, 대양콘크리트, 대양산업 등 대양건설 계열 7개 회사가 27일 모두 부도 처리됨으로써 사실상 도산했다. 이로써 대양건설 협력사 및 하청업체의 연쇄 부도로 이어질 가능성이 높으며, 경제에 큰 충격을 가져다줄 것으로 전망되고 있다 (관련기사 5면).

정부는 이날 대양건설의 부도 사태와 관련, '우리 경제에 미치는 파장을 고려해 일단 현황을 파악 중'이라고 밝혔다. 정부의 고위 당국자는 기자간담회에서 '은행감독원과 신용관리기금에 대해 대양건설 및 그 계열사 현황을 파악해 보고토록 지시했다'고 밝히는 한편, '정부의 지원 여부는 차후 결정하겠다'고 말함으로써 원칙적으로 정부가 개입하지 않을 것임을 시사했다.

기사는 길게 이어지고 있었다. 인학은 5면에 나와 있는 관련 기사까지 샅샅이 읽었다. 아무래도 대양건설 부도 파장은 간단치 않을 듯했다.

인학은 종래의 관행으로 미루어 대양건설 임원들 가운

데 몇몇은 무사하지 못할 것으로 내다봤다. 앞으로 금융기관 등의 고발이 있을 경우 대양건설 사주는 물론 경영진 가운데 여러 사람이 사법 처리될 것이었다.

그는 다른 기사들도 훑어보았다. 한데 가장 눈길을 끄는 대목은 역시 2백 해리 배타적 경제수역 선포 문제를 둘러싼 일본 측의 억지 주장에 관한 내용이었다. 책임 있는 일본 정부 당국자가 독도를 기점으로 배타적경제수역을 선포하겠다고 궤변을 늘어놓은 것이었다.

죽일 놈들…… 독도는 역사적으로나 법적으로나 엄연히 우리의 영토이건만 일본은 어처구니없는 생떼를 쓰고 있었다. 인학은 안다, 일본의 흉계가 무엇인가를.

그들은 아직도 제국주의 망령에서 헤어나지 못하고 있었다. 과거 불행했던 시절 우리의 국권을 유린하고 그것도 모자라 민족 말살까지 획책했던 일본인들은 아직도 그때 그 버릇을 고치지 못하고 있는 것이다.

그런데도 일본 측에 당당히 대응하지 못하는 정부 당국의 우유부단한 태도 역시 도저히 이해할 수가 없었다. 정부 당국자는 일본의 시마네현(島根縣) 오키섬(隱岐島)과 우리나라의 울릉도를 기점으로 하여 중간선을 긋더라도 독도가 우리 수역 안에 들어온다고 떠들어대고 있었다.

그름잡기

그건 한마디로 말해서 말도 안 되는 소리였다. 독도가 엄연히 우리 국토인데도 독도를 제쳐 놓은 채 경제수역만 논의하자는 것은 그야말로 어불성설이었다.

독도와 경제수역을 분리해서 일본 측과 협상하자는 그 발상은 과연 어느 위인의 머리에서 나온 것인지 알다가도 모를 일이었다. 요컨대 독도를 무시한 채 경제수역을 논의한다는 것은 독도가 한국 땅일 수도 있고, 일본 땅일 수도 있다고 여기는 것과 하등 다를 바가 없지 않은가. 그것은 바로 일본이 노리는 전략이 아닌가.

그렇건만 정부 당국자가 독도를 제외한 채 경제수역만을 논의하자는 식으로 떠든다는 것은 도저히 납득할 수가 없었다. 그 당국자야말로 현대판 이완용이 아니고 무엇이란 말인가. 인학은 하도 핏대가 나서 신문지를 한쪽으로 밀쳐놓았다.

그런 다음 그는 카운터 옆으로 다가가 성만이에게 전화를 걸었다. 마침 성만이는 체육관에 있었다. 인학이 물었다.

"뭐해?"

"그냥 놀고 있어요. 지금 어디 계세요?"

"영등포."

"강 변호사님은 만나셨어요?"

"아직 못 만났어. 며칠 안으로 만날 수 있겠지. 오늘 줄 곧 거기 있을 거야?"

"네. 특별히 할 일도 없고 그냥 운동이나 하면서 쉴 작 정입니다."

"좋아. 그렇다면 우리 모처럼 대포나 한잔 할까?"

"그것도 좋지요."

"그럼 이따가 여의도로 나와."

인학은 거의 명령적으로 말했다. 그날 저녁, 인학은 여 의도 룸살롱에서 성만이를 만났고, 실로 오랜만에 코가 비 뚤어지도록 술을 퍼마셨다. 그동안 술다운 술을 마신 적이 없었는데, 인학은 모처럼 세상만사 제쳐 놓고 흠뻑 취했 다. 그는 깊은 밤이 되어서야 여관으로 들어왔다.

새벽녘이었다. 인학은 극심한 갈증을 느끼면서 눈을 떴 다. 간밤에 술을 어떻게나 마셨던지 사뭇 혀끝이 뻣뻣하였 다. 그전에는 아무리 술을 마셔도 끄떡하지 않았는데, 요 즘에는 어쩐 일인지 술이 잘 깨지 않았다.

나이 때문일까, 아니면 몸이 허약해진 탓일까, 하여간 술을 마신 다음날에는 머리가 지끈지끈 아파 왔을 뿐만 아 니라 온몸이 얼얼한 것이었다. 숙취 현상이었다.

구름잡기

언젠가 그는 천안 독립기념관에 갔다가 옛 직장 동료였던 현수를 만나는 바람에 예정에도 없던 온양까지 가서 술을 왕창 마신 적이 있었다. 그 다음날에도 그는 숙취 때문에 여간 고생한 것이 아니었다. 그날, 그는 온종일 술에 젖어 있어야 했던 것이다.

그는 장식장 위에 얹어 놓았던 물병을 통째로 들고 냅다 병나팔을 불어댔다. 아까부터 그런 식으로 계속 물을 마셔댔는데도 갈증은 여간해서 풀릴 기미를 보이지 않고 있었다. 웃고 떠들면서 술을 마실 때는 기분이 좋았지만, 그 다음에 오는 고통이란 이루 말할 수가 없었던 것이다.

창문을 통해 보안등 불빛이 들어오고 있었으나 방 안은 어두컴컴하였다. 그는 다시 물병을 들어 통째로 들이켰고, 그런 다음 배전반의 스위치를 올렸다. 그러자 스위치에서 딸깍, 하는 소리가 나면서 형광등이 껌벅껌벅하다가 이내 불이 들어왔다.

눈이 부셨다. 그때 옆방으로부터 이상한 소리가 들려왔다. 이상한 소리란, 바로 남녀가 성행위를 할 때 나는 소리를 의미했다. 그전에도 왕왕 그런 일이 있었지만, 이번에는 그 소리가 유난히도 요란했다.

여자의 신음이 벽을 타고 넘어왔다. 그 소리는 욕정에

넘쳐나고 있었다. 여자는 황홀경에 빠진 듯 이상야릇한 기성을 토해내고 있었다. 아, 아, 아하하…… 여자의 신음이 꼬리를 물고 이어지는 동안 사내의 두런거림이 간간이 들려왔다.

인학은 어떻게 할 것인가 궁리했다. 주먹이나 발길로 벽을 쳐서 그 방의 성행위를 방해할 것인가, 아니면 어떻게 돌아가는지 더 두고 볼 것인가 곰곰이 생각했다.

아직 술도 깨지 않은 데다 옆방으로부터 그런 소리까지 들려오자 여간 싱숭생숭하지 않았다. 그뿐 아니라 인생은 참으로 천태만상이라는 느낌도 들었다.

어떤 사람들은 저렇게 인생을 즐기고 있건만, 아내마저 제대로 거느리지 못해 홀로 나와 살아야 하는 자신의 처지가 가련하게 느껴지기도 하였다. 하여간 아직 술이 덜 깬 상태였으므로 그의 머릿속에는 갖가지 상념들이 복잡하게 얽히고 있었던 것이다.

옆방의 성행위는 시간 가는 줄도 모르고 계속되었다. 여자는 아까보다도 더 크게 소리를 질러댔고, 이제는 사내 역시 짐승 같은 소리를 내고 있었다. 그 사내는 죽자 살자 기를 쓰고 성행위를 즐기고 있었던 것이다.

본래 여관 벽체는 단단한 편이었다. 그런데도 그 소리가

구름잡기

연신 들려오는 것을 본다면 그들 남녀야말로 보통 사람들이 아닌 듯했다. 어쩌면 그들은 오직 동물적 쾌락을 위하여 태어난 사람들인지도 알 수 없었다.

얼마나 지났을까, 어쨌든 한 시간 이상 족히 지난 다음에야 그 소리가 그쳤다. 인학은 잠을 이루지 못한 채 괴로워했다. 그는 오늘처럼 괴로운 이런 시간에 미스 고와 함께 있다면 얼마나 좋을까 하는 환상에 젖기도 하였다.

그러다가 그는 먼동이 틀 무렵에야 다시 잠이 들었다. 그런데 이게 웬일일까, 미스 고가 야한 웃음을 머금고 그의 침실로 들어서는 것이었다. 그녀는 속살이 훤히 내비치는 아주 얇은 슈미즈를 입고 있었다.

인학은 그녀를 향해 손을 내밀었다. 그러자 그녀는 군말 없이 인학의 손을 잡았고, 온갖 애교를 떨면서 품안으로 안겨 들었다.

인학은 그녀의 입술에 자신의 입술을 포갰다. 미스 고는 아무런 저항도 없이 그의 입술을 받아들였다. 달콤했다. 그녀의 혀끝에서는 꿀이 흘러나오는 모양이었다.

이제 그는 미스 고의 풍만한, 그리하여 금방이라도 터질 것만 같은 가슴을 어루만졌다. 아니나 다를까, 그녀의 앞가슴은 한껏 부푼 풍선처럼 오동포동하였다. 그뿐 아니라

그녀의 살결은 어느 곳을 어루만져도 야들야들 보드랍기
만 하였다.

인학은 미스 고의 내밀한 곳을 탐했다. 그녀는 순순히
몸을 내주었으므로 드디어 몸을 섞었다. 온몸이 불처럼 뜨
거워지면서 그들은 황홀한 나라에 들어서고 있었다.

하늘에는 뭉게구름 몇 점이 유유히 떠돌았고, 끝없이 펼
쳐진 드넓은 평원에는 노란 유채꽃이 만발해 있었다. 알
록달록한 새들이 무더기로 날아다니면서 정신없이 우짖고
있었다.

그곳을 지나자 이번에는 울창한 숲이 나타났다. 숲과 숲
사이로 계곡이 있었고, 그 계곡에는 유리처럼 맑고 투명한
물이 졸졸 흐르고 있었다. 그야말로 그 나라는 환상의 나
라였던 것이다.

어느 사이엔가 인학은 정신이 몽롱해짐을 느끼고 있었
다. 바로 그때 어디선가 느닷없이 사나운 불도그 한 마리
가 나타나 험상궂은 얼굴로 으르렁거렸다. 인학은 미스 고
를 부둥켜안은 채 달아나기 시작했다. 그러나 불도그는 더
욱 기를 쓰고 따라오는 것이었다.

그는 젖 먹던 힘까지 쏟으며 사력을 다해 달렸으나, 불
도그는 더욱 가까이 다가와 발뒤꿈치를 콱 무는 것이었다.

구름잡기

인학은 미스 고를 힘껏 껴안으면서 비명을 질렀다.

그는 자신의 비명에 놀라 눈을 떴는데, 웬걸 미스 고와의 뜨거웠던 장면은 현실이 아니라 꿈이었으므로 허망하기 짝이 없었다. 그는 아직도 가슴팍에 베개를 힘껏 끌어안고 있었다. 빌어먹을…… 그는 쓴 입맛을 다셨고, 목이 타들어 오는 듯한 조갈을 느끼면서 물을 벌컥벌컥 들이켰다.

그날도 인학은 숙취 때문에 온종일 고통을 겪다가 오후 늦게 성기종 기자를 만났다. 그때까지도 그의 얼굴에는 벌겋게 술기운이 남아 있었고, 입에서는 술 냄새가 풀풀 풍겼다. 그가 말했다.

"오전에는 술이 안 깨어 아주 혼났어."

"나도…… 모처럼 후배 기자들과 어울렸거든. 내 실력으로는 젊은 기자들을 못 당하겠더라구."

그는 설레설레 혀를 내둘렀다. 그들은 차 한 잔을 나누면서 대양건설 부도 사태에 대해 이것저것 의미 있는 대화를 나누었다. 무슨 이야기 끝에 성 기자가 말했다.

"사실 말이 나왔으니까 얘기지만, 대양건설 같은 회사는 진작 망했어야 하는 건데……"

"왜? 대양건설에 무슨 감정이라도 있나?"

“결코 개인적인 감정으로 그러는 것이 아니야. 창업주가 대표적인 친일 세력이었던 것은 말할 나위도 없고, 그 이후 군사정권 때에도 순전히 정경유착으로 큰 회사거든.”

인학은 그 순간, 강재원 변호사를 생각하지 않을 수 없었다. 어쩌면 강 변호사도 대양건설과 모종의 이해관계로 맺어져 있는 게 아닐까. 전영우 회장과의 학연도 학연이지만, 그보다는 더 깊은 관계가 있지 않을까 하는 의구심이 생겨났던 것이다.

그날 이후 인학은 그런 의구심을 떨칠 길 없었다. 한데 그런 의구심이 생긴 뒤로는 강 변호사에 대한 존경심마저 슬슬 금이 가기 시작하였다. 이상했다. 종전에는 강 변호사를 그렇게도 존경했었건만, 강동석이나 성 기자의 말을 듣고 난 다음부터는 자신도 모르게 그분에 대한 느낌이 전혀 달라지는 것이었다.

며칠 뒤, 인학은 미리 전화를 걸고 강 변호사 사무실을 방문하였다. 한데 강 변호사의 표정인즉 종전과는 비교할 수 없을 정도로 확연히 달라져 있었다. 그전에는 언제나 따뜻이 맞이해 주었는데, 이제는 그러나 어딘지 모르게 별로 달갑잖은 표정을 보여 주고 있었다. 인학이 물었다.

“어디 편찮으세요?”

구름잡기

"아니오."

"안색이 몹시 피곤해 보이시는군요?"

"그래요? 하하…… 하기야 피곤한 것도 사실이지. 하도 신경 쓰는 일이 많으니까……"

그때 어여쁜 미스 고가 인삼차를 가져왔다. 그러나 강 변호사는 차를 권할 생각도 하지 않은 채 어디론가 연거푸 전화만 걸어대고 있었다. 아무리 신분이 다르다고 하지만 인학은 불쾌한 감정을 누를 길이 없었다.

사람을 무시해도 분수가 있지 해도 너무한다는 생각이었다. 강 변호사는 법조계의 거목이었고, 인학은 전직 형사 반장에 지나지 않았다. 아무리 그렇다 쳐도 강 변호사의 태도는 안하무인 바로 그것이었다.

하지만 인학은 끝까지 참을 수밖에 없었다. 약자의 서러움이란 이런 것일까. 당초 선희를 찾아 달라고 통사정을 할 때, 강 변호사는 이번 일이 성사될 경우 앞길을 훤히 열어 줄 것처럼 핑크빛 희망을 이야기했었다. 그러나 이제 그는 그때의 강 변호사가 아니라 아주 다른 인물로 변질돼 있었다. 인학이 물었다.

"심기가 불편하신가요?"

"아, 뭐 반드시 그런 것도 아니오."

"사실은 좀 중요한 말씀을 드리려고 찾아뵈었습니다."

"중요한 일이 뭔데……?"

"드디어 그 아가씨를 찾았습니다."

"그 아가씨라니……?"

강 변호사는 그러나 전혀 자기와는 상관없는 일이라는 듯 딴청을 부리고 있었다. 그는 인학을 마치 자다가 주머니 두들기는 사람 정도로 취급하고 있었다. 인학이 말했다.

"박선희 말입니다."

"박선희가 누군데……?"

이게 무슨 경우인가. 강 변호사는 사돈 남 말하듯, 아니 닭 잡아먹고 오리발 내미는 투로 일관했다. 참으로 어처구니없는 일이었다. 인학이 말했다.

"강 변호사님께서 찾으라던 그 '꽃'이라는 아가씨 말씀입니다."

"아, '꽃'이라……"

강 변호사는 혼잣말처럼 중얼거리며 창밖을 바라보았다. 그 아가씨를 찾았다면 누구보다도 반가워해야 할 사람이 바로 강 변호사였지만, 그러나 이게 웬일일까 그는 도리어 시큰둥한 태도를 보이고 있었다. 인학이 말했다.

구름잡기

"아주 극적으로 찾았지 뭡니까."

"수고했소. 하지만 시간이 너무 늦었어요."

"네?"

"그 아가씨를 애타게 찾은 쪽은 내가 아니라 대양건설이었거든. 한데 대양건설은 이미 도산했소. 그 아가씨를 찾았다 한들 대양건설이 망해 버린 이 시점에서는 아무런 의미도 없어요. 좀 더 일찍 찾았더라면 좋았을 것을 지금은 너무 늦었소이다."

강 변호사는 전혀 힘도 들이지 않았고, 오히려 원망 섞인 목소리로 응수하였다. 그 순간, 인학은 강 변호사가 왜 그토록 서먹서먹하게 대해 주었던가를 분명하게 알아차릴 수 있었다. 인학이 신음처럼 중얼거렸다.

"저는 최선을 다했습니다."

"알고 있어요. 하지만 법에서도 시효라는 게 있잖소. 대양건설이 도산한 이상 그 아가씨를 찾는 일 또한 시효가 자연 소멸된 셈이지. 자, 나는 이만 일어나야겠소. 밖에 중요한 약속이 있어서 말이오."

그러면서 강 변호사는 자리에서 일어났고, 잠시 옷매무새를 고치더니 아무런 말도 없이 유유히 나가 버렸다. 참으로 기막힌 일이 아닐 수 없었다. 허망하다 못해 하도 어처구니가 없었으므로 인학의 두 눈에는 자기도 모르게 눈물이 피잉 돌고 있었다. 정말이지 공든 탑이 와르르 무너져 내리는 순간이었다.

그동안 선희를 찾겠다고 얼마나 큰 우여곡절을 겪어 왔단 말인가. 전국 각지를 헤매는 동안 고생도 할 만큼 했고, 못 볼꼴도 볼 만큼 본 터였다. 한데 결과적으로는 모두가 헛수고인 셈이었다.

애당초 선희를 찾아 나설 때 인학은 일 자체가 그렇게 어려울 줄은 꿈에도 생각하지 못했었다. 강 변호사가 건네준 이름, 나이, 본적, 주소, 그리고 사진을 받아들었을 때, 인학은 당장에라도 그녀를 찾아낼 수 있을 거라고 확신했었다.

그러나 일은 그리 간단치 않았다. 찾으면 찾을수록 그녀의 행방은 묘연하기만 했다. 그녀는 온다 간다 말도 없이 자취를 감춘 터였고, 그녀의 거처를 알 만한 일가친척이 있는 것도 아니었다.

강 변호사가 건네준 인적사항은 사실상 아무런 쓸모도 없었다. 그녀의 본적지와 주소지를 찾아가서 아무리 수소문을 해도 그녀의 행방을 아는 사람이 없었고, 조금이라도 그녀와 연고가 있었던 사람들 역시 도리어 인학에게 그녀를 찾아 달라고 사정하는 판국이었다.

인학은 오로지 발로 뛰었다. 그녀를 찾아다니는 동안 실로 많은 사람들을 만났고, 강 변호사가 제공해 준 자동차는 어느덧 썩음썩음한 헌털뱅이 고물로 전락해 있었다. 그만큼 그는 전국 각지를 열심히 누비고 돌아다녔던 것이다.

저 모래알처럼 많고 많은 사람들 중에서 어떻게 한 여자를 찾아낸단 말인가. 그것은 어쩌면 뜬구름을 잡는 일만큼이나 무모한 도전일 수도 있었다.

그러나 인학은 결코 실망하거나 좌절하지 않았다. 그녀를 찾는 일이 어렵다고 느끼면 어렵다고 느낄수록 그는 더욱 끈질기게 물고 늘어졌다. 그리하여 이제라도 그녀를 찾아낸 것은, 소싯적 이후 몸에 밴 형사반장 기질과 끈질긴 집념이 이루어낸 일종의 기적이라고 말할 수 있었다.

한편, 인학은 그녀를 찾아다니는 과정에서 또 다른 사명감을 느끼지 않을 수 없었다. 강동석을 만난 이후 역사에 눈을 떴고, 선희가 길거리에 나다니는 여느 아가씨들과는 근본적으로 다른 인물임을 알았을 때, 그는 한껏 용기를 내어 기필코 그녀를 찾아내고야 말겠다는 각오를 다질 수 있었던 것이다.

그렇건만 아내는 남의 속도 모르고 날이면 날마다 박박

바가지를 긁어댔다. 인학이 선희를 찾는 일에 조금이라도 도움을 주기는커녕 도리어 아내는 생활 불안을 호소하며 인학을 더욱 괴롭혔던 것이다.

아내와의 불화는 끝내 파국으로 치닫고 말았다. 인학은 참을 데까지 참고 견뎠지만, 그러나 종당에는 가정에 파탄이 몰아닥쳤고, 종당에는 별거에 들어가지 않을 수 없었다. 엄밀히 말해서 가정불화가 심화된 것도 따지고 보면 선희를 찾는 일에서 비롯된 셈이었다.

그런데 일이 이렇게 될 줄이야 누가 알았을 것인가. 열 길 물속은 알아도 한 길 사람 속은 모른다더니 정말 강 변호사의 속마음은 도저히 이해할 수가 없었다.

당초 강 변호사는 선희를 찾을 경우 팔자를 고쳐 줄 것처럼 무지갯빛 약속을 내놓은 바 있었다. 그리고 그는 선희를 찾는 일이야말로 자신의 명예와 직결된 문제라고 강조했었다. 인학의 귀에는 아직도 그때 강 변호사가 하던 말이 계속 앵앵거리고 있었다.

한데 인학의 마음속에는 그보다 더 중요한 것이 있었다. 강 변호사가 제시한 조건도 조건이었지만, 인학은 최소한 강 변호사의 양식을 믿었고, 또한 그보다도 더 중요한 것은 그와의 인간적 신의를 지키는 일이었다.

구름잡기

　요컨대 한 번 약속한 일은 하늘이 두 조각 나는 한이 있더라도 꼭 지켜야 한다는 것이 그의 일관된 소신이었다. 그런데 온갖 희생을 감수하면서 선희를 찾아낸 지금 강 변호사는 전혀 엉뚱한 사람으로 변해 있었다. 지나간 몇 해 동안 그렇게 공들여 사람을 찾아냈건만 시효 운운하면서 처음부터 없었던 일로 치부하려 드는 데에는 참으로 쓰디쓴 배신감을 느끼지 않을 수 없었던 것이다.

　온몸에서 진땀이 배어나와 목덜미며 겨드랑이 같은 부위가 끈적끈적하였다. 그뿐 아니라 이마에서도 구슬땀이 흘러 얼굴을 흠뻑 적시고 있었다. 그는 얼굴에 묻어난 땀을 손수건으로 지워 내며 자리에서 일어났는데, 그 순간 두 다리가 휘청하면서 현기증이 일었다. 미스 고가 무슨 말인가를 했지만, 그 말이 귀에 들어오지도 않았다. 그는 후들거리는 두 다리에 힘을 주면서 강 변호사 사무실을 벗어나 거리로 나왔다.

　거리에는 시민들이 북적대고 있었다. 인학은 언젠가 선희가 있는 곳을 수소문하려고 신정진 선생을 찾아갔을 때처럼 정신이 몽롱해지면서 콧날이 뜨끈해짐을 느꼈다. 아니나 다를까, 코피가 터져 인중과 입술 사이로 시뻘건 선혈이 흘러내리고 있었다.

　허무, 허무…… 아무리 얻고 잃음이 헛것이요 인생이 한 바탕 꿈이라고 하지만, 지난 수년 동안 모진 고초를 겪으면서, 더욱이 가정까지 파탄을 맞으면서 추진해 온 일들이 한갓 헛수고에 지나지 않았다고 생각하자 이만저만 허무한 것이 아니었다.

　그는 흰 손수건이 온통 붉은 피로 물들 때쯤 고개를 들어 하늘을 올려다보았다. 거기, 빌딩과 빌딩 사이로 빠끔히 열린 푸른 하늘이 보였고, 솜뭉치처럼 흰 구름 몇 점이 두둥실 떠 있었다. 귓가에는 아까부터 도심의 끈적끈적한 소음들이 어지럽게 묻어나고 있었다. (끝)

구름잡기